HILKJE HÄNEL
Engel der Erlösung

GOLDMANN
Lesen erleben

Buch

Berlin im Winter. Innerhalb weniger Tage werden fünf Frauen ermordet aufgefunden. Sie wurden brutal misshandelt und schließlich erstickt. Bei allen Opfern finden sich deutliche Spuren von zurückliegender häuslicher Gewalt. Alexandra Gode, genannt Alex, 39-jährige Hauptkommissarin bei der Mordkommission, ermittelt im Umfeld der Toten. Jeder der Ehemänner hat jedoch ein Alibi für den Tatzeitpunkt. Und dann taucht ein sechstes Opfer auf, das nicht ins Muster passt. Alex steht wieder ganz am Anfang. Doch die Zeit drängt, der Mörder hat sein nächstes Opfer längst im Visier ...

Autorin

Hilkje Charlotte Hänel, geboren 1987, hat ihr Psychologiestudium nach nur 14 Tagen abgebrochen und stattdessen begonnen, Texte fürs Theater zu schreiben. Später hat sie englische Literatur und Philosophie in Göttingen, Berlin, Sheffield und Boston studiert. Heute lebt sie wieder in Berlin. »Engel der Erlösung« ist ihr erster Kriminalroman und der Beginn einer Reihe um die junge Berliner Hauptkommissarin Alexandra Gode.

Mehr unter: www.hilkje-charlotte-haenel.weebly.com

Hilkje Hänel

Engel der Erlösung

Ein Fall für Alexandra Gode

GOLDMANN

Sollte diese Publikation Links auf Webseiten Dritter enthalten, so übernehmen wir für deren Inhalte keine Haftung, da wir uns diese nicht zu eigen machen, sondern lediglich auf deren Stand zum Zeitpunkt der Erstveröffentlichung verweisen.

Dieses Buch ist auch als E-Book erhältlich.

MIX
Papier aus verantwortungsvollen Quellen
FSC® C014496

Verlagsgruppe Random House FSC® N001967

1. Auflage
Originalausgabe Dezember 2017

Dieses Werk wurde vermittelt durch die Literarische Agentur
Thomas Schlück GmbH, 30827 Garbsen.
Umschlaggestaltung: UNO Werbeagentur, München
Umschlagmotiv: GettyImages/Stephan Dötsch / EyeEm
FinePic®, München
Redaktion: Regina Carstensen
BH · Herstellung: kw
Satz: Vornehm Mediengestaltung GmbH, München
Druck und Bindung: GGP Media GmbH, Pößneck
Printed in Germany
ISBN 978-3-442-48607-6
www.goldmann-verlag.de

Besuchen Sie den Goldmann Verlag im Netz

Für U. und W.

Prolog

Ihr Fuß berührt den nassen Rasen zwischen den Platten. Den Anfang des Gartens, der an die Terrasse stößt. Erst jetzt fällt ihr auf, dass es regnet. Winzige Tropfen eines eisigen Sprühregens treffen auf ihre nackte Haut und lassen den Stoff des Nachthemds durchsichtig werden. Eine Strähne ihrer blonden langen Haare fällt ihr in die Augen. Die Regentropfen mischen sich mit Tränen. Es kommt ihr vor, als würde sie sich im Regen auflösen. Als könnte sie im Regen endlich verschwinden. Wie das Blut in den Ritzen.

Ihre bloßen Füße rennen über die spröden Steinplatten. Wie im Film. Sie spürt den stechenden Schmerz, als sich ein spitzer Stein in die Haut bohrt. Es blutet. Ihr Blut hinterlässt kleine rote Punkte auf den grau-weißen Platten.

Großaufnahme.

Kleine Punkte, die langsam in den Ritzen verschwinden.

Kleine Punkte, die sich von selbst aufzulösen scheinen.

Schnitt.

Das dünne Nachthemd ist hochgeweht. Es schlingt sich wie eine Hand um ihren Bauch. Ihre Beine zittern. Sie ist sich nicht sicher, ob vor Kälte oder Angst.

Gegenschnitt.

Noch bevor sie wieder Hoffnung schöpfen kann, wird sie an den Haaren nach hinten gerissen. Ihre Kopfhaut brennt. Der Griff der Hand lässt nicht locker. Sie spürt, wie ihre Beine wegsacken, ihr Körper sich nach hinten dehnt. Sie verliert das Gleichgewicht und stürzt mit der linken Seite auf die Steinplatten. Der Arm knackt beim Aufprall, vom Schmerz wird ihr erst schwindelig und dann schwarz vor Augen.

Brutal packt die Hand ihren Knöchel und zerrt sie über die Türschwelle wieder hinein ins Haus. Die Metallkante reißt ihr die Haut an der Hüfte auf. Sie spürt es kaum. Ihr Körper ist jetzt nichts weiter als ein Ding. Ein Nichts. Willenlos.

Filmriss.

Sie kommt wieder zu sich, als er in sie eindringt. Ihr Unterleib ist wund, sie hat Angst, er könnte sie in der Mitte zerfetzen. Von innen zerteilen. Ihr Gesicht wird auf die kalten, weißen Fliesen der Küche gedrückt. Ihr Körper ist weit weg. Nur der Arm schmerzt immer noch und fühlt sich merkwürdig verdreht an. In ihrem Mundwinkel kann sie ihr eigenes Blut schmecken.

Sein vor Wut verzerrtes Gesicht ist ihrem jetzt ganz nah, sie kann den Alkohol in seinem Atem riechen, als er zischt: »Du darfst nicht davonrennen, hörst du? Davonrennen ist nicht gut für dich. Wann wirst du das endlich begreifen?«

Seine Faust landet auf ihrer Schläfe. Sie sieht den

Ehering an seinen schmalen Fingern, bevor der zweite Schlag ihr Ohr trifft und sie endlich wieder ohnmächtig werden lässt …

*

Am ganzen Körper zitternd schlägt sie die Augen auf. Ihre Haare kleben verschwitzt im Nacken. Sie hat eine Gänsehaut. Seit Jahren kommt er sie in ihren Träumen besuchen. Immer wieder rennt sie in den Garten. Rennt und rennt. Auch jetzt noch, obwohl alles vorbei ist.

Innerlich ist sie ganz leer. Zu oft hat sie schon geweint. Zu oft sich die Füße zerschunden. Zu oft ist sie davongerannt. Jetzt ist sie erschöpft. Sie will nicht mehr. Aber noch hat ihr Körper nicht aufgegeben. Noch glimmt irgendwo ein Funken Leben in ihr. Zwingt sie, Widerstand zu leisten.

Sie braucht eine Weile, bis sie Traum und Wirklichkeit auseinanderhalten kann. Sie hat sich gerächt. Er ist weg. Und er wird nicht wiederkommen. Dafür hat sie gesorgt.

Als sie sich die nassen Haare aus dem Gesicht streichen will, kann sie sich nicht bewegen. Voller Panik wirft sie den Kopf zur Seite. Die Wände des Zimmers sind weiß und steril. Sie ist allein. Ihre Arme und Beine sind mit breiten Lederbändern am Bett fixiert. Sie weiß jetzt wieder, wo sie ist.

*

Auf dem Fensterbrett schreit eine Amsel zeternd um Hilfe. Irgendwo im Hof muss eine Katze ihre Runden drehen, denkt sie. Doch die Amsel kann sich selbst helfen. Sie sieht ihren Schatten, als sie mit aufgeregtem Flügelschlag davonfliegt. Ihre Warnrufe sind jetzt kaum noch zu hören. Irgendwann verstummen sie ganz. Die Gefahr ist vorüber.

In der Stille fasst sie ihren Plan. Es wird nicht leicht werden, das weiß sie. Aber wenn sie die Kraft findet, sich lange genug selbst die Luft abzudrücken, kann sie es schaffen. Als Krankenschwester hat sie genügend Patienten erlebt, die auf die verschiedensten Arten versucht haben, sich umzubringen. Die, die sich erhängten, haben es fast immer geschafft. Der plötzliche Ruck lässt das Genick brechen. Danach kommt niemand mehr wieder. Sie würde es auch ohne Ruck schaffen müssen. Ihr Genick würde nicht brechen. Und dennoch würde sie aufhören zu atmen.

*

Die Grünflächen der Parkanlage sind mit glitzerndem Tau bedeckt. Die Morgensonne versucht, vereinzelte Strahlen durch die Wolkenbank zu schicken. Das Licht reflektiert auf den Tropfen im Gras.

Das aus ockergelben Klinkersteinen gebaute Krankenhaus des Maßregelvollzugs im Olbendorfer Weg 70 wirkt wie ausgestorben. Vor einer Stunde hat die Pflegerin eine Patientin in den Duschraum begleitet. Der Duschraum hat keine Fenster. Im Licht der Neonröhren lächeln die weiß getünchten Wände gegen die Kälte an. Damit die Patienten sich nicht selbst verletzen können, gibt es weder Haken noch Spiegel. Auch der Duschkopf ist direkt in die Wand eingelassen. Vor der Tür steht ein Beamter einer privaten Sicherheitsfirma.

Als die Pflegerin keine zwanzig Minuten später zurückkommt, hat die Patientin sich bereits erhängt. Die Pflegerin klammert sich verzweifelt an den Arm des Beamten, als sie rückwärts aus den Duschräumen stolpert.

Der zusammengesackte Körper ist an der Wand nach unten gerutscht. Der Kopf ist nach vorne gekippt. Die Schlinge, die sie aus ihrem Nachthemd geknotet hat, hängt noch an der Duscharmatur. Das Wasser rinnt in Sturzbächen über Schulter und Brust der Toten. Die von der Feuchtigkeit verklebten Haare sind ihr in wirren Strähnen ins Gesicht gefallen. Ihre faltige, nackte Haut glänzt vor Nässe.

Sie hat sich im Sitzen umgebracht. Sie hat gelitten. Sie hat sich selbst erdrosselt.

Sie hatte wirklich sterben wollen.

Der erste Mord

In der Parterrewohnung in der Spremberger Straße 4 lässt ein Rentner-Ehepaar seinen Dobermann zum Pinkeln in den Hinterhof, wo der Hund augenblicklich einen Rattenköder verschlingt, der mit einem Pappschild und der Warnung »Nicht für menschliche Ernährung geeignet« versehen ist.

In einer Bürogemeinschaft im Schillerkiez sitzt eine junge Illustratorin und verändert auf dringlichen Wunsch eines bekannten Kinderbuchverlags zum wiederholten Mal die Zeichnungen für eine neue Pony-Reihe, obwohl sie viel lieber an ihrer Version des Märchens vom bösen Wolf arbeiten würde.

In einer Wohnung am Tempelhofer Damm bekommt der Bundespolizist Thomas B., der bereits mehrfach Flüchtlinge in der Wache am Bahnhof Zoo misshandelt haben soll, einen Strafbefehl zugestellt, nachdem er einem vierzehn Jahre alten Mädchen eine Handynachricht mit pornografischem Inhalt geschickt hat.

Eine Frau geht zurück ins Haus, um ihren Regenschirm zu holen.

Draußen regnete es.

Unnachgiebig zogen neue dunkle Wolken auf und schickten zerrissene graue Fäden auf den Asphalt. Als wäre das nicht schon genug, hatte es auch noch angefangen zu stürmen. Müllsäcke und McDonald's-Packungen flogen durch die Straßen.

Februar in Berlin war hässlich.

Jeden Winter verschwand die Stadt hinter einem grauen Schleier. Die hohen Betonmauern bildeten düstere und trostlose Einfriedungen für die Dunkelheit, die nicht enden wollte. Die Straßen schimmerten von Öl und Nässe. Ein paar einsame Ratten huschten durch das kafkaeske Labyrinth. In den Rinnsteinen klebte der Schmutz.

Winter in Berlin war lang.

Er zog sich wie ein klebriger Faden durch alle Ecken und Kanten. Er setzte sich in den Menschen fest, tränkte sie mit Traurigkeit und Depression, bohrte sich in ihre schläfrigen Gestalten und spuckte sie als schlafwandelnde Zombies in die Kälte.

Sie zog die Schultern hoch, um die Dunkelheit abzuwehren. Sie hatte einen anstrengenden Tag gehabt. Anstrengend, weil so furchtbar gleichgültig. Einer dieser Tage, an denen nichts, aber auch gar nichts passierte. Und trotzdem hatte sie es nicht geschafft, zur Ruhe zu kommen. Hatte längst überfällige Berichte geschrieben. Eine Aufgabe, die sie ohnehin immer nur widerwillig erledigte. War auf mehr als nur einer langweiligen Sitzung gewesen. Etwas, das sie noch mehr hasste, als Berichte zu schreiben.

Jetzt fiel ihr wieder ein, dass ihr irgendjemand irgendwann mitgeteilt hatte, dass sie ab morgen wieder einen Partner haben würde. Sie war nicht besonders gut darin, mit anderen Menschen zusammenzuarbeiten.

Überhaupt war sie nicht besonders gut, was andere Menschen anging.

Sie war das, was man einen »einsamen Wolf« genannt hätte, wäre sie ein Mann. Ein grübelnder Mann, ein starker Mann, ein furchtloser Mann. Bei ihr fanden es die Leute eher komisch. Lächerlich. Eine Frau konnte kein einsamer Wolf sein.

Der neue Partner war ein Mann. Ein Mann aus Hannover. Hannover? Das Beste an Hannover war die Auffahrt zur Autobahn, hatte sie mal irgendwo gehört. Aber Bielefeld sollte noch schlimmer sein.

Der neue Partner war jünger. Hatte keine Familie. Hatte sich aus Hannover versetzen lassen wegen einer Geschichte dort, die schiefgelaufen war. Sie hatte nur halb zugehört und hatte jetzt nur Fetzen des Gesprächs in Erinnerung. Sie war gut darin, alles auszublenden, was ihr unwichtig vorkam. Das hatte ihr Vater ihr beigebracht. Es war wichtig für die Polizeiarbeit. Es war wichtig im Kampf, wenn es darum ging zu überleben. Und es war ganz sicher eine der Fähigkeiten, die sie so gut in ihrer Arbeit hatte werden lassen, wie sie es war. Dennoch verfluchte sie sich jetzt, dass sie nicht besser zugehört hatte.

Ein Kollege ihres neuen Partners hatte den Dienst quittieren müssen. Ebenso wie der Polizeipräsident von Hannover. Irgendein Vorfall im Rotlichtmilieu. Jemand war zur falschen Zeit am falschen Ort gewesen.

Aber nicht ihr Problem.

Es änderte nichts daran, dass sie keine Lust auf einen neuen Partner hatte. Vor allem nicht auf einen, der sich in Berlin nicht auskannte.

Für einige wenige Sekunden vermisste sie ihren alten Kollegen. Er hatte gestunken, nach Kautabak, in billigem Öl frittierten Pommes und Altmännerschweiß. Und er war faul gewesen. Aber wenigstens hatte er sie in Ruhe gelassen, hatte schweigend das Auto gefahren und sonst meistens Kaffee trinkend und in die Luft starrend hinter seinem Schreibtisch gehockt. Pünktlich kurz vor Feierabend hatte immer seine Frau angerufen und ihn ermahnt, nicht zu spät zu kommen. Wahrscheinlich gab es Rostbraten oder Sülze, zu besonderen Anlässen auch Rouladen. Gestopfte Pferdehälse, wie der alte Mann sie fast zärtlich genannt hatte. Sie hatte sich seine Frau immer als Hannelore Kohl vorgestellt. Er war dann wohl Helmut.

Wenn sie genauer darüber nachdachte, dann vermisste sie ihn nicht besonders. Sie war auch nicht zu seiner Beerdigung gegangen letzte Woche. Warum auch? Es war doch klar gewesen, dass man irgendwann an einem Lungenkarzinom oder einem anderen Krebs stirbt, wenn man sein Leben lang raucht und zu allem Überfluss übergewichtig ist. Vielleicht, musste sie sich eingestehen, hatte sie nur immer noch Angst vor Friedhöfen. Vor offenen Gräbern. Ihre Kindheit haftete wie ein Schatten an ihr, den sie nicht loswurde.

Aber sie hatte kein schlechtes Gewissen, nicht auf der Beerdigung gewesen zu sein. Sie hatte zu viele tote Menschen in ihrem Leben gesehen. Und es waren ohnehin schon genug Kollegen hingegangen. Aus welchen Gründen auch immer.

Nein, sie vermisste ihren alten Partner nicht. Aber sie hatte sich daran gewöhnt, alleine zu arbeiten, alleine zu denken und alleine die richtigen Schlüsse zu ziehen. Und sie hatte absolut keine Lust, sich mit irgendjemandem absprechen zu müssen.

Wahrscheinlich würde der Neue auch noch erwarten, dass sie sich besser kennenlernen sollten! Würde Small Talk machen wollen. Oder noch schlimmer: über seine Probleme reden wollen! Alex war nicht gut darin, Small Talk zu machen. Überhaupt war Reden nicht ihre Stärke. Und über Probleme erst recht nicht.

Aber es war nicht zu ändern. Und sich jetzt schon zu ärgern brachte auch nichts. Heute war ein langweiliger Tag gewesen, und wahrscheinlich würde es einfach immer so weitergehen. Nichts würde sich ändern, nichts würde weiter passieren, außer dass sie demnächst den Neuen die faden Berichte schreiben lassen könnte.

*

Hier passierte auch nichts. Links von ihr an der Ecke der Bar saßen die drei Alten. Aber die drei Alten redeten nicht mehr, oder wenn, dann nicht besonders viel.

Nicht mehr, als ihre zahnlosen Münder es gerade so eben noch zuließen.

Ansonsten war die Kneipe leer. Als die Tür aufging, schenkte sie dem neuen Gast kaum Beachtung. Aber sie registrierte seine teuren Lederschuhe. Wahrscheinlich ein Tourist, der sich verlaufen hat, dachte sie unwillkürlich, oder der einfach nur vor dem Wetter geflüchtet ist. Oder den Ratten. Ratten schienen eine abschreckende Wirkung zu haben – zumindest auf Touristen.

Am Landwehrkanal hatten sie letzten Sommer Rattengift ausgelegt. Vielleicht, um den Touristen ein besseres Berlin zu bieten. Vielleicht, um die buntbebrillten Grafik- und Webdesigner im Graefekiez zu beruhigen. Vielleicht aber auch, weil die Ratten tatsächlich dabei waren, die Oberhand zu gewinnen. Sie stellte sich den großen, grauen Moloch Berlin von Ratten regiert vor und fragte sich, ob sich wirklich etwas ändern würde.

Das Gift hatte einige der Ratten erwischt, in Blutlachen lagen sie zu Katzengröße aufgedunsen auf den Gehwegen. Ganz langsam hatte das Gift sie von innen zerfressen. Die Münder und Zähne waren blutig. Aus manchen quollen die Gedärme. Die, die verschont geblieben waren, hatten die Zeichen des Rattengenozids richtig interpretiert und sich für eine Weile nicht mehr blicken lassen. Jetzt, im Winter, waren sie zurückgekehrt. Es war ihr egal. Die Ratten waren nicht schlimmer als so vieles andere.

Gelangweilt bestellte sie einen weiteren Whiskey.

Der alte und langsame Barkeeper machte sich mit gewohnt überflüssigen Bewegungen an die Arbeit, während sie sich aus den Resten ihres krümeligen Tabaks eine weitere Zigarette drehte. Sie zündete sie an, als auch ihr Whiskey vor ihr stand. Ein doppelter. Hinter der Theke hing ein Schild: »Gäste, die hier sind, um zu vergessen, werden gebeten, vorher zu bezahlen.« Als sie einen Zehneuroschein auf die Theke legte, zwischen die Tabakkrümel und irgendwelche klebrigen Flecken, schüttelte der alte Barkeeper den Kopf.

»Stimmt«, nickte sie, »der dritte geht aufs Haus.«

Aber wieder schüttelte er den Kopf und seufzte: »Der dritte ist schon eine ganze Weile her, Mädchen.«

Ein Mann setzte sich neben sie. Teure Lederschuhe. Sie musste kurz überlegen, bis ihr einfiel, wo sie die Schuhe schon mal gesehen hatte. Der Tourist. Sie blickte hoch. Langer Ledermantel. Hellbraun. Teure Designerjeans. Pullover mit Kragen. Dunkelbraune Haare. Kantiges Gesicht und Dreitagebart. Er sah gut aus, musste sie sich eingestehen. Aber nicht ihr Typ. Zu affig.

»Ich hoffe, es war okay. Auf die Gesundheit!«

Er lächelte und blickte sie direkt an.

Sie hatte keine Lust auf fremde Männer. Eigentlich hatte sie sowieso keine Lust, mit irgendjemandem zu reden. Vor allem nicht mit jemandem, den sie nicht kannte. Aber sein Lächeln war anziehend, und seine Augen schienen irgendwie am Lachen beteiligt.

»Lepke«, sagte er und grinste. Er musste mitbekommen haben, dass sie nicht daran interessiert war, ein

Gespräch zu führen. Aber es hielt ihn trotzdem nicht davon ab, sich vorzustellen. Irgendwo hatte sie den Namen schon mal gehört. Wahrscheinlich hatte ein Toter mal so geheißen. Leichen hatten die unschöne Angewohnheit, sich auf dem Zettel an ihrem Zeh mit solchen Allerweltsnamen zu schmücken. Austauschbar. Beliebig. Aber vielleicht gab es auch einfach mehr Leute mit wenig einprägsamen Namen als andere.

Sie merkte, dass der Tourist sie noch immer anstarrte.

Sie nahm einen großen Schluck Whiskey.

»Mia.«

»Ich mag Frauen, die alleine trinken.«

»Ich auch. Vor allem, wenn sie nicht gestört werden.«

»Jep, schon verstanden.«

Er stand auf. Hoffentlich würde er jetzt einfach gehen. Vielleicht war sie ein bisschen zu ablehnend gewesen. Zu deutlich. Sie schob den Gedanken beiseite. Sie war froh, wieder alleine sein zu können.

Der Tourist blickte auf sein Handy, steckte es zurück in die Manteltasche und setzte sich wieder.

»Ich bin neu hier und auch schon ein bisschen betrunken«, nahm er das Gespräch wieder auf, das noch gar nicht begonnen hatte. »Aber bei dir scheint es nicht viel anders zu sein. Zumindest wäre ich das nach mindestens vier Doppelten. Ein bisschen betrunken, meine ich.«

Woher wusste er das? Ihr fiel wieder das kurze Gespräch mit dem alten und langsamen Barkeeper ein. Trotzdem, er musste sie schon länger beobachtet haben.

»Auf alle Fälle scheint es, dass wir beide ein wenig betrunken sind, und eigentlich dachte ich, heute passiert nichts mehr. Erster Abend hier, nichts los und so.«

Pause.

»Aber dann habe ich dich gesehen und dachte, vielleicht …«

Er brach ab.

Sie wurde wütend. Er musste seinen Satz nicht zu Ende sprechen, damit sie wusste, was er dachte. Und er wusste, dass sie wusste, was er dachte.

Plötzlich merkte sie, dass sie viel wütender war, als es womöglich angemessen wäre. Aber das hier war ihre Stammkneipe, ihr Rückzugsort. Hier wollte sie allein gelassen werden. Hier war der einzige Ort, an dem sie sich zu Hause fühlte. Es reichte schon, dass überall sonst irgendwelche Arschlöcher damit beschäftigt waren, Frauen anzumachen, anzugrapschen, einzuschüchtern.

Er legte seine Hand auf ihren Unterarm.

»Fass mich nicht an, Arschloch«, zischte sie, griff nach ihrer Lederjacke und verschwand durch die Tür nach draußen.

Es war dunkel und windig, aber wenigstens hatte es aufgehört zu regnen. Nach ein paar Schritten hörte sie die Kneipentür in ihrem Rücken aufgehen und musste feststellen, dass sie einen Anflug von Panik bekam. Die typische Reaktion der Frau, dachte sie noch, und: Vielleicht ist es nicht besonders schlau gewesen, betrunken und alleine auf die Straße zu stürmen, nachdem sie gerade erst einen Typen hatte abblitzen lassen.

Der Alkohol hatte ihre Reflexe verlangsamt. Und sie hatte lange nicht trainiert. Aber ihre Instinkte funktionierten. Ihre Muskeln spannten sich. Ihr Schritt veränderte sich, um möglichst viel Balance zu bekommen. Sie ballte die Fäuste. Sie wusste, wie sie ihren Körper vorbereiten musste. Sie war bereit. In diesem Zustand war sie gefährlich.

Die Schritte hinter ihr wurden schneller, dann wurde sie an der Schulter festgehalten. Sie duckte sich und riss noch in der Drehung die Hände hoch. Fast hätte sie zugeschlagen. Erst im letzten Moment merkte sie, dass es nur der alte, langsame Barkeeper war.

»Du hast deinen Tabak vergessen, Alex.«

Sie nahm wortlos den Tabak und versuchte ein Lächeln, zum Reden war ihr Herzschlag noch zu schnell. Langsam und ohne einen weiteren Kommentar drehte sich der alte Barkeeper wieder um und ging zurück zu seiner Kneipe. Zum ersten Mal bemerkte sie, dass er sein rechtes Bein nachzog. Sie tippte auf Rheuma.

Als sie weiterlief, war sie wütend auf sich selbst. Wie dumm, sich einfach so einschüchtern zu lassen, sich aus der eigenen Stammkneipe ekeln zu lassen! Sie hätte sitzen bleiben sollen. Sie hätte ihm sagen sollen, dass er sich verpissen soll, weil das nicht der Ort war, um Frauen anzumachen und einzuschüchtern. Sie hätte ihm ihren Rest Whiskey ins Gesicht kippen sollen, er hatte ihn ja schließlich auch bezahlt.

Aber dann machte es sie sauer, dass sie über sich selbst verärgert war. Auf ihn sollte sie wütend sein, auf den großkotzigen Touristen, der versucht hatte, sie abzuschleppen, sie betrunken zu machen, sie mit Whiskey und einem Lächeln zu kaufen. Und der wahrscheinlich noch nicht mal verstanden hatte, warum sie so sauer geworden war. Der gar nicht daran dachte, was es eigentlich bedeutete, alle fünf Minuten von irgendeinem dämlichen Kerl auf der Straße, in der U-Bahn oder in der Kneipe angemacht zu werden: Ich weiß, was dir fehlt. Ich kann dir geben, was du brauchst. Du willst es doch auch. Und selbst wenn die Anmache anders formuliert und womöglich nett gemeint war – manchmal nervte es nur. Und manchmal machte es Angst, so wie eben.

Sie ging einen Schritt schneller, es hatte wieder zu regnen angefangen. Ob Maja wohl noch wach war? Aber sie hatten eine Vereinbarung, kein unangekündigtes Vorbeikommen. Außerdem musste sie morgen wieder arbeiten, und es war schon spät.

*

Am nächsten Morgen regnete es immer noch schwere graue Tropfen auf den Asphalt. Sie fühlte sich ausgeschlafen, obwohl sie nicht gleich ins Bett gegangen war, sondern stattdessen noch eine halbe Flasche Wein mit Jan, ihrem Mitbewohner, getrunken hatte. Sie hatte ihm erzählt, was passiert war. Er hatte ihre Geschichte nicht kommentiert, aber sie wusste auch so, dass er sie verstand. Und als er schließlich anfing, sich über ihren neuen Vermieter und Hausbesitzer ganz im Allgemeinen auszulassen, hatte sie ihre Begegnung in der Kneipe vergessen.

Manchmal kam es ihr vor, als würde er sich an ihrer Stelle aufregen. Über die Dinge, die auch sie irgendwann mal zornig gemacht hatten. Die Gentrifizierung, die sich wie eine schimmernde Öllache über Berlin legte. Die jeden und alle, die nicht das Geld hatten oder nach genügend Geld aussahen, immer weiter hinter den Ring zurückdrängte. Eine Gentrifizierung, die mit Hundertschaften, Hunden und Hubschraubern gegen Familien und Rentner und die vorgingen, die sich weigerten, im Kapitalismus zu funktionieren, oder es schlicht nicht schafften mitzuhalten. Die dafür sorgte, dass Menschen ihre Wohnungen verloren und plötzlich auf der Straße saßen. Die noch mit dem Knüppel auf die einschlug, die schon am Boden lagen. Und auf die, die versuchten zu helfen.

Der Zorn ihres Mitbewohners hatte ihr gutgetan. Vielleicht war es auch beruhigend gewesen, einfach einer vertrauten Person zuhören zu können, ohne irgendwelche Erwartungen, selbst etwas sagen zu müssen.

Alex hatte Jan kennengelernt, als sie so weit unten war, dass selbst Ilse ihr nicht mehr helfen konnte. Er hatte sie Stück für Stück wieder zusammengesetzt. Hatte ihr aus ihrem Loch geholfen und ihr die Zeit gelassen, die sie brauchte, um ihre Wunden zu lecken.

Um sie zuzukleistern. Wie ein Loch in der Wand, das man mit Gips verschmiert. Er wusste, dass es diese Wunden in ihrem Inneren immer geben würde. Aber dass Alex sie niemals wieder aufreißen wollte.

Als Jan gefragt hatte, ob sie bei ihm einziehen wollte, hatte sie gezögert. Sie hatte befürchtet, dass er anfangen würde, Ansprüche zu stellen, Erwartungen zu haben. So wie alle irgendwann anfingen, Erwartungen zu haben. Alle, die Alex irgendwann an sich rangelassen hatte.

Aber er stellte keine Ansprüche. Es schien genug für ihn zu sein, ihr ein Heim zu bieten, ein Heim, das er sauber halten konnte. In das er frische Blumen stellen konnte. Und Kerzen. Alex brauchte keine Blumen und Kerzen. Und es hatte eine Weile gedauert, bis sie akzeptieren konnte, dass er anders war. Ein bisschen wie ihr Hund damals. Bedingungslos.

Ihren Hund hatten sie ihr weggenommen. Und sie hatten ihr verboten zu weinen. Das war das erste Mal gewesen, dass sie die Trauer tief in sich drin aufbewahrt hatte, in ihrem Inneren vergraben …

Jan wusste nicht alles von ihr, aber genug, um ihre Stimmungsschwankungen auffangen zu können. Und er hatte ein untrügliches Gespür dafür, wann sie seinen Zuspruch brauchte. Dann wurde er nicht müde, ihr stets aufs Neue aufzuzählen, was er an ihr schätzte. Ihre Unabhängigkeit, ihre Stärke, ihren Mut, ihren unbedingten Gerechtigkeitssinn. Dass sie nur aus einem einzigen Grund zur Kripo gegangen war – weil sie sich für andere einsetzen wollte. Vor allem für die,

die dazu nicht mehr selbst in der Lage waren. Oder es noch nie gewesen waren. Und Alex war eitel genug, um Jan auch solche Plattitüden durchgehen zu lassen wie: Du bist schön. Du bist schlau. Du kümmerst dich nicht um irgendwelche dämlichen Konventionen, du hast genau das, was den meisten anderen fehlt, das macht dich aus, Alex. Und jedes Mal war es sein abschließendes Fazit, das sie laut auflachen und für den Moment alle Probleme nichtig werden ließ: »Verdammt, Alex, wenn ich nicht schwul wäre, hätte ich dich längst geheiratet!«

*

Um drei war sie endlich ins Bett gegangen, hatte nur ihre schweren Stiefel ausgezogen und war sofort eingeschlafen. Heute Morgen hatte sie geduscht und erstaunlicherweise keinen Kater und noch nicht einmal Kopfschmerzen gehabt. Sie hatte das Motorrad stehen gelassen, sich einen Kaffee am Späti an der Ecke geholt und war durch den Regen zur U-Bahn-Station gerannt. Ihre kurzen schwarzen Haare bildeten nasse und zerzauste Strähnen. Auf der schwarzen Lederjacke mit dem hohen Fliegerkragen perlte der Regen in dicken Tropfen ab.

In der Polizeidirektion herrschte noch eine etwas verschlafene Stimmung, als sie zur Tür hereinkam. Sie nahm sich einen weiteren Kaffee und las die verschiedenen kleinen Merkzettel auf ihrem Schreibtisch durch.

Ilse besuchen.
Sitzungsprotokoll fertigstellen.
Einkaufen.

Sie war schon lange nicht mehr einkaufen gewesen. Pizza- und Döner-Läden zählten wohl nicht als Einkauf. Manchmal machte sie auf dem Nachhauseweg einen kleinen Umweg und ging in den Asia-Laden am Hackeschen Ufer. Die Nudeln mit Ente waren vegan. Und Nudeln in heißem Wasser aufzuweichen zählte für Alex allemal als Kochen. Immerhin bekam sie so ein Abendessen. Ein warmes. Früher war sie oft in eine der diversen VoKüs, Kochkollektive, gegangen, die es überall in Berlin gab. Aber dort fühlte sie sich nicht mehr willkommen, seit sie in den Polizeidienst eingetreten war.

Ein weiterer Zettel lag auf ihrem Schreibtisch, die Handschrift war die der Sekretärin:

Eine Frau Ilse bittet um Rückruf.

Ilse! Ilse stand bereits auf ihrer To-do-Liste. Aber normalerweise rief sie nicht an. Erst recht nicht auf der Dienststelle. Hoffentlich war nichts passiert.

Sie hatte schon den Hörer in der Hand, als die Tür aufflog und Polizeidirektor Wagner die schläfrige Stimmung zunichtemachte. Hinter seinen breiten Schultern ließ sich noch ein weiterer Mann erahnen.

»Aufwachen alle miteinander«, meldete der Komponist mit der für ihn typischen nervtötenden Fistelstimme. Wagner hatte den Spitznamen »der Komponist« weggehabt, noch bevor sie zum Team dazukam. Natürlich wusste er, wie sie ihn nannten, auch wenn es sich in seiner Gegenwart niemand traute. Aber sie waren sich alle einig, dass seine zuckenden Armbewegungen manchmal stark an einen Komponisten erinnerten. An einen Komponisten, der gerade seine eigene Musik dirigierte.

»Wie angekündigt, haben wir einen Neuzugang, darf ich vorstellen …«

Alex sah als Erstes die Schuhe, teure Lederschuhe, und plötzlich hatte sie einen furchtbaren Verdacht.

»… Markus Lepke.«

Sie schluckte, bevor sie es wagte, nach oben zu sehen. Aber da stand er, der Tourist! Der Typ aus der Kneipe vom letzten Abend.

Manche im Raum waren aufgestanden und schüttelten ihm nun die Hände. Nur Meyer vergrub sich lieber in seinen Berichten, vielleicht hatte er auch tatsächlich nicht mitbekommen, dass der Komponist aufgetaucht war und …

»Alex!«, hörte sie Wagner ihren Namen rufen. Jetzt gab es kein Zurück mehr, ihr blieb nichts anderes übrig, als dem neuen Partner ebenfalls die Hand zu geben. Plötzlich vermisste sie ernsthaft ihren alten Kollegen.

Im Vorbeigehen gab Ines ihr mit einem Augenzwinkern zu verstehen, dass sie es da doch wahrhaftig nicht schlecht getroffen hätte. Sie schüttelte unwillig den Kopf. Verdammt, dachte sie. Ines verkörperte all das, was Alex am Polizeidienst störte, vielleicht sogar verachtete. Sie war blond und trug ihre Haare zu einem Pferdeschwanz gebunden. Die Mieze vom Beifahrersitz, die jedes noch so dämliche Bullenklischee mühelos erfüllte. In den Ohren hatte sie Perlenstecker. Außerdem war sie für Alex' Geschmack zu karrierebewusst, und sie hatte ganz sicher das falsche politische Bewusstsein. Wenn sie denn überhaupt eines hatte. Ines verstand nicht, dass die einzige vernünftige Rolle einer Polizistin darin bestehen musste, Menschen in Not zu helfen. Eigentlich waren es solche wie Ines, die Alex fast davon abgehalten hatten, in den Polizeidienst zu gehen. Und die diese Wirkung auch immer noch auf sie hatten. Wie oft war sie schon knapp davor gewesen, einfach alles hinzuschmeißen. Wieder auf der anderen Seite der Drängelgitter zu stehen. Verdammt, dachte sie nochmals, jetzt mit Blick zur Tür.

»Alex, darf ich dich mit deinem neuen Partner Markus Lepke bekannt machen? Vielleicht kannst du ihn ein bisschen einweisen, dann könnt ihr euch auch gleich besser kennenlernen.«

Wagner war etwas zu freundlich. Sie war sich nicht sicher, ob der Komponist den Touristen mochte. Sein ohnehin seltenes Lächeln wirkte aufgesetzt. Irgendetwas sagte ihr, dass es ihm lieber gewesen wäre, jemand anderen in seinem Team willkommen zu heißen.

Sie verschränkte die Arme und blickte dem Touristen in die Augen. Falls ihm erst jetzt aufging, wer seine neue Partnerin war, ließ er es sich zumindest nicht anmerken.

»Freut mich.«

Der Komponist verabschiedete sich so schnell, dass es gerade eben nicht unhöflich war.

Alles sah also danach aus, dass der Tag mit einer Touristenführung beginnen würde. Alex ging auf direktem Weg zum Kaffeeautomaten, wobei ihr auffiel, dass irgendwo ein Fenster offen sein musste. Es zog furchtbar in dem unpersönlichen Großraumbüro, das sie sich mit allen anderen aus dem Team des Morddezernats teilen musste. Ihre Stimmung war schlecht, und sie dachte gar nicht daran, so zu tun, als wäre alles gut …

»Also, Mia, ist der Kaffeeautomat hier tatsächlich das Interessanteste, was du mir zeigen kannst, oder versuchst du nur, mich weiter zu ignorieren?«

Für einen kurzen Augenblick war sie irritiert, dann fiel ihr wieder ein, dass sie sich gestern Nacht gegenüber dem Touristen mit einem falschen Namen vorgestellt hatte. Er wusste also, wer sie war.

Sie nahm den fertigen Kaffee und lehnte sich an den Automaten, wobei sie sehr darauf bedacht war, aus dem Fenster zu blicken.

Lepke machte sich jetzt ebenfalls am Automaten zu schaffen. Espresso. Ohne Zucker.

»Wusstest du übrigens, dass vier von fünf Polizisten angeblich nicht in der Lage sind, das Wort ›interessant‹ richtig zu buchstabieren? Die meisten lassen zumindest das e hinter dem t weg.« Er grinste und probierte schlürfend einen ersten Schluck.

»Intressant«, sagte Alex mit deutlicher Betonung auf dem tr.

»Okay, was willst du sehen?«, fragte sie dann und stieß sich von dem Automaten ab, bereit zu gehen.

»Vielleicht könnten wir erst mal eine rauchen? Wenn ich mich recht erinnere, rauchst du doch, oder?«

»Eigentlich nur abends und wenn ich richtig schlechte Laune habe.« Sie zögerte. »Womit jetzt wohl genau der richtige Zeitpunkt für eine Zigarette wäre.«

Schnell durchquerte sie den zugigen Raum, Lepke nur wenige Schritte hinter sich. Als ihre Hand den Türgriff berührte, rief Meyer sie zurück.

»Alex, warte mal!« Er wedelte mit einem Zettel. »Ist gerade reingekommen. Kantstraße 32. Steglitz. Ist vielleicht eine Leiche. Die Anruferin ist so hysterisch, als wäre sie gerade auf ein frisches Massengrab gestoßen. Scheint älter zu sein, also die Frau, nicht das Massengrab. Heißt Krämer oder so. Die Kollegen von der Streife waren schon da. Die haben aber nichts entdecken können, und jetzt nervt die Alte eben uns. Vielleicht ist es ja was für dich und den Neuen. Nummer und so schick ich dir alles noch mal ins Fahrzeug.«

Alex atmete hörbar erfreut aus.

»Na, dann mal los! Das Haus hier wird ja auch nachher noch stehen für deine Führung.« Sie war schon durch die Tür zum Treppenhaus, als sie den Satz beendet hatte.

Erst auf dem Hof wartete sie auf Lepke.

»Sag mal, kannst du Auto fahren?«

Lepke stutzte kurz, bevor er bejahend mit dem Kopf nickte und die Autoschlüssel nahm. Er drückte auf den Funkschlüssel, um das richtige Fahrzeug zu finden. Bei einem schwarzen BMW öffneten sich mit leisem Klacken die Türen, und die Außenspiegel klappten aus.

»Nicht schlecht«, murmelte er und stellte sich den Sitz ein. »Hast du keinen Führerschein, oder was?«, fragte er, während er die Kupplung kommen ließ.

»Doch«, antwortete sie und drehte die Musik auf. Lez Zeppelin. Die Frauenband aus New York, die ausgerechnet die größten Machos der Rockgeschichte coverte: *Been dazed and confused for so long it's not true …*

Alex stellte das Navi an und gab die Adresse ein. Sie hatte keine Lust, jetzt den Weg anzusagen, das würde automatisch zu Small Talk führen, und genau darauf konnte sie verzichten.

Schweigend fuhren sie Richtung Steglitz. Lepke war vollauf damit beschäftigt, den Anweisungen der mechanisch freundlichen Frau zu folgen und mit dem Berliner Verkehr klarzukommen. Alex musste sich ein Lachen verkneifen, als ihn ein tiefergelegter Golf schnitt und der Fahrer ihm den ausgestreckten Mittelfinger zeigte.

Dann dachte sie über ihren sowieso schon überfälligen Urlaub nach. Vielleicht sollte sie ihn jetzt nehmen und das Problem »Tourist« noch ein bisschen aufschieben.

Regen.

Vor Nässe dunkel glänzender Asphalt.

Dichter Verkehr.

Das Quietschen der Scheibenwischer auf der Windschutzscheibe.

Ein sich nur zäh vorwärtsbewegender Stau an einer Baustelle, an der weit und breit kein Arbeiter zu sehen war.

Schweigen.

Das beklemmende Gefühl, etwas sagen zu müssen, aber nicht zu wissen, was.

Schweigen.

Unangenehm.

Viel zu lange schon und vor allem viel zu laut.

Als Lepke vierzehn Minuten später in die Kantstraße einbog, richtete sie sich im Sitz auf und warf ihren mittlerweile leeren Kaffeebecher zwischen ihre Füße zu dem restlichen Müll, der sich dort sammelte.

Lepke stoppte den BMW auf Höhe einer winkenden Frau am Straßenrand. Die Frau fing schon an zu reden, bevor sie überhaupt ausgestiegen waren. Durch die Scheiben konnten sie sehen, wie sich ihr Mund bewegte. Ein Stummfilm. Nur die Musik passte nicht dazu. Oder vielleicht doch: *Communication breakdown, it's always the same.*

»Gott sei Dank, da sind Sie ja endlich, hier hinten ist es, kommen Sie.«

Sie drehte sich um und ging in Richtung Haus Nummer 32, während sie verzweifelt auf den dazugehörigen Vorgarten zeigte.

»Nachdem Ihre Kollegen mich hier einfach haben stehen lassen, dachte ich schon, Sie würden nicht mehr kommen. Deswegen habe ich noch mal angerufen, aber da sagten die, Sie wären auf dem Weg. Haben Sie sich verfahren? Jetzt beeilen Sie sich doch mal ein bisschen.«

Fast wäre Alex rausgerutscht, dass Tote sich selten wegbewegten, weswegen alle Eile vollkommen unnötig war, als Lepke sie einholte und zischte: »Als ob Tote wegrennen können.«

Wenigstens hatte er so was wie Witz, das musste Alex ihm lassen.

Die Frau war jetzt am Gartenzaun angekommen, ein rostiger Maschendraht, an dem ein paar letzte Reste roter Farbe zu erkennen waren. Dahinter lag der reichlich verwahrloste Vorgarten. Aus den vereisten Schneeresten stachen Grashalme und Unkraut. Der Schauplatz setzte sich merkwürdig grotesk von den ordentlichen Gärten der Nachbarhäuser ab. Alex fragte sich, warum es vor den anderen Häusern keine grauen Schneereste gab. Für einen kurzen Augenblick stellte sie sich die Nachbarn vor, wie sie mit einem Föhn den Schnee in ihren Gärten bekämpft hatten. Die Verlängerungskabel folgten wie Rattenschwänze den spießigen Schritten …

»Da! Genau da liegt sie. Dabei waren die beiden doch immer so nett gewesen, kamen immer mal wegen Eiern oder Milch und so. Er ist Künstler. Sie auch. Und hübsch war sie, ja sehr, ein Gesicht wie ein Engel. Und so schönes blondes Haar, lang, nicht wie es wohl gerade modern ist.« Sie warf einen kurzen Blick zu Alex. »Aber das muss jeder selber wissen. Und manchen steht es ja auch.«

Aber mir nicht, willst du sagen, dachte Alex.

Blöde Alte.

Sie sah, wie Lepke sich auf die Lippen biss, um ein Grinsen zu verbergen.

Scheißtyp.

»Jetzt aber mal kurz von vorne.« Lepke schaffte es endlich, die Frau zu unterbrechen. »Frau …?«

»Krämer.«

»Gut, Frau Krämer, ich bin Hauptkommissar Markus Lepke, das hier ist meine Partnerin Alex …« Lepke stockte.

»Alexandra Gode«, beendete Alex den Satz mit einem zerknirschten Lächeln. Partnerin. Ja, leider.

»Ich habe Sie da richtig verstanden, Frau Krämer, das hier ist nicht Ihr Haus, sondern das Ihrer Nachbarn, ja?«, versuchte Lepke es weiter.

»Aber das sagte ich doch schon. Und beide waren Künstler. Obwohl ich nie ein Bild von ihnen gesehen habe! Ich glaube auch, dass die junge Frau gar nicht gemalt hat. Aber von so neuer Kunst verstehen Sie bestimmt mehr als ich.«

Sie zeigte auf Alex. Wahrscheinlich hatten auch ihre Eltern schon so viel Zeit beim Gartenrasen-Stutzen verbracht, dass ihnen die Zeit gefehlt hatte, ihrer Tochter beizubringen, nicht auf andere Leute zu zeigen.

»Gut, Frau Krämer, und hier soll nun eine Leiche liegen?«, übernahm Alex das Gespräch.

»Ja, genau da!« Die Frau zeigte wieder in den Vorgarten.

Alex und Lepke traten näher an den Zaun, konnten aber nichts entdecken, was auch nur im Entferntesten wie eine Leiche aussah.

»Er hat sie schon im Dezember vergraben«, meldete sich die Frau wieder zu Wort und kam ebenfalls näher, »genau hier, und ich habe alles beobachtet. Aber das habe ich ja auch schon versucht, Ihren Kollegen zu erklären.«

Alex und Lepke starrten nochmals irritiert in den verwilderten Vorgarten, bis Lepke sich schließlich umdrehte und die Frau eher barsch nach ihren Personalien fragte.

»Solveig Krämer, meine Mutter war Schwedin, aber aufgewachsen bin ich in Berlin. Damals. Aber ich verstehe nicht, warum das von Interesse ist, also wie ich heiße und so. Sie denken doch nicht etwa, dass ich die Frau umgebracht habe?«

Lepke stutzte und blickte von seinem Smartphone auf, in dem er ihre Personalien notiert hatte. »Zunächst, Frau Krämer, sehe ich hier noch gar keine Leiche …«

»Sie sagten, es handelt sich um eine Frauenleiche?«, unterbrach ihn Alex.

»Ja. Die von der schönen blonden Frau, wer soll es denn sonst sein? Und vergraben hat er sie schon im Dezember! Danach habe ich die beiden auch nicht mehr gesehen.«

Ihre Mundwinkel zogen sich nach unten. Sie war sichtlich empört, dass auch diese Polizisten ihr nicht glauben wollten. Für einen Moment erinnerte sie Alex an die Bundeskanzlerin. Sie merkte, dass Lepke kurz davor war zu lachen. Vielleicht hatte er gerade die gleiche Assoziation gehabt.

Alex stützte sich auf einen der rissigen Pfeiler und flankte über den Zaun. Sollte der Tourist doch ruhig lachen, ihr kam die Frau nicht verwirrt genug vor, um sich eine Leiche auszudenken.

Langsam folgte sie dem überwucherten Weg, der zu einem kleinen, reichlich heruntergekommenen Haus mit abblätternder hellblauer Farbe führte. Als Lepke ihr zurief, dass das doch alles Quatsch sei und sie jetzt besser wieder fahren sollten, gab sie ihm mit einem Handzeichen zu verstehen, dass er sich noch kurz gedulden musste. Weit brauchte sie nicht zu gehen, bis sie links von sich, noch halb von einem Schneehaufen verdeckt, etwas entdeckte, das sehr wohl der Arm einer Person sein konnte.

Sie pfiff leise durch die Zähne und hockte sich hin. Hinter ihr machte Lepke die Gartentür zum Weg auf. Es quietschte leise. Lepke war mit wenigen Schritten bei ihr und folgte mit den Augen ihrem ausgestreckten Arm. Auf Leichen durfte man zeigen. Auch auf Leichenteile.

Der Arm schimmerte grünlich grau zwischen den Schneeresten. Das ungemähte Gras legte sich wie Fäden über die Haut. Ein paar Tage später, und der Schnee wäre geschmolzen. Ameisen, Maden und Käfer würden sich dann über die menschlichen Reste hermachen. Sie würden sich durch kleine Kanäle in die Haut fressen. Durch Adern, Venen und Muskeln bohren. Sich vermehren und den Arm von innen mit schwarzem und weißem Leben füllen. Ihn zum Bersten bringen.

Leichenschmaus.

Aber noch sah der Arm unberührt aus. Schimmernd. Wie poliert.

»Das ist dann wohl etwas für die Spurensicherung«, sagte Lepke und hatte schon wieder sein Smartphone griffbereit. Alex richtete sich auf. Die Frau war verschwunden. Allerdings meinte Alex, eben noch gesehen zu haben, wie ihre Haustür ins Schloss fiel. Ansonsten gab es keine Bewegung. Und es war auffällig still. Trotz des Lärms der Großstadt, der unaufhörlich zwischen den Häusern hindurchbrandete. Zu still.

Alex ging zurück zum Weg und näherte sich dem hellblauen Haus. Sie konnte weder ein Namensschild noch eine Klingel entdecken. Kurz darauf war auch Lepke neben ihr. Sie streckte die Hand aus und klopfte. Wenig später ein zweites Mal, lauter. Mit der ganzen Faust.

»Glaubst du nicht, dass schon jemand rausgekommen wäre, um nachzusehen, was zwei fremde Menschen hier so im Garten machen? Wenn denn jemand zu Hause wäre!«

Alex gab keine Antwort, sondern verschwand nach rechts um das Haus herum. Alle Fenster waren verschlossen, die Gardinen zugezogen, an den Fensterrahmen zeichneten sich Schimmelflecke ab. Im hinteren Teil des Gartens standen verschieden große verrostete Eisenstangen. Manche gekrümmt, manche gerade, einige hatten Löcher. Sonst nichts. Als wäre schon länger niemand mehr hier gewesen.

Sie blieb noch eine Weile im Garten stehen, ohne dass ihr auch nur ein halbwegs sinnvoller Gedanke in den Kopf kam. Nur ihre Füße wurden langsam kalt.

Wie aus weiter Ferne hörte sie die Autos der Spurensicherung. Lepke führte die weißen Overallträger mit ihren Koffern zu der Stelle, an der sie vor Kurzem noch selbst gehockt hatten.

Es dauerte nicht lange, bis sie die Bestätigung bekamen, dass es sich um den Arm einer toten Person handelte. Einer Frau. Nicht besonders alt. Der restliche Körper steckte aller Wahrscheinlichkeit nach im gefrorenen Boden unter dem Schnee.

»Wir brauchen noch einen Moment hier«, teilte ihnen einer der Overalls mit. »Wir müssen grobes Werkzeug einsetzen, um die Erde aufzubrechen. Oder einen Heizstrahler, obwohl der natürlich das Risiko beinhaltet, dass wir …«

»Wie lange braucht ihr?«, unterbrach ihn Alex.

»Gib uns eine halbe Stunde.«

Alex drehte sich zu Lepke.

»Dann ist es jetzt an der Zeit, dass wir uns bei Frau Krämer entschuldigen.«

Lepke folgte ihr mit unwilligem Gesichtsausdruck.

Auf dem Nachbargrundstück war tatsächlich nicht die kleinste Spur von Verwilderung zu sehen. Der Gartenzaun war aus Holz und mit wasserabweisendem Lack gestrichen, so dass die Regentropfen einen perlenden Überzug bildeten. Dahinter sah man ordentlich verlegte Steinplatten und sorgfältig zurechtgeschnittene Buchsbäume. Friedhofsatmosphäre. Geordnete Friedhofsatmosphäre.

Bevor sie noch die Treppenstufen zur Haustür hinaufgestiegen waren, öffnete die Frau die Tür.

»Ich habe sie beobachtet! Hier am Fenster, da kann man alles sehen, wenn man den Hals ein kleines bisschen verrenkt. So einen Trubel plötzlich ist man ja gar nicht gewohnt. Normalerweise ist es hier wunderbar ruhig, nichts los. Außer wenn die junge Frau auf ihren Eisenstangen rumgehauen hat, das war schon immer ein Lärm. Aber sonst. Nichts los. Da kann man natürlich auch jemanden verbuddeln, aber ich habe es genau gesehen. Mir entgeht so schnell nichts. Habe ich Ihnen ja schon gesagt. – Oh, jetzt bin ich so aufgeregt, da habe ich fast vergessen, Sie hereinzubitten. Nur zu. Einen Kaffee vielleicht oder ein paar Kekse? Polizisten hatte ich noch nie im Haus …«

Nach einer gefühlten Stunde Monolog und viel zu viel »echtem Bohnenkaffee« standen Alex und Lepke wieder draußen auf der Straße. Immerhin mit sämtlichen Informationen über sämtliche Nachbarn.

»Das war dann wohl weibliche Intuition. Wollen wir noch mal den Garten absuchen?«

Alex ließ Lepke einfach stehen, ohne eine Antwort zu geben. Für weibliche Intuition hatte sie wenig bis gar nichts übrig. Und falls sie so etwas jemals gehabt haben sollte, war es ihr in frühen Kinderjahren ausgetrieben worden.

Die Overalls hatten die Leiche mittlerweile freigelegt. Nicht zum ersten Mal starrte Alex für einen Moment fasziniert auf den geöffneten Koffer des Gerichtsmediziners.

»Erinnert mich irgendwie immer an die Werkzeugkiste eines Handwerkers«, ließ sich Lepke neben ihr leise vernehmen. »Ich kann mir nie richtig merken, was das im Einzelnen für Zeug ist, das die Typen da mit sich rumschleppen.«

»Ich schon. Das meiste dient dazu, den Todeszeitpunkt zu bestimmen«, referierte Alex mehr für sich selbst. »Die Augentropfen zum Beispiel. Oder die Pinzette, mit der sich Leichenflecken überprüfen lassen, ähnlich wie bei einem Sonnenbrand. Das Reizstromgerät ist für die Lidwinkel, um die Reaktion der Gesichtsmuskulatur zu überprüfen. Und natürlich ein elektronisches Thermometer mit einer fünfzehn Zentimeter langen Metallelektrode, die zur Rektalmessung in den Enddarm des Opfers eingeführt werden kann …«

Lepke hob die Hände.

»Danke, Kollegin. Respekt! Dann weiß ich ja demnächst, wen ich fragen kann.«

Alex war sich nicht sicher, ob er sich über sie lustig machte. Sie hatte reagiert, ohne darüber nachzudenken, ob sein Bekenntnis, keine Ahnung zu haben, wirklich ernst gemeint war. Jetzt kam sie sich wie ertappt vor. Als wäre sie vorgeführt worden.

Sie war dankbar, als der Gerichtsmediziner, den sie im Stillen nur den alten Grabbler nannte, sich räusperte und ohne aufzublicken auf den Leichnam deutete: »Weibliche Person, so um die dreißig. Schon mindestens einen Monat hier vergraben, aber noch erstaunlich gut erhalten, wahrscheinlich weil der Boden gefroren ist. Trotzdem schlimm zugerichtet, wie ihr ja selbst sehen könnt. Und zwar *ante mortem*, so viel ist sicher. Für alles andere müsst ihr warten. Die Kollegen machen noch ihre Fotos, danach nehmen wir die Frau erst mal mit.«

Er wischte sich mit einem alten Taschentuch den Schweiß von der Glatze. Sein Bauch sprengte fast den weißen Overall. Grinsend streckte er die Hand aus, aber Alex konnte sich schnell genug wegdrehen, so dass seine Hand ihr Ziel verfehlte und in der Luft hängen blieb.

*

Der Künstler hieß Joachim Gärtner und war nicht auffindbar. Sie hatten es zwar nach einiger Zeit geschafft, ihn als Mieter des Hauses auszumachen, aber weiter kamen sie nicht. Auch die Identität der Toten blieb ein Rätsel. Sicher war nur, dass die Frau durch äußere Gewalteinwirkung gestorben war, mittels Schlägen, so lautete jedenfalls die Kurzzusammenfassung des dicken Gerichtsmediziners.

Die Details übertrafen dann aber alles, was Alex bisher untergekommen war. Sie zog zitternd die Schultern hoch. In den Kellerräumen der Gerichtsmedizin war es kalt. Vielleicht wehrte sich ihr Körper aber auch gegen das Bild der toten Frau, die vor ihnen auf einem der glänzenden Metalltische lag. Nase und Kiefer waren gebrochen, ebenso das Jochbein. Das Gesicht musste vollkommen entstellt gewesen sein, als sie starb. Weiterhin fanden sich diverse gebrochene Finger. Links waren das Handgelenk, der Ellbogen, das Knie und der Knöchel nahezu vollständig zerstört. Und der gesamte Körper war übersät mit Hämatomen.

»Ich würde auf eine Art Kampf tippen«, führte der Gerichtsmediziner weiter aus, »bei dem sie eindeutig in der schwächeren Position war. Sie muss gestürzt sein, auf ihre linke Seite. Wahrscheinlich nicht nur einmal. Oder sie ist mit großer Wucht zu Boden geworfen worden. Definitive Todesursache sind einige gebrochene Rippen, die die Lunge verletzt haben. Sie ist sozusagen erstickt. Aber es war nicht das erste Mal, dass jemand sie verprügelt hat. Die Leiche weist zusätzlich eine Reihe von früheren mehr oder weniger gut verheilten Knochenbrüchen auf. Außerdem hatte sie Geschlechtsverkehr gehabt, ich kann jedoch nicht eingrenzen, ob dieser vor, während oder nach dem Kampf stattgefunden hat. Nach dem Zustand ihres Gesichts zu urteilen, war der Kampf etwas Persönliches, wenn ihr mich fragt. Vermutlich kannte sie ihren Mörder. Es ist allerdings nicht auszuschließen, dass mehr als nur eine Person ihr diese Verletzungen zugefügt hat. Auf jeden Fall aber reden wir von einem oder mehreren Männern, die Krafteinwirkung auf die Leiche war unglaublich groß. Jetzt seid ihr dran.«

»Wer auch immer sie umgebracht hat, muss einen verdammten Hass empfunden haben«, sagte Lepke leise.

Alex sah, wie er die Lippen aufeinanderpresste. Seine Kieferknochen zeichneten sich deutlich unter der Haut ab.

»Wahrscheinlich hat sie sich gewünscht, schneller zu sterben, als sie es tat«, war ihr einziger Kommentar, bevor sie eilig den gefliesten Kellerraum mit den niedrigen Decken verließ.

Es war kalt hier unten. Nicht nur wegen der niedrigen Temperatur. Und es war so scheißsteril, dass es ihr Angst machte. Krankenhäuser hatten eine ähnliche Wirkung auf sie. Kranke strahlten Schwäche aus. Hilflosigkeit. Alex hatte früh lernen müssen, niemals schwach oder hilflos zu sein. Sie hatte es längst verinnerlicht. Und hier unten im Reich der Leichen war es wie in einem Krankenhaus, in dem schon alle gestorben waren. Sie musste hier raus.

Es dauerte eine Weile, bis Lepke sie in dem unübersichtlichen Kellergeschoss wiedergefunden hatte. Sie saß auf der Fensterbank am Ende eines wenig benutzten Gangs. Die Knie hatte sie angezogen, mit den Händen hielt sie sich an ihnen fest. Hielt sich an sich selbst fest. Ihre Fingerknöchel traten weiß hervor. Ihr Kinn ruhte auf ihrem linken Knie, der Kopf war zum Fenster gedreht.

Alles drehte sich in ihrem Kopf. Zum ersten Mal seit sehr langer Zeit waren die Erinnerungen von früher wieder hochgekommen. Bilder einer vergessenen

Zeit. Die Schreie ihrer Mutter, wenn ihr Vater immer und immer wieder zutrat. Ihre eigenen Schreie, wenn er sie zwang zuzusehen, damit sie stark wurde. Das unablässige Knacken der Heizungsrohre in dem düsteren Kellerraum, das wie ein schmerzhaftes Pochen mit jedem Herzschlag stärker zu werden schien, bis es alle Schreie übertönte.

Man ist entweder Opfer oder Täter, hatte er gesagt.

Sie starrte blicklos auf die vergitterte Milchglasscheibe und den Fensterschacht dahinter. Es fiel ihr schwer zu glauben, dass im Präsidium ein Stockwerk weiter oben ein ganz normaler Arbeitstag herrschte. Auch als Lepkes Schritte näher kamen, machte sie keine Anstalten, aufzustehen oder auch nur hochzublicken.

»Alles okay?«

»Nichts ist okay.«

Alex sprang von der Fensterbank. Sie konnte den Zorn in ihrer Stimme nur schwer unterdrücken. Ihre Augen waren zu engen Schlitzen zusammengepresst.

»Wir müssen diesen Joachim Gärtner finden. Und seine Freundin, nur für den Fall, dass sie nicht die entstellte Leiche hier unten ist.«

»Bist du dir sicher, dass du nicht reden willst?«, fragte Lepke, während er ihr nach draußen folgte.

Mit Gefühlen konnte Alex ebenso schwer umgehen wie mit Schwäche. Für ihren Vater waren Gefühle Schwäche gewesen. Alex wusste, dass dies nicht immer zutraf, aber es fiel ihr dennoch schwer, davon zu abstrahieren. Sie bevorzugte es zu flüchten. Im Treppenhaus blieb sie stehen.

»Wenn wir ihn so nicht finden, dann brauchen wir die Medien. Öffentlichkeit. Er ist Künstler, irgendjemand wird ihn kennen und vielleicht auch wissen, wo er ist.«

Alex begann, die Treppen hinaufzulaufen. Immer zwei Stufen auf einmal. »Ich mache jetzt Feierabend. Kümmerst du dich um die Fahndung und alles Weitere? Ich brauche jetzt erst mal was zu trinken.«

Ohne eine weitere Erklärung ließ sie Lepke stehen. Es war ihr egal, dass er noch keinen der Kollegen im Präsidium kennengelernt hatte. Ihre Fassade hatte zu bröckeln begonnen. Auch Zorn und Wut waren Gefühle. Doch vor Lepke wollte sie keine Schwäche zeigen. Ganz sicher nicht vor Lepke.

*

Eine Stunde später verließ auch Lepke das Präsidium. Aus einem unbestimmten Impuls heraus nahm er die U-Bahn in Richtung Neukölln. Er stieg in den letzten Wagen und merkte zu spät, dass es einen Grund dafür gab, warum der Wagen so leer war. Ganz vorne auf einem der Sitze hockte ein Obdachloser. Mit der einen Hand klammerte er sich an seine Plastiktüten, während die andere Hand fast den Boden berührte. Er saß weit nach vorne gebeugt da, Lepke war sich nicht sicher, ob er überhaupt noch ansprechbar war.

Der Geruch im Wagen stieg ihm in den Kopf. Es war nicht einfach nur der Geruch nach ungewaschener und vergammelter Kleidung. Irgendwo unter den dreckigen Klamotten musste der Mann eine Wunde haben. Eine Wunde, die in keinem Krankenhaus versorgt worden war. In der der Eiter langsam die Haut zerfraß. Nur wenige wussten, wie sehr verfaulte Haut stinken konnte. Und wie schwer es war, den Geruch auszuhalten.

Lepke musste sich zusammenreißen, um dem Drang zu widerstehen, bereits an der nächsten Station wieder auszusteigen. Immerhin ist es hier warm, dachte er, der Mann würde zumindest heute nicht erfrieren.

Am Hermannplatz nahm er den falschen Ausgang und fand sich in der Lebensmittelabteilung im Untergeschoss von Karstadt wieder. Verblüfft drehte er sich im Kreis. Dann fragte er eine Verkäuferin, die wie eine Fleischerfrau aussah, nach dem Weg. In barschem Berlinerisch gab sie zu verstehen, dass er mit der Rolltreppe nach oben fahren musste, um zum Hermannplatz zu gelangen. Es dauerte eine Weile, bis er die Weserstraße wiederfand. Nach Auskunft seines Handys war es der schnellste Weg, um zu seinem Ziel zu gelangen. Er war schon mal hier gewesen. Aber erst jetzt fielen ihm die kleinen Cafés und Kneipen auf, die sich dicht an dicht entlang der Straße drängten. Hier wirkte Berlin fast freundlich.

Irgendwann stand er vor der Kneipe in der Pannierstraße, in der er an seinem ersten Abend Zuflucht vor dem kalten Regen gesucht hatte. Gestern! Der erste Abend war erst gestern gewesen. Es kam ihm vor wie eine Ewigkeit. Er starrte eine Weile auf die Tür, bis er sich entschloss, eine Zigarette anzuzünden. Es war bitterkalt, und er fror. Er begann im Kreis zu laufen. Erst rechts herum, dann links. Als er fertig geraucht hatte, drehte er um und ging langsam zurück zur U-Bahn-Station.

*

Als Alex am nächsten Morgen das Präsidium betrat, saß Lepke schon an seinem Platz. Für einen kurzen Moment war sie irritiert – sein Anblick war noch ungewohnt. Fast als hätte sie ihn vergessen gehabt. Als hätte es den letzten Tag nicht gegeben. Ihr Kopf hatte erfolgreich versucht, alles Geschehene auszublenden. Ungeschehen zu machen.

Keine vergrabene Leiche.

Keine misshandelte Frau.

Kein neuer Kollege.

Vielleicht war der letzte Whiskey gestern Abend doch nicht so gut gewesen. Vielleicht war überhaupt alles nicht gut. Sie erinnerte sich, wie sie wieder stundenlang den drei alten Männern beim Schweigen zugesehen hatte, sie hatte auch dann noch an das Ende der Bar gestarrt, als die Alten längst zu Hause waren. Das war eine neue Erkenntnis gewesen – die Alten hatten ein Zuhause. Einen Ort, an den sie gehen konnten. Irgendwo in der trüben und kalten Stadt. Während sie selbst sich vorgekommen war wie eine der großen, grauen Ratten. Sie hatte sich in ein Loch verzogen, das nicht ihres war. In ein Loch vor einem Glas Whiskey. Sie hatte dort gesessen und anderen bei ihrem Leben zugesehen, so wie die Ratten im Sommer auf den Müllsäcken anderer Stadtbewohner saßen und im Winter in den Hauseingängen, in denen sie nur zur Untermiete wohnten. Rastlos. Immer auf der Flucht. Vor dem Tag davor ebenso wie vor dem nächsten, der kommen würde.

Sie erinnerte sich, dass Maja sie hatte abholen müssen, weil der notorisch langsame Barkeeper ihr nicht zugetraut hatte, alleine zu ihrer Wohnung zu finden. Sie hatte das Gefühl, immer noch den kalten Wind im Gesicht zu spüren, der sie auf dem Nachhauseweg hatte nüchtern werden lassen. Zumindest war es ihr so vorgekommen. Majas Erinnerung war da vielleicht eine andere. Erinnerungen waren eine subjektive Angelegenheit, auch das hatte sie früh lernen müssen.

Maja hatte ihr zugehört, obwohl Alex bestimmt nicht zu verstehen gewesen war. Maja hatte zugehört, während ihre Finger über Alex' nackten Rücken strichen, über ihre Wirbelsäule und ihre Schulterknochen. Die ganze Nacht blieb Majas Hand auf ihrem Körper liegen, erst als sie morgens aufgewacht war und aufstehen musste, weil sich alles drehte, hatte Maja sich tonlos umgedreht und war endlich selbst eingeschlafen.

Erst jetzt merkte Alex, dass Lepke sie anstarrte. Sie stand noch immer in der Tür. Als Lepke etwas sagen wollte, winkte sie ab und ging zum Kaffeeautomaten.

Außer ihnen beiden war das Präsidium so gut wie

leer. Es war erst halb sieben, sie hatte sich früh aus Majas Wohnung geschlichen. Kurz fragte sie sich, ob Lepke überhaupt im Bett gewesen war. Seine Augenringe gruben sich tief in die Mulde oberhalb der Wangenknochen. Er sah auf einmal älter aus. Und interessanter.

Als sie mit dem Kaffee zu ihrem Schreibtisch ging, stand Lepke auf und begann, mit einem dicken Filzstift ein Schaubild an die Wand aus Plexiglas zu malen, die den Raum teilte. Er schien sich gar nicht die Frage zu stellen, ob die Trennwand überhaupt zum Beschriften gedacht war – im Gegensatz zu Alex, als sie damals neu war.

Sie grinste schief und hoffte, dass Wagner ihnen heute einen seiner spontanen Besuche abstatten würde. Die wieder mal zweckentfremdete Wand würde ihm gar nicht gefallen. Im Gegensatz zu allen anderen war er sich über ihre Funktion sehr klar: ein stilsicherer Raumteiler, an dem sich jeder neue Beamte die Hörner abstoßen durfte. Und das meinte Wagner durchaus wörtlich!

In Großbuchstaben schrieb Lepke FRAUENLEICHE und WER?. Dann verband er beide Wörter mit einem Pfeil. Zögerte kurz und malte einen weiteren Pfeil. Schrieb JOACHIM GÄRTNER dahinter. Seine Buchstaben wirkten zu rund für sein sonst so männliches Auftreten.

Er trat einen Schritt zurück und betrachtete das recht dürftig aussehende Schaubild. Alex setzte sich und legte die Füße auf Stapel diverser Mappen, Ordner und Zettel, die sich auf der Tischplatte aneinanderreihten. Ein Muster aus Chaos hinterließen.

»Du hast vergessen, die Fotos vom Tatort mit dranzuheften …«, sagte sie mit nach zu vielen Zigaretten klingender Stimme.

Falls Lepke bemerkte, dass das keine besonders nette morgendliche Begrüßung war, ließ er es sich nicht anmerken. Wortlos nahm er die Tatortfotos aus einem Umschlag und klebte sie neben das Wort FRAUENLEICHE. Anschließend druckte er das Fahndungsfoto von Joachim Gärtner aus und heftete es über dessen schief geschriebenen Namen. Alex war sich nicht sicher, ob es sie ärgern oder freuen sollte, dass Lepke die Trennwand ebenso selbstverständlich wie sie als Tafel nutzte. Sie erinnerte sich an Wagners Wutanfall, als sie den Raumteiler zum ersten Mal zu einer Tafel umfunktioniert hatte. Aber vielleicht hatte Lepke auch einfach nur zu viele *Tatort*-Folgen gesehen. Oder *CSI*. Womöglich *True Detective*. Mit Woody Harrelson und Matthew McConaughey.

»Haben wir eigentlich inzwischen einen Namen für die Freundin von Gärtner?«, fragte Alex in dem Bemühen, wenigstens halbwegs Interesse zu zeigen. Intresse. Ohne e hinter dem t.

»Seit wann gehen wir denn sicher davon aus, dass sie wirklich unsere Leiche ist?«, fragte Lepke.

Offensichtlich hatte er schlechte Laune. Ähnlich wie sie. Oder versuchte er nur, sich ihrem Tonfall anzupassen? Alex war sich plötzlich nicht mehr darüber im Klaren, woher ihre schlechte Stimmung eigentlich kam. Was der Auslöser war. Ob es überhaupt einen gegeben hatte.

Sie versuchte, sich abzulenken, indem sie sich voll und ganz auf den Fall konzentrierte. Sie wollte allein sein. Zumindest in ihrem Kopf. Zu dem sonst niemand Zugang haben sollte. So wie früher, bevor Lepke aufgetaucht war. Sie ignorierte, warum sie Angst hatte, jemand könnte in ihren Kopf blicken. Lepke. Lepke könnte sehen, was in ihrem Kopf vorging, könnte die sorgfältig eingeschlossenen Erinnerungen hervorlocken.

*

Als das Präsidium eine Stunde später zum Leben erwachte, hatte Alex ihre Position nicht verändert. Doch die Glaswand war vollgeschrieben, die Fahndung nach Joachim Gärtner erfolgte weiter unter Hochdruck, und eine Pressekonferenz war anberaumt worden. Nach weiteren drei Stunden hatte Wagner einige Journalisten um sich versammelt, Alex und Lepke diskutierten die letzten Untersuchungsergebnisse der Gerichtsmedizin.

Viel Neues war nicht dazugekommen. Der Körper zeigte Fesselspuren an den Hand- und Fußgelenken, die allerdings schon fast wieder verheilt waren, als die Frau sterben musste. Der Todeszeitpunkt war auf die letzte Dezemberwoche eingegrenzt und die gestern vermutete Todesursache bestätigt worden. Ob der Geschlechtsverkehr freiwillig stattgefunden hatte, blieb nach wie vor offen und würde, wie in den meisten Fällen, wohl offen bleiben. Allerdings hatte der Gerichtsmediziner Verletzungen, Kratzspuren und Abdrücke von Bissen im Analbereich gefunden. Dies konnte auf bestimmte Vorlieben beim Analverkehr schließen lassen genauso wie auf Misshandlung. Und noch immer war die Tote nicht identifiziert, die Datenbanken hatten keinen Treffer gefunden.

Alex seufzte, in ihrem Kopf drehte es sich erneut, dann sagte sie: »Lass uns fürs Erste weiter davon ausgehen, dass es sich bei der Getöteten um die Freundin von diesem Gärtner handelt. Alter und Haarfarbe stimmen überein, außerdem sind die Statistiken auf unserer Seite …«

Lepke nickte. »Jeder dritte Todesfall bei Frauen geht auf das Konto ihres Partners oder Expartners.«

»Jede siebte Frau wird hierzulande vergewaltigt, gut 60 Prozent aller Frauen haben sexuelle Belästigung erlebt. Mehr als 90 Prozent der Täter sind männlich, und mehr als 70 Prozent stammen aus dem direkten Umfeld der Betroffenen«, führte Alex weiter aus. Wobei sie sich bemühte, möglichst neutral zu klingen. Als würde sie nur etwas referieren, was ohnehin jeder wusste. Oder zumindest jeder wissen sollte. Auch Lepke! Als gäbe es da keine Vergangenheit, die sie die Zahlen der Statistiken hatten verinnerlichen lassen.

60 Prozent.

90 Prozent.

70 Prozent.

»Wobei wir unterscheiden müssen. Straftaten gegen die sexuelle Selbstbestimmung und Gewalttaten im häuslichen Bereich sind nicht zu vergleichen mit Mord wie in unserem Fall.«

Lepke. Sein Tonfall ließ keinen Zweifel aufkommen, dass er immer noch genervt war.

»Vielleicht sind solche Grenzziehungen aber auch gar nicht so wichtig«, erwiderte Alex leise. »Befragungen von Sexualstraftätern haben Machtwillen und Wut als hauptsächliche Tatmotive ergeben. Deshalb ist nicht immer alles so scharf voneinander zu trennen ...« Alex schluckte mehrmals, bevor sie weitersprach. Ihre Stimme klang plötzlich höher. »Es ist eben nicht der Psychopath, der Außenseiter, der krank ist und sich nicht kontrollieren kann. Der irgendeinen Trieb hat. Es ist fast immer der Normalbürger, der Mann, der Nachbar, der stets freundlich grüßt und jeden Tag pünktlich zur Arbeit erscheint. Das ist der Mann, den wir suchen! Und damit kann es nahezu jeder da draußen sein. Einer von diesen ach so biederen Typen, die scheinbar keiner Fliege etwas zuleide tun können, aber die hinter geschlossenen Türen ihre Frauen und Kinder schlagen, würgen und sie erniedrigen. Die ihre Machtspiele ausleben und ihre Frauen erziehen wollen. Die sie bestrafen, wenn sie ungeschickt sind. Fehler machen. Nicht ordentlich sauber gemacht haben, schlecht kochen, schlecht Auto fahren. Der nette Ehemann, der manchmal ein Glas zu viel trinkt und dann über seine Frau herfällt. Und sie schlägt und sich ihren Körper nimmt, der ihm nicht gehört. Und später, wenn alles vorbei ist, entschuldigt er sich dann mit einem Blumenstrauß oder einem Urlaub oder auch einem Auto, diesmal mit Automatikgetriebe. Plötzlich ist er wieder der liebenswerte Charmeur, den sie ganz am Anfang mal kennengelernt hat. Bis er wieder trinkt. Und wieder glaubt, dass Frauenkörper etwas sind, was man sich einfach so nehmen kann, wann und wie man gerade will.«

Alex hatte das Gefühl, dass sie zu viel geredet hatte. Unbeabsichtigt hatte sie einen Vortrag gehalten, und Lepke hatte nur mit den Schultern gezuckt. Genauso gut hätte sie ihre Worte auch an die Glaswand richten können.

In diesem Moment kam ein sichtlich erschöpfter Wagner in den Raum. Von seinem sonst so auffälligen Wunsch nach Selbstdarstellung war nicht mehr viel übrig. Kurz angebunden teilte er ihnen mit, dass er zuversichtlich war, dass die Abendnachrichten einen Aufruf bringen würden, in dem die Bevölkerung um Mithilfe bei der Suche nach Gärtner gebeten wird. Doch ganz bestimmt wollte er nicht noch einmal ohne klare Resultate bei einer Pressekonferenz auftreten. Es folgte ein Wutausbruch über die vollgeschriebene und mit Fotos versehene Trennwand und die unmissverständliche Anweisung, gefälligst schneller zu arbeiten. Dann war er aber auch schon wieder verschwunden.

Wagner war gut für unzumutbare Auftritte. Er war ein selbstgefälliger Schickeria-Arschkriecher. So würde zumindest ihre Beschreibung lauten, hätte man sie gefragt. Er hatte nicht die leiseste Ahnung von ihrer Arbeit. Wagner besaß aber noch eine andere

Seite, das hatte sie schon mehrfach zugeben müssen. Auch wenn er sich gerne aufspielte und insbesondere mit ihren manchmal vielleicht ungewöhnlichen Ermittlungsmethoden alles andere als einverstanden war, deckte er sie doch jedes Mal, wenn sie irgendwo aneckte oder sich mal wieder nicht genau an die Vorgaben und Paragrafen hielt.

Was für ein Scheißleben, dachte sie, da verbringt er seine meiste Zeit damit, so tief wie möglich in irgendwelche Ärsche von irgendwelchen Politikern zu kriechen, nur um dann seine Karrierechancen wieder zunichtezumachen, weil er einem aus seinem Team den Rücken freihält.

»Mach dir nichts draus, so ist er«, sagte Alex mit einem kurzen Lachen, als sie Lepkes verwirrten Gesichtsausdruck sah. Im selben Moment fiel ihr auf, dass es heute das erste Mal war, dass sie lachte. Sie lachte nicht oft. Und wenn, dann nur aus Nervosität oder Überarbeitung. Vielleicht brauchten sie beide eine Pause.

»Vielleicht brauchen wir eine Pause«, sagte Lepke. »Zigarette?«

»Und mehr Kaffee«, nickte Alex. »Viel mehr.«

Unten im Hof steuerte Alex auf ihren Dienstwagen zu, ließ die Türverriegelung aufschnappen und warf sich auf den Fahrersitz. Lepke folgte ihr.

»Wo willst du denn hin?«, fragte er irritiert, während er bemüht war, sich den heißen Kaffee beim Einsteigen nicht auf die offensichtlich neue Jeans zu kippen. Es gelang ihm nur teilweise.

»Nirgends will ich hin. Aber hier drin kann ich Musik hören, und dann muss ich nicht mit dir reden«, erklärte Alex trocken. »Und du nicht mit mir.«

Sie stellte ihren Kaffeebecher in die Halterung auf der Mittelkonsole und beugte sich vor, um eine CD in die Anlage zu schieben. Blood Red Shoes.

Pay attention son, you might learn something …

Leise summte sie mit.

You're searching for something so invisible, raise your glasses to cheer for what you're not.

Als sie sich eine Zigarette anzündete, ließ auch Lepke sein Feuerzeug aufschnappen. Lehnte sich zurück und schloss die Augen. Sein Kopf wippte im Takt der Musik. Anscheinend kannte er die Musik, verblüffender noch, er schien sie sogar zu mögen!

Eine Zigarettenlänge war Stille zwischen ihnen. Früher hatte Alex die Zeit oft nach Zigarettenlängen eingeteilt.

Lepke setzte sich wieder auf. »Sag mal, auf dem Weg gestern nach Steglitz, das war Led Zeppelin, schon klar. Nur die Stimme …«

»Lez Zeppelin, deswegen die Stimme.« Alex nickte. »Und besser abgemischt.«

»Ach so, verstehe.«

Alex konnte ihr Grinsen nur mit Mühe unterdrücken.

Den Rest des Nachmittags verbrachten sie damit, die gläserne Wand anzustarren und immer wieder zwischen Wand, Schreibtisch und Kaffeeautomat hin und her zu laufen. Irgendwann beschloss Alex, nach Hause zu fahren. Ohne Erklärung nahm sie ihren Motorradhelm. Den letzten, mittlerweile kalt gewordenen Kaffee ließ sie auf dem Tisch stehen.

Wie schon so oft entschied sie sich, nicht sofort nach Hause zu fahren. Auf der Sonnenallee bog sie in die Pannierstraße ab. Neukölln war ausgestorben, ein kalter Wind hatte den letzten Regenschauer abgelöst und drang durch die Lederjacke bis in die Knochen.

Sie stellte das Motorrad auf dem Fußweg ab und öffnete die Tür, an der ein Schild hing: »Kein Ort für Nazis«. Über dem Schriftzug war das Bild eines Kaktus in einem Blumentopf zu sehen. Als ob ihn jemand direkt auf das Bild geschmissen hätte. Nicht zum ersten Mal fragte sie sich, was Nazis mit fliegenden Kakteen zu tun hatten. Aber wen auch immer sie darauf angesprochen hatte, niemand hatte ihr eine sinnvolle Antwort geben können.

Drinnen roch es nach kaltem Rauch und nassen Klamotten. Und ein bisschen nach Hund. Der notorisch langsame Barkeeper nickte ihr zu. Alex setzte sich auf ihren Stammplatz an der Bar, mit einem Lächeln nahm sie die drei alten Männer zur Kenntnis. Ihre Gesichtszüge schienen ebenso festgewachsen zu sein wie ihre Körper auf den Hockern.

Sie merkte, wie sie sich deutlich entspannte. Hier wurde sie akzeptiert – und in Ruhe gelassen. Sie erinnerte sich, wie oft sie früher damit gehadert hatte zu erzählen, dass sie Polizistin war. Dort, wo sie sich damals aufgehalten hatte, war man ganz einfach nicht

Polizist. Und man wollte auch lieber nichts mit Polizisten zu tun haben. Aber damals hatte sie ja selbst nicht so recht verstehen können, dass ausgerechnet sie bei der Polizei gelandet war. Sie sah sich nicht als Erfüllungsgehilfin einer Staatsgewalt.

Es hatte lange gedauert, bis sie sich eingestehen konnte, dass sie gerne als Ermittlerin arbeitete. Und dass sie gut in dem war, was sie tat. Das hatte ihr auch Wagner indirekt bestätigt, indem er ihr die schwierigen Fälle gab, sehr wohl wissend, dass ihre Methoden nicht immer den Vorschriften entsprachen. Mittlerweile erlebte sie sich als jemand, die sich größtenteils durch ihre Arbeit bei der Mordkommission definierte.

Als sie das verstanden hatte, hatte sie auch aufgehört, weiter in den Goldenen Hahn am Heinrichplatz zu gehen. Dort konnte sie unmöglich Polizistin sein! Manchmal ging sie noch in die Taqueria gleich nebenan, aber auch dort gab sie sich nicht zu erkennen, wenn jemand nach ihrem Beruf fragte. Hier, bei den drei stummen Alten und dem notorisch langsamen Barkeeper, hingegen war es völlig egal, wer oder was sie war. Hier konnte sie über ihre Ermittlungen ohne schlechtes Gewissen nachdenken. Ohne das Gefühl, ein Störfaktor zu sein. Betrunken hatte sie dem Barkeeper einmal erzählt, dass sie beim LKA war, ohne eine Miene zu verziehen, hatte er nur erwidert: »Was soll's. Und ich bin Barkeeper.«

*

Diesmal nahm er am Hermannplatz den richtigen Ausgang. Eine Weile sah er fast abwesend zu, wie zwei Jugendliche vergeblich versuchten, ein Fahrrad zu klauen, das mit einer schweren Kette an einen Laternenmast angeschlossen war. Als sie genervt aufgaben, überquerte Lepke die Sonnenallee und bog nach rechts in die Weserstraße ein. Eine Gruppe israelischer Touristen eilte an ihm vorbei. Ein paar vereinzelte hebräische Worte blieben in der Luft hängen. Ansonsten war die Straße leer.

Er dachte über Alex nach. Seine neue Partnerin. Etwas an ihren Reaktionen wirkte so, als wäre sie ständig auf der Hut. Als gäbe es eine unbestimmte Gefahr, vor der sie sich schützen musste. Vielleicht, dachte er, existiert dieses Etwas nur in ihrem Kopf. Vielleicht hatte sie Dinge erlebt, die sie verzweifelt versuchte, endlich zu vergessen. Das würde auch zu dem starren Blick und ihrer Abwesenheit passen, als er sie auf dem Fenstersims sitzend gefunden hatte. Und es würde ihr Bedürfnis nach Abstand erklären. Ihre Angst vor Nähe. Und nicht zuletzt ihr eindeutiges Bemühen, sich mit Alkohol zu betäuben. Er fragte sich, ob der Fall irgendetwas aus ihrer Vergangenheit wachgerufen hatte.

In seinen Überlegungen war er vor einem Schaufenster stehen geblieben. Ein Comic-Laden. Von einem Plakat lächelte ihm Jessica Jones entgegen, die Privatdetektivin mit den Kräften einer Superheldin, die sich dennoch nicht von ihrem Trauma befreien konnte. Etwas Ähnliches schien auf Alex zuzutreffen, nur ohne die besonderen Kräfte. Aber auch Alex war gleichzeitig stark und zerbrechlich. Traurig und wütend. Und er hatte keine Ahnung, was sie quälte. Unwillig schüttelte er den Kopf und zog die Schultern hoch. Der Wind biss sich in sein Gesicht.

*

Viel später erst bemerkte Alex ihn vor der Kneipe. Er hatte den Mantelkragen hochgeschlagen, um sich vor der Kälte zu schützen. Die Luft war vorhin schon klar und eisig gewesen. Es wird nicht mehr lange dauern, dachte Alex, bis alles wie mit feinen Nadeln überzogen ist. Fenster. Straßen. Gesichter.

Lepke.

Sie sah ihm durch die gelb getönte Scheibe zu, wie er vor der Kneipe auf und ab lief, die Hände tief in die Manteltaschen geschoben. Nach kurzer Zeit verlor sie das Interesse an ihm, als sie das nächste Mal nach draußen blickte, war Lepke verschwunden.

Alex fragte sich, ob er überhaupt jemals da gewesen war. Aus ihrem Glas hatte sie kaum getrunken, der Whiskey hatte die Eiswürfel aufgesogen und bestand nun aus mehr Wasser als Alkohol. Sie drückte ihre Zigarette aus, zog die Lederjacke an und verließ die Kneipe, als gerade die ersten Werder-Bremen-Fans für die Fernsehübertragung durch die Tür kamen.

Es war nicht weit bis zum Seniorenheim St. Richard, aber sie verwarf den kurzen Gedanken an den längst überfälligen Besuch wieder. Sie fühlte sich zu ausgelaugt. Ilse würde noch ein bisschen Geduld haben müssen. Als sie zu Hause ankam, hatte sie ein schlechtes Gewissen.

*

Am nächsten Tag war von der Kälte nichts mehr zu spüren. Die Luft war wieder grau und schmutzig. Ihre Suchmeldung hatte es nicht nur in die Nachrichten, sondern auch auf Seite eins der einschlägigen Tageszeitungen geschafft. Der noch neue und viel zu jung aussehende Staatsanwalt, der sich als Sebastian Jakowski vorgestellt hatte, verschaffte ihnen einen Durchsuchungsbeschluss für das Haus, in dessen Garten die Leiche gefunden worden war. Gärtners Garten. Gärtners Haus. Der Mörder ist immer der Gärtner.

Als Alex und Lepke das Haus betraten, schlug ihnen kalter Zigarettenrauch entgegen. Und der Geruch nach Moder und Schimmel, der Alex an eine der sorgfältig verschlossenen Kisten in ihrem Kopf erinnerte. Aber sie konnte nicht sagen, an welche. Sie schluckte. Wie immer, wenn ihre Erinnerungen versuchten, sich wie eine Kreuzotter durch ihr Gehirn zu winden. Die Otter blieb züngelnd im Verborgenen.

Lepke bedeckte seine Nase mit der Handinnenseite und ging voraus. Das Haus war nicht groß. Außer einer kleinen Küche und einem Schlafzimmer gab es nur noch einen weiteren Raum, der offensichtlich als Wohnraum diente und zu einem Wintergarten führte.

Von dort kam auch der modrige Geruch. Seit Jahren hatte der Regen das Holz bearbeitet und sich einen Weg ins Innere gesucht. Die Balken waren schwarz vor Schimmel, der geflieste Boden war feucht und klebrig.

Außer einem durchgesessenen Sofa, das mit unzähligen Brandflecken übersät war, und den leeren Flaschen neben dem schmutzigen Geschirr in der Küche gab es auf den ersten Blick nichts, was darauf hinwies, dass hier überhaupt jemand wohnte. Oder gewohnt hatte. Und was immer für eine Art von Kunst Gärtner produzieren mochte, blieb unklar. Es gab weder eine Staffelei noch Leinwände oder Farben. Gips. Draht. Werkzeuge. Irgendwelche Fotos, Zeichnungen, flüchtige Notizen. Nichts! Die einzigen Spuren irgendeiner Kreativität waren die Brandflecken und das Laken auf der Matratze, das allerdings aussah, als hätte es schon Jackson Pollock für erste Klecksereien gedient.

*

Noch am selben Vormittag wurde Joachim Gärtner an der deutsch-polnischen Grenze von den Beamten aufgegriffen und nach Berlin gebracht. Durch die Scheibe zum Vernehmungsraum konnten sich Alex und Lepke einen ersten Eindruck von ihm machen. Wagner stellte sich zu ihnen und wippte auf den Fußballen. Die Hände hatte er hinter dem Rücken verschränkt. Wie ein typischer Streifenbulle, dachte Alex unwillkürlich, bevor sie ihre Aufmerksamkeit wieder auf Gärtner auf der anderen Seite der Scheibe richtete.

Gärtner hatte blonde, ungewaschene Haare, die ihm wirr in die Stirn hingen, und einen Dreitagebart. Seine Jeans war mit Farbspritzern übersät, zumindest dort, wo keine Löcher waren. Er trug ein grellgrünes T-Shirt und ein graues Jackett. Turnschuhe mit dem Logo einer angesagten Firma, ebenfalls grellgrün. Seine Knie zitterten. Es schien, als hätte er schon ein kleines bisschen zu lange seinen Drogenbedarf nicht mehr gedeckt.

Alex tippte auf Koks.

Er wirkte nicht wie einer, der seine Freundin zu Tode prügeln könnte. Aber das hatte nichts zu bedeuten. Sie wirkten nie so.

Wagner überließ seinen Mitarbeitern die Vernehmung und schaltete den Lautsprecher ein, um das Gespräch mithören zu können.

Als sie den Raum betraten, blickte Gärtner auf und zog nahezu zeitgleich eine zerknickte Packung L&M aus der Innentasche seines Jacketts. Mit nervösen Fingern fummelte er mühsam eine Zigarette hervor.

»Darf man hier rauchen?«

Lepke schüttelte den Kopf, ging langsam um den Tisch herum und lehnte sich an die Wand hinter Gärtner. Alex drehte sich einen der zwei leeren Stühle herum und verschränkte ihre Arme auf der Lehne.

Unwillkürlich registrierte sie, dass sie genau die Positionen im Raum einnahmen, die das größte Potenzial hatten, Gärtner zu irritieren. Ihre Rollen waren klar verteilt, auch ohne dass sie sich abgesprochen hatten. Lepke beugte sich von hinten über Gärtner hinweg und schaltete das Aufnahmegerät ein.

»25. Februar 2015, 16:30 Uhr. Anwesende Personen Hauptkommissarin Alexandra Gode, Hauptkommissar Markus Lepke sowie Joachim Gärtner.« Geburtsort und Geburtsdatum von Gärtner las er aus dessen Personalausweis ab, letzte bekannte Adresse und so weiter.

Gärtner musste sich den Hals verrenken, um Lepke ansehen zu können, nach einigen Versuchen gab er auf. Stattdessen blickte er Alex an.

»Worum geht es denn hier überhaupt? So viel Aufwand wegen dem bisschen Gras, das die Grenzer bei mir gefunden haben?«

Lepke lachte kurz auf. Wieder versuchte Gärtner, sich umzudrehen, wieder gab er auf.

»Wo waren Sie letzte Woche?«

Alex.

»Im Urlaub. Polen.«

»Allein?«

Lepke.

»Nein, mit Chrissel. Aber warum interessiert Sie das? Das geht Sie nichts an.«

Lepke lachte erneut, aber es klang nicht fröhlich. Gärtner zuckte zusammen und zog den Kopf zwischen die Schultern, als könnte er so die Person in seinem Rücken ausblenden.

»Ich gehe davon aus, dass Chrissel Ihre Freundin

ist, oder? Hat diese Chrissel auch einen Nachnamen?« Alex machte weiter.

»Von Grasholm.«

Gärtner wirkte zunehmend resigniert, als wüsste er beim besten Willen nicht, was sie von ihm wollten. Nur das Zittern der Knie verriet weiterhin seine Anspannung. Mehrfach blickte er kurz zu Alex hoch, ansonsten schien ihm die Tischplatte unverfänglicher zu sein. Seine Augenlider flatterten.

Alex ließ sich Zeit, bevor sie die nächste Frage stellte.

»Scheinbar sind Sie aber alleine aus dem Urlaub zurückgekommen. Wo hält sich denn Chrissel von Grasholm auf?«

»Bei ihrer Mutter in so einem Kaff. Da, wo sie herkommt. In Polen.«

Alex tauschte einen Blick mit Lepke. Eine Fehlfährte? Aber Lepke reagierte schon, ohne im Entferntesten verunsichert zu wirken.

»Ist Chrissel von Grasholm blond?«

»Ja, warum?«

»Lange Haare? Auffällig lang?«

»Ja aber …«

»Anfang dreißig?«

»Woher zum Teufel wissen Sie das alles? Was soll das alles überhaupt?«

Gärtner war kurz vorm Aufspringen, aber Lepke war schneller. Er legte seine Hand auf Gärtners Schulter und drückte ihn zurück auf seinen Stuhl.

Wie in Zeitlupe ging Lepke anschließend um den

Tisch herum und stützte sich mit beiden Händen auf die Resopalplatte, die Gärtners Aufmerksamkeit jetzt endgültig verloren hatte.

»Wollen Sie wirklich immer noch bei Ihrer Geschichte bleiben? Romantischer Ostseeurlaub in Polen mit der geliebten Freundin, die nur mal eben schnell noch ihre Mutter besuchen musste?«

Lepke beugte sich weit über den Tisch, sein Gesicht war nur noch Zentimeter von Gärtner entfernt.

»Wie lange hat der Urlaub denn gedauert?«, übernahm Alex wieder. »Bevor Sie sich getrennt haben, meine ich.«

»Warten Sie«, warf Lepke ein, bevor Gärtner antworten konnte. »Mindestens zwei Monate, richtig? Sie sind ja schon im Dezember losgefahren! Wahrscheinlich, weil man als Künstler so viel Geld verdient, und irgendwo muss man das ja auch lassen, vollkommen klar. Und warum nicht in Polen? Soll ja schön sein da.«

Gärtners Augen flackerten nervös zwischen Lepke und Alex hin und her.

»Ja, es stimmt, was Sie sagen.« Seine Stimme war nicht viel mehr als ein Flüstern. »Ende Dezember sind wir losgefahren, kurz nach Weihnachten. Wir haben Freunde besucht, in Danzig, also Gdańsk, meine ich. Über Silvester. Und dann ...«

Lepke lachte wieder, reckte sich und lehnte sich jetzt hinter Alex an die Wand, den Blick weiterhin starr auf Gärtner gerichtet. Er ließ seine Finger knacken.

Alex hatte ihre Position nicht verändert.

»Und dann?«

»Hören Sie …«

»Haben Sie ein Foto von Chrissel von Grasholm?«, wechselte Lepke unerwartet das Thema.

»Wieso? Nein, habe ich nicht.«

»Sie haben kein Foto von ihr in der Brieftasche?«

»Nein, sage ich doch.«

»Und zu Hause? Als wir bei Ihnen im Haus waren, haben wir auch nichts gesehen. Aber ganz sicher werden Sie doch …«

»Nein! Wir stehen nicht auf solche Sachen, Chrissel und ich. Fotos sind doch nur ein billiger Ersatz für … das verstehen Sie nicht. Aber jetzt hören Sie mal, wenn irgendwas mit Chrissel ist, dann sagen Sie es mir! Ich weiß nicht, was Sie von mir wollen, wirklich nicht. Was haben Sie überhaupt in meinem Haus zu suchen?«

»Wenn irgendwas mit Chrissel ist …«, machte ihn Alex nach, bevor sie abrupt den Stuhl zurückstieß und den Raum verließ. Lepke stellte das Aufnahmegerät auf Stopp und folgte ihr.

Aus dem Nebenzimmer konnten sie sehen, wie Gärtner auf die Tür starrte. Über seine Wangen liefen Tränen. Er war ein Wrack. Und das ganz sicher nicht nur, weil er seine Drogen vermisste.

Während Alex und Lepke sich einen Kaffee holten, schickten sie einen Kollegen zu Gärtner, um Namen und Adressen der Freunde in Gdańsk und der Mutter von Chrissel von Grasholm zu erfragen.

»Aber sag ihm nicht, was los ist«, rief Lepke ihm hinterher. »Ich möchte ihn noch ein bisschen weichkochen.«

Es dauerte nicht lange, bis der Kollege mit den entsprechenden Informationen zurückkam. Gärtner hatte sogar die Telefonnummern aus seinem abgegriffenen Notizbuch herausgesucht. Sie teilten sich die Anrufe.

Bei Chrissel von Grasholms Mutter konnte Lepke niemanden erreichen. Alex hatte mehr Glück. Schon nach dem ersten Klingeln nahm der angebliche Freund in Gdańsk den Hörer ab. Und er bestätigte Gärtners Geschichte. Gärtner und seine Freundin waren kurz nach Weihnachten bei ihnen angekommen, hatten mit ihnen Silvester gefeiert und waren bis Mitte Februar geblieben, das Zusammenleben mit den beiden war nicht unbedingt harmonisch gewesen. »Aber gute Freunde schmeißt man nicht einfach raus, richtig?«, beendete die Stimme mit dem polnischen Akzent das Telefonat. Alex stellte sich den Mann unwillkürlich mit einem Schnauzbart vor, warum, wusste sie nicht. Lech Wałęsa für Arme. Irgendwie so was vielleicht.

Sie hatte vergessen zu fragen, ob er ebenfalls Künstler war. Die auf Künstler getrimmten Hipster in den Straßen Kreuzbergs hatten auch Bärte. Vollbärte allerdings. In New York ließen sie sich solche Bärte sogar implantieren. Die kosmetischen Zentren, die bisher Haartransplantationen für kranke Menschen anboten, waren längst komplett ausgebucht. Seit sie das irgendwo gelesen hatte, mochte Alex Männer mit Vollbärten nicht mehr besonders.

»Und jetzt?«, wandte sie sich an Lepke, der das Telefonat über den Lautsprecher mitverfolgt hatte.

»Keine Ahnung. Dieser Freund könnte auch ganz einfach eingeweiht sein und uns sonst was erzählen.«

»Möglich. Und wahrscheinlich hat er auch noch einen Bart …«

Lepke blickte irritiert auf, schien aber zu ahnen, dass er ohnehin keine Antwort bekäme, wenn er nachfragen würde. Zumindest keine zufriedenstellende.

»Wir haben nicht wirklich etwas gegen ihn in der Hand«, sagte er stattdessen. »Solange wir da nicht mehr herausfinden, solange er nicht endlich zu reden anfängt … Aber entweder ist er vollständig durchgeknallt, oder er macht uns hier was vor und ist ein ganz schön gerissenes Arschloch.«

»Gerissen oder beschissen?«

»Was? Beides!«

*

Auf dem Weg zurück zum Vernehmungsraum kam ihnen der neue und viel zu junge Staatsanwalt entgegen.

»Die Indizien sind dürftig, aber aufgrund der Aussage der Nachbarin können wir ihn noch eine Weile hierbehalten. Ich wäre trotzdem dankbar, wenn Sie mir in nicht allzu ferner Zukunft ein Geständnis liefern.« Er hatte die Angewohnheit, beim Sprechen seinen Kopf nach möglichen Beulen und Dellen abzutasten, dazu fuhr er sich unentwegt mit Zeige- und Mittelfinger durch die früh ergrauten Haare.

Alex fragte sich, ob er wohl manchmal den Drang verspürte, auch andere Köpfe auf die gleiche Art und Weise zu untersuchen.

»Wie ein Schimpanse, der auf der Suche nach Läusen ist«, kam es dann auch prompt von Lepke, kaum dass der Staatsanwalt durch eine der oliv gestrichenen Metalltüren davongeeilt war.

Ganz kurz war da wieder Lepkes Lächeln, an dem auch die Augen beteiligt zu sein schienen. Wie bei ihrer ersten Begegnung, bei der Lepke noch der Tourist war. Diese Begegnung, die Alex eigentlich aus ihrem Gedächtnis gestrichen hatte. Manchmal war es nämlich durchaus wohltuend, unangenehme Erinnerungen einfach zu verdrängen. Alex fragte sich, ob auch Tiere diese Fähigkeit besaßen. Schimpansen, zum Beispiel. Oder Ratten.

Lepke bedeutete dem wachhabenden Polizisten, die Tür zu öffnen, und ließ Alex den Vortritt. Alex setzte sich und startete das Aufnahmegerät, während Lepke wieder seinen Platz in Gärtners Rücken einnahm. Als wären sie nie weg gewesen.

»Ich hoffe, Sie haben sich nicht allzu sehr gelangweilt während unserer kleinen Kaffeepause.«

Gärtner blickte sich nicht um, er schien verstanden zu haben, dass es wieder das gleiche Spiel war.

»Chrissel von Grasholm oder ihre Mutter konnten

wir nicht erreichen – schade für Sie. Ihr Freund aus Polen hat Ihre Geschichte allerdings bestätigt …«

Alex.

»Wie das halt so ist mit Freunden!«

Lepke.

»Wie würden Sie Ihre Beziehung zu Chrissel von Grasholm beschreiben? Haben Sie sich oft gestritten?«

Alex.

»Nein, nicht oft. Manchmal wegen ihres Eisengedöns. Aber das war nichts weiter.«

Der Tisch hatte wieder Gärtners volle Aufmerksamkeit. Mit dem Finger der linken Hand fuhr er unsichtbare Rillen nach. Ein Muster von Rundungen und Geraden. Alex war sich plötzlich sehr sicher, dass sie den falschen Mann vor sich hatten, aber das tat hier im Moment nichts zur Sache. Und sie musste sich selbst daran erinnern, was sie vor wenigen Stunden noch gesagt hatte: Sie suchen den netten Ehemann, den Freund, den Nachbarn von nebenan.

»Waren Sie eifersüchtig auf die Kunst Ihrer Freundin?«

»Das ist keine Kunst, was sie da macht. Wird es auch nie werden.«

»Aber Sie selber …«

»Das verstehen Sie nicht.«

»Dann helfen Sie uns, es zu verstehen.«

Lepke.

»Wozu?«

»In Ihrer Wohnung haben wir nichts gefunden,

woraus wir schließen konnten, was Ihre ... Kunst ist.«

Gärtner tippte sich an die Stirn.

»Meine Kunst entsteht hier oben und lässt sich nicht unbedingt in eine materielle Form bringen. Und wenn doch, dann ist das eher die Ausnahme.«

»Ein bisschen genauer bitte. Wir sind Polizisten, wir haben keine Ahnung von Kunst.«

»Ich kann keine Kunst mehr sehen.« Er wirkte plötzlich so arrogant, dass Alex ihn sich ohne Mühe auf der Vernissage einer Ausstellung vorstellen konnte. Er hob die Hände in einer herablassenden Geste, bevor er zu einer Erklärung ansetzte. »Ein Mann mit Blindenstock und gelber Binde am Arm, der ein Pappschild um den Hals trägt, auf dem steht: ›Ich kann keine Kunst mehr sehen!‹«

»Ein Plakat von Timm Ulrichs«, sagte Lepke. »Kenn ich.«

Gärtner schien überrascht.

»Na bitte, geht doch. – Aber dann wissen Sie ja Bescheid. Ich habe kein Atelier. Ich male auch nicht oder was immer Sie glauben, was ein Künstler so tut.«

Lepke nickte.

»Zweifellos interessant, aber nicht unbedingt leicht verkäuflich, nehme ich an.«

Diesmal bekam er nur ein Schulterzucken zur Antwort.

Alex hatte genug von Gärtners Selbstbeweihräucherung.

»Okay, Herr Gärtner. Zurück zu meiner ursprünglichen Frage nach Ihrer Beziehung. Haben Sie Chrissel von Grasholm geschlagen?«

»Nein.«

»Ganz sicher nicht? Und auch nicht ... missbraucht? Vergewaltigt?«

Gärtner sprang auf und wurde auch diesmal von Lepke zurück auf den Stuhl gedrückt. Sein Blick wanderte an den kahlen Wänden des Raums entlang, verlor sich, wieder liefen ihm die Tränen über die Wangen.

»Nie. Hat sie das behauptet?«, brachte er kaum verständlich hervor. »Ist das der Grund, warum ich hier bin? Weil Sie mich angezeigt hat?«

Alex fühlte sich unwohl. War Gärtner der Täter, dann war er verdammt gerissen. Aber irgendein Gefühl sagte ihr erneut, dass sie den Falschen vor sich hatten. Sie stand auf, plötzlich war sie sehr müde. Sie drückte ihre Stirn an die Sichtscheibe und sah auf dem matten Schwarz die unscharfen Konturen ihres Gesichts. Hinter ihr übernahm Lepke das Gespräch, er schien sie bereits besser zu kennen, als ihr lieb war.

»Nein, sie hat Sie nicht angezeigt. Dazu ist sie nicht mehr gekommen. Apropos: Was haben Sie im Dezember letzten Jahres in Ihrem Vorgarten vergraben?«

Verunsichert blickte Gärtner hoch: »Nichts.«

»Okay, das kann jetzt hier auf zwei Arten laufen, und es liegt ganz an Ihnen, wie es weitergeht. Entweder erzählen Sie uns endlich die Wahrheit und nicht diesen Polen-Quatsch, oder wir werden es ohne Ihre Hilfe herausfinden. Aber das wäre genau die Sache, mit der Sie sich dem Richter gegenüber keinen großen Gefallen tun.«

Alex fuhr herum.

»Haben Sie Chrissel von Grasholm zu Tode geprügelt und in Ihrem Vorgarten vergraben?«

Sie wollte ein Ergebnis, um endlich diesen Raum verlassen zu können. Obwohl sie nicht klaustrophob war, machte ihr die Enge zu schaffen. Sie fühlte sich selbst eingesperrt. Und sie kannte das Gefühl nur zu gut.

Lepke zog die Augenbrauen hoch und warf ihr einen Blick zu, den sie nicht deuten konnte.

»Nein, was soll der Unsinn?« Gärtners Stimme war kaum zu hören. »Wann soll ich das denn gemacht haben, ich war doch bis vor wenigen Tagen noch mit ihr in Polen. An der Ostsee.«

»Schade, ich dachte, Sie würden sich entscheiden, die Wahrheit zu sagen, und uns damit reichlich Arbeit ersparen.« Lepke war jetzt ganz ruhig. »Ihre Nachbarin hat Sie gesehen, wie Sie im Dezember Ihre Freundin vergraben haben. Im eigenen Vorgarten! Und gestern haben wir auch genau dort Chrissel von Grasholms Leiche gefunden. Also? Immer noch keine Lust, die Wahrheit zu sagen?«

»Aber das ist nicht Chrissel! Was Sie da entdeckt haben, das ist nicht Chrissel!« Gärtner hatte seine Stimme wiedergefunden. »Ich sag Ihnen die Wahrheit. Sie können mir glauben, warum sollte ich denn lügen? Ich habe ja nichts getan! Sie kapieren es nur einfach nicht. Gott, wie bescheuert muss man eigentlich sein, um zu glauben, dass das Chrissel wäre.«

Alex und Lepke zuckten zusammen. *Das ist nicht Chrissel*, hallte es in ihren Köpfen wider. Hatten sie soeben ein Geständnis bekommen? Von wem redete Gärtner, wenn es nicht seine Freundin war, die sie ausgegraben hatten?

Lepkes Stimme klang resigniert, er lachte bitter.

»Wen haben wir denn dann in Ihrem Vorgarten gefunden?«

Gärtners Antwort ließ Lepke sich an seinem eigenen Lachen verschlucken.

»Eine Schaufensterpuppe.«

Lepke fing an zu husten.

»Eine Schaufensterpuppe! Na wunderbar! Nicht nur ein Künstler ohne Kunst, sondern auch noch ein Spaßvogel.« Alex hieb mit der Faust auf den Tisch. Plötzlich war sie wieder hellwach. »Glauben Sie nicht, dass unsere Leute in der Lage sind, eine Leiche von einer Schaufensterpuppe zu unterscheiden?«

Vielleicht war er doch kein gerissenes Arschloch, sondern ganz einfach verwirrt. Krank.

»Irgendwann Mitte Dezember habe ich bei uns im Vorgarten eine Schaufensterpuppe vergraben. Nicht besonders tief, nur dass sie gerade so bedeckt war. Mein neues Projekt! In diesem Fall sollte es eine Fotoserie für eine Ausstellung werden. Sowie der Schnee schmilzt, wollte ich sie fotografieren. Deshalb war ich auch auf dem Rückweg nach Berlin.«

Verwirrt, dachte Alex wieder. Krank. Und ein Arschloch.

Lepke hustete immer noch. Seine Sätze klangen wie ausgespuckt.

»Nur dumm für Sie, dass wir da eine Leiche in Ihrem Vorgarten gefunden haben. Keine Schaufensterpuppe! Vielleicht sind Sie ein bisschen zu weit gegangen mit Ihrem künstlerischen Anspruch. Macht ja Sinn – warum denn eine Schaufensterpuppe fotografieren, wenn man auch eine echte Leiche nehmen kann …«

Bevor Gärtner erneut protestieren konnte, verließen sie beide den Raum.

»Wir behalten ihn für heute Nacht hier«, wies Alex den zuständigen Beamten an, bevor sie sich an Lepke wandte: »Du bist dran.«

»Womit?«

»Ein kurzer Besuch in der Pathologie, was sonst? Nur für den Bericht, den du danach schreiben darfst. Und sei nicht allzu irritiert, wenn der Kollege Grabbler dir erzählt, dass er im Laufe seiner Zeit als Rechtsmediziner so ungefähr 100 000 Tote gesehen hat. Das erzählt er allen Neuen irgendwann. Wobei ich allerdings fürchte, dass die Zahl sogar stimmen wird.«

Sie konnte deutlich sehen, wie Lepke sich im Umdrehen an die Stirn tippte. Wortlos verschwand er in Richtung Treppenhaus.

*

Als Lepke wenig später zurückkam, sah er nicht unbedingt glücklicher aus. Obwohl da etwas in seinen Augen war, was sie nicht deuten konnte. Aber zunächst quetschte er nur zwischen den Zähnen hervor: »Ich habe was gut bei dir, so was mache ich nicht noch mal. Ausgelacht haben sie mich! Und ich bin übrigens nicht dein Laufbursche, nur um das klarzustellen. Das nächste Mal gehst du selbst, oder wir gehen zusammen ...«

Er zuckte mit den Achseln.

»Trotzdem danke«, sagte Alex. »Ich habe ein Problem mit dem Pathologen. Aber dich wird er kaum angegrapscht haben, deshalb habe ich ihn dir überlassen. Und nur ausgelacht? Sonst nichts?«

»Doch. Als sie da unten fertig waren mit Lachen, haben sie mir ganz nebenbei mitgeteilt, dass es schon sein kann, dass da irgendwann eine Schaufensterpuppe lag.«

»Was?«

»Sie haben ein langes blondes Frauenhaar gefunden, das sie nicht zuordnen konnten. Und das verdammte Haar war aus irgendeinem synthetischen Material. Kunsthaar, verstehst du? Aber es kommt noch besser: In der Erde waren jede Menge Farbpartikel, und zwar hautfarbene. Es könnte da also sehr wohl eine Schaufensterpuppe gelegen haben. Bevor die Leiche vergraben wurde.«

»Und das sagen die jetzt erst? Aber ...«

»Aber ich war so frei und habe Gärtner eben nach dem Deko-Laden gefragt, bei dem er die Puppe gekauft haben will.« Er hielt sein Smartphone hoch. »Deko-Bedarf Peter Hüsken, Frankfurter Allee, ganz am Ende, kurz vor Biesdorf.«

Ohne Alex' Reaktion abzuwarten, rief Lepke die Nummer an.

Er stellte seine Fragen.

Alex sah, wie er nickte und die Lippen aufeinanderpresste. Er bedankte sich und unterbrach die Verbindung.

»Und?«, wollte Alex wissen.

»Es stimmt. Sie haben Gärtner tatsächlich Anfang November eine ausrangierte und nach den Worten des Ausstatters reichlich mitgenommene Puppe mit einer blonden Kunsthaarperücke verkauft.«

»Aber da war noch was anderes, oder?«

Lepke biss sich auf die Unterlippe. »Nur eine blöde Erinnerung an so einen Scheiß-Blog im Netz. In meiner Zeit in Hannover noch. Da haben sich irgendwelche Freier über den Kinderstraßenstrich ausgelassen, mit Formulierungen, die mehr als menschenverachtend waren: Steffi vorm SPD-Bezirksbüro macht, was man will, aber weist starke Abnutzungsspuren auf, so was. Und Schlimmeres. Als wären die Mädchen dort nur Dinge zum Benutzen und Wegwerfen. Schaufensterpuppen!«

Alex wusste nicht, was sie erwidern sollte. Sie fühlte sich wie benommen. Zu wenig Schlaf und zu wenig Essen, dachte sie, aber dafür zu viel Kaffee. Und zu viele unschöne Bilder, die ihr durch den Kopf gingen. Zu viel Schmutz und zu viel Ekel. Sie war sich nicht sicher, ob Bier und Schnaps jetzt wirklich die beste Option waren, trotzdem willigte sie ein, als Lepke vorschlug, Feierabend zu machen und noch irgendwo etwas zu trinken. Immerhin schuldete sie ihm etwas, und auch ein Laufbursche hatte das Recht auf Vergessen.

Betäubung.

Die Zeit heilt alle Wunden.

Before you slip into unconsciousness …

Die Doors. Jim Morrison hatte gewusst, wovon er sang.

Ines blickte ihnen hinterher, als sie gingen, und zwinkerte Alex zu. Bevor sie zum Polizeidienst kam, hatte Ines Sport studiert. Für Alex ein weiterer Grund, um sie nicht zu mögen.

*

Draußen war die Temperatur wieder um einige Grad gesunken, über den Straßen hing ein Schleier aus Nebeldunst, Abgasen und dem Gestank der Müllcontainer. Lepke schlug den Mantelkragen hoch und eilte Alex hinterher, über den umzäunten Parkplatz, der jetzt am Abend so leer schien wie ein Teller, den ein Hund abgeschleckt hatte.

Auf direktem Weg steuerte sie die nächste Kneipe an, die gegenüber vom Präsidium lag. Hier versammelten sich Hipster, Anzugträger und gestrandete Touristen. Sie war fast versucht, gleich wieder rückwärts hinauszugehen, aber Lepke war direkt hinter ihr, so dicht, dass sie seinen Atem in ihrem Nacken zu spüren meinte. Immerhin passte Lepke ganz gut hierher, dachte sie, und außerdem durfte man rauchen. Sie setzten sich in eine der noch freien Nischen, eingeklemmt zwischen einem verstaubten und längst zur Altersruhe verdammten Klavier und der Tür zu den Toiletten.

Als endlich ihre zwei Herrengedecke kamen, hatte Alex schon zwei Zigaretten geraucht. Ihr Schwindelgefühl war dadurch nicht unbedingt besser geworden. Natürlich hatte die Bedienung hier nicht gewusst, was ein Herrengedeck ist, Alex hatte es umständlich beschreiben müssen und sich augenblicklich in eine verranzte Eckkneipe gewünscht. Irgendwo zwischen klackernden Spielautomaten und schlafenden Männern, die hauptberuflich Trinker waren und längst zu betrunken, um Frauen anzumachen. Vollzulabern. Mit ihrem Schweißgeruch und Schnapsatem zu belästigen.

Alex wünschte sich in die Rote Rose in der Adalbertstraße oder in den Sandmann in der Reuterstraße. Die Rote Rose hatte vierundzwanzig Stunden geöffnet, hauptberufliche Trinker tranken zu jeder Zeit. Aber in dieser Gegend gab es keine verranzten Eckkneipen. Und vielleicht war es auch besser so, die Entscheidung, bald nach Hause zu gehen, würde ihr nicht allzu schwerfallen.

Lepke hatte es sich inzwischen zur Aufgabe gemacht, erst die Bedienung anzustarren, dann eine Gruppe für das Winterwetter viel zu bauchfreier englischer Touristinnen und zu guter Letzt Alex. Trotz allem musste sie sich eingestehen, dass sie seinen

Blick mochte. Sie schob es auf ihre Übermüdung. Auf den Schwindel. Auf die Benommenheit, die nicht weichen wollte.

Als sie mit dem Bier anstießen, sagte Alex »Tschin Tschin«, so wie es sonst Maja immer tat. Den Schnaps ließen sie in stiller Übereinkunft erst mal stehen.

Ihr fiel ein, dass sie es heute schon wieder nicht ins Altenheim schaffen würde. Ilse würde traurig sein – und ihr trotzdem verzeihen. Und dann waren plötzlich die Bilder da, die sie fast vergessen hatte. Zum ersten Mal seit Langem sah sie wieder Ilses Gesicht. Das verschwommene Gesicht einer jungen Frau. Ilses Uniform. Ihre sanften Hände auf ihren Armen, die zerschunden und zerkratzt waren. Und sie sah sich selbst als das halbwüchsige Mädchen, das sie einmal gewesen war. Kein Kind mehr. Man konnte schon so was wie Brüste unter ihrem T-Shirt erahnen. Sie sah, wie Ilse ihren mageren, wehrlosen Körper aus dem Gebüsch zog. Sah, wie Ilse sie vorsichtig hochhob. Wie ihr Blut die Uniform durchnässte. Das Gefühl der Hoffnung, das sie damals gespürt hatte, nahm ihr fast den Atem. Mit einer Handbewegung wischte sie die Bilder beiseite.

Lepke redete offensichtlich schon seit einer ganzen Weile. Sie brauchte einen Moment, bis sie den Zusammenhang erkennen konnte.

»Also, alle neuen Indizien sprechen mittlerweile gegen Gärtner als Täter. Der Ort, an dem wir die Leiche gefunden haben, und natürlich die Statistiken zu häuslicher Gewalt aber nach wie vor für ihn.«

Lepke ließ Alex nicht aus den Augen. Ihre Füße in den Lederstiefeln waren eiskalt, das Bier stieg ihr viel zu schnell in den Kopf. Ihre Gedanken fuhren Karussell. Sie war betrunken.

Lepke muss es ähnlich gehen, dachte sie, oder er ist ebenfalls hauptberuflich Trinker. Allerdings schien es nicht unbedingt so, als ob seine Arbeit bei der Mordkommission nur ein Hobby für ihn war. Verdammt, sie musste es irgendwie schaffen, sich zusammenzureißen.

»Das eine schließt das andere natürlich nicht aus«, brachte sie mit Mühe heraus. »Ich meine …«

»Das macht doch keinen Sinn! Versuchen wir es mal andersrum. Wer, außer Gärtner, sollte ein Motiv haben, Chrissel von Grasholm auf so äußerst grausame Weise umzubringen und dann im eigenen Vorgarten zu vergraben?«

Lepkes Augen folgten Alex' Zigarette, überhaupt jeder kleinen Bewegung, die sie machte, während sie sich bemühte, eine Antwort zu formulieren.

»Vielleicht hat ihn jemand mit seiner Puppe beobachtet und sich die Gelegenheit zunutze gemacht, diese durch die Leiche zu ersetzen. Um ihm den Mord in die Schuhe zu schieben …«

»Vielleicht.« Lepke nahm einen großen Schluck Bier. »Keine schlechte Theorie, aber …«

»Wer sonst sollte ein Motiv haben, Chrissel von Grasholm umzubringen?« Alex formulierte seine Frage. »Wobei wir ja noch nicht mal wissen, was genau Gärtners Motiv sein könnte.«

Lepke nickte.

»Nur die Statistiken sprechen immer noch gegen Gärtner. Du weißt schon, die meisten Frauen werden von ihren Ehemännern oder Partnern umgebracht. Und dass er mit ziemlicher Sicherheit einen an der Waffel hat. Oder er hat sich zu viele kreative Linien in die Nase gezogen. Was weiß ich!«

Lepke holte tief Luft.

»Wir wissen nichts über diese Frau, das ist das Problem. Vielleicht hatte sie eine Affäre. Oder sie hat einen gewalttätigen Vater. Bruder. Jemanden, der ihr so nahe ist, dass es für diese eindeutig persönlich motivierte Tat ausreicht. Irgendwie so was. Wir müssen ihre Mutter erreichen, die polnischen Kollegen sollen da morgen hinfahren. Etwas Besseres fällt mir im Moment nicht ein.«

»Wir müssen auch noch mal in die Rechtsmedizin, wir brauchen einen DNA-Abgleich. Die Spermaspuren. Irgendwelche Hautpartikel unter ihren Fingernägeln. Sie muss sich gewehrt haben. Wieso haben wir das eigentlich nicht längst überprüft?«

»Wieso kann nicht einmal einfach alles zusammenpassen? Nur ein einziges Mal. Wieso müssen wir ausgerechnet an einen durchgeknallten Künstler geraten, der nichts Besseres zu tun hat, als eine Schaufensterpuppe zu vergraben? Wieso …«

Lepke blickte irritiert hoch, als Alex wortlos ihren Schnaps hinunterstürzte, ihm zunickte und durch die Tür nach draußen verschwand.

Sie kam nur bis zur Straßenecke, bevor sich ihr

Magen umdrehte und sie kotzen musste. Einige Touristen schauten ihr angewidert zu, machten aber keine Anstalten weiterzugehen.

Nur mit Mühe schaffte es Alex, sich aufzurichten und mit unsicheren Schritten den grellen Lichtschein der Straßenbeleuchtung zu verlassen. Gleich darauf schien es ihr, als käme die Dunkelheit direkt aus den schwarzen Löchern der Hauseingänge und Fensterhöhlen gekrochen. Und aus dem Dunkel tauchten auch die Gestalten der Nacht wie aus dem Nichts vor ihr auf. Schlurften ohne Ziel dahin, lehnten gelangweilt an Backsteinmauern und grauem Beton oder fuhren in zu großen Autos mit heruntergelassenen Scheiben vorüber, aus denen dumpfe Bässe dröhnten. Aber sie alle hatten die gleichen gierigen Blicke. Und hinter der Gier war die Angst, die sie mit sorgsam gestochenen Tattoos zu leugnen versuchten. Sie waren Jäger und gleichzeitig Gejagte. Alex hatte plötzlich das Gefühl, sie ganz genau zu kennen. Weil sie selbst eine von ihnen war.

Zu Hause schaffte sie es gerade noch auf die Toilette, bevor sie sich erneut übergab. Danach schleppte sie sich ins Bett. Sie wachte auch nicht auf, als wenig später ihr Handy klingelte.

Nur wer hungern kann, wird stark.

Der zweite Mord

An einer Ecke am Kottbusser Damm schiebt ein alter Mann im schwarzen Anzug sein Klavier auf einem Rollbrett bis vor den Netto-Markt, schenkt sich mit kalten Fingern ein Glas Wein ein und beginnt mit einer traurigen Melodie, für die selbst die Punks, die vor dem Eingang des Ladens mit ihren Hunden um Geld betteln, ihre Kreidemalereien auf dem Asphalt unterbrechen und ihm wie einem lange vermissten Freund zulächeln.

In der U-Bahn-Linie von der Humboldt-Universität zur Hermannstraße lernt ein promovierter Theaterwissenschaftler, der als überbezahlter Texter für eine bundesweit bekannte Werbeagentur arbeitet, eine Frau kennen, die bei der Bild-Zeitung *angestellt ist, und beschimpft sie noch am gleichen Abend in der Kneipe Tante Horst lautstark als »Texthure der herrschenden Klasse«.*

Im Fahrstuhl eines Gründerzeithauses in Wilmersdorf reden Tatort-*Kommissar Dietmar Bär und Martin Wuttke über Bärs Urlaub auf Gotland und die abenteuerliche Fahrt dorthin mit dem Mercedes Cabrio, Baujahr 1972, bevor Wuttke im Erd-*

geschoss aussteigt, während Bär weiter in den Keller fährt.

Ein Mann wird vom Klingeln seines Handys beim Masturbieren unterbrochen.

Drei Stunden später klingelte das Handy wieder. Nachdem es sich lange genug vergeblich bemüht hatte, blieb nur das unablässige Pochen in Alex' Kopf, das sie davon abhielt, die Augen wieder zu schließen. Aber wenigstens war die Übelkeit verschwunden und hatte stattdessen einem nagenden Hungergefühl Platz gemacht.

Sie versuchte, ihre Kopfschmerzen mit vier Aspirin zu bekämpfen. Als sie sich unter die Dusche schleppte, fühlte sie sich wie gerädert. Fast vergaß sie, ihr T-Shirt auszuziehen. Es dauerte lange, bis sie sich einigermaßen sauber fühlte. Nur mit Hotpants bekleidet ging sie in die Küche, um die übrig gebliebenen Pizzareste ihres Mitbewohners Jan kalt hinunterzuschlingen.

Sie hatte lange gebraucht, um sich nackt wohlzufühlen. Mittlerweile konnte sie sogar in die Sauna gehen, ohne das Gefühl zu haben, dass etwas nicht stimmen würde. Mit ihrem Körper, mit ihr. Ohne weiter darüber nachzudenken.

Erst jetzt fiel ihr das Handy wieder ein. Zwei verpasste Anrufe. Eine hastig hervorgestoßene Nachricht auf der Mailbox. Wagner. Was er zu sagen hatte, klang nicht erfreulich.

Sie brauchte keine fünf Minuten, um sich anzuziehen, die kurzen Haare würden auch von alleine trocknen. Als sie aus der Wohnung rannte, registrierte sie, dass sie gestern Abend die Tür offen stehen gelassen haben musste.

Draußen war es noch stockdunkel. Zwischen den Mülleimern im Hinterhof konnte sie schemenhaft die Ratten erkennen, die den Container des griechischen Restaurants im Vorderhaus plünderten.

Die Straßen waren bis auf ein paar verirrte Taxifahrer und den einen oder anderen Frühaufsteher leer. Es dauerte nicht lange, bis sie ihr Motorrad auf dem Fußweg vor dem gelben Haus am Einsteinufer 61 aufbockte.

Das Ufer pochte vom blauen Licht der Polizeiautos. Sie zeigte ihren Ausweis und wurde ins Haus gelassen. Auf der Treppe kamen ihr die ersten Overalls entgegen, die Koffer voll mit Proben fürs Labor. Im Vorübergehen nahm sie einen Gesprächsfetzen auf. »Und da sag noch mal einer, Charlottenburg wäre eine friedliche Gegend.«

Alex wusste nicht genau, was sie erwarten würde, Wagner hatte sich zurückgehalten mit Erklärungen. Wie üblich nahm sie zwei Treppenstufen auf einmal. Ihr war warm unter der Lederjacke.

Bevor sie die Wohnung betreten konnte, verstellte ihr Wagner den Weg. Sein Gesicht spiegelte seine schlechte Laune. Die Adern traten wie dicke Schnüre an den Schläfen hervor, um seine Mundwinkel kerbten sich tiefe Furchen.

»Ich hoffe, Sie haben gut geschlafen, Frau Gode? Keine Lust mehr auf den Job?« Er ließ ihr keine Zeit zum Antworten. »Wenn ich Sie anrufe, gehen Sie gefälligst an Ihr Telefon, und es ist mir vollkommen egal, ob Sie schlafen, Sexorgien feiern oder was auch immer Sie so machen in Ihrem Privatleben. Wenn ich anrufe, gehen Sie ran. Haben wir uns verstanden?«

Alex zeigte mit keiner Reaktion, dass sie ihn überhaupt gehört hatte, geschweige denn verstanden. Ihr Kopf begann wieder unerträglich zu schmerzen, auch vier Aspirin konnten Wagners aufgeblasenem Getue nicht standhalten.

In der Wohnung herrschte Stille, die anwesenden Beamten starrten ausnahmslos auf ihre Schuhspitzen, als Wagner Alex seine Informationen entgegenspuckte: »Eine Leiche. Weiblich. Mitte dreißig. Vermutlich erstickt.«

Er machte ihr den Weg frei. Die Frau lag im Wohnzimmer auf dem Boden, der Gerichtsmediziner war gerade dabei, sie umzudrehen. Dicht an die Wand gedrückt stand Lepke, neben ihm Ines. Lepke nickte. In seinem Blick konnte Alex seine kurze Verunsicherung ablesen, als er sah, dass sie heute ungeschminkt war. Für den üblichen schwarzen Kajal war keine Zeit gewesen. Ihr fiel auf, dass Lepke noch viel müder aussah, als sie sich fühlte.

»Wer hat sie gefunden?«

Sie hatte immer noch das Gefühl, die Spucketropfen von Wagners Wutanfall auf ihrer Wange zu spüren, und unterdrückte mit Mühe das Bedürfnis, sich das Gesicht zu waschen.

Ines antwortete eifrig, bevor Lepke reagieren konnte.

»Der Ehemann. Wird draußen von Sanitätern betreut. Schock.«

Die tote Frau hatte braune Locken, die ihr in Wellen auf die Schultern fielen. Ihre Lippen waren rot geschminkt, der Mascara verlaufen. Die Augen waren geschlossen, so als ob sie nicht hätte Zeugin werden wollen von dem, was mit ihr geschah. Am Hals konnte man Würgemale erkennen. Ihr Kimono war offen, die unbedeckten Körperstellen waren übersät mit Hämatomen.

»Gab es Einbruchspuren?«, fragte Alex weiter.

»Nein.«

Ines wieder. Alex' Antipathie gegenüber Ines verstärkte sich mit jedem Wort. Die blonde Kollegin schien nichts davon zu merken.

Alex sah sich in der Wohnung um. Sie konnte keine Spuren eines Kampfes entdecken. Auf dem niedrigen Glastisch neben der Ledergarnitur standen zwei Teegläser. Eins noch unberührt. Vielleicht hatte sie gelernt, sich nicht zu wehren, dachte Alex. Ansonsten war bieder wohl das beste Wort, um die Wohnung zu beschreiben; es gab nichts, das nicht auch einem x-beliebigen Einrichtungskatalog hätte entnommen sein können. Die Fototapete an der Wand hinter dem Sofa machte das Ganze nicht besser. Ein Südseestrand. Palmen. Ein blutroter Sonnenuntergang. Das typische Hochzeitsfoto neben dem Fernseher vervollständigte das Bild. Braut und Bräutigam und zu viel Weichzeichner.

Alex fühlte sich körperlich bedrängt von diesem trostlosen, nach einem Ausbruch aus der Normalität förmlich schreienden Leben.

Such nicht nach dem Hinweis, den du zu finden hoffst, hatte ihr ein erfahrener Ermittler irgendwann in der Ausbildung eingebläut, such immer nur nach dem, was nicht ins Bild passt. Dann hast du dein erstes Puzzleteil ...

Alex' Gedanken wurden von Wagner unterbrochen.

»Hier haben wir jetzt lange genug rumgestanden, um zu sehen, was es zu sehen gibt. Zurück ins Präsidium, ich will den Bericht auf meinem Tisch haben, bevor ich Mittagspause mache. Der Mann wird später zur Vernehmung gebracht, sobald er ansprechbar ist.«

Lepke sah aus, als würde er im Stehen einschlafen. Alex wunderte sich, dass er überhaupt in der Lage war, Ines die Treppen hinunter zu folgen. Alex hatte er mit keinem weiteren Blick bedacht. Nachdem Wagner in einem der Autos verschwunden war, holte sie tief Luft und drehte sich eine Zigarette.

Der Tag konnte nicht beschissener anfangen, dachte Alex, als sie auf dem Weg ins Präsidium alle paar Meter zwischen den stinkenden Blechkisten der unentwegt gähnenden Büroleichen festsaß. Für einen Moment war sie versucht, einfach wieder nach Hause zu fahren und sich ins Bett zu legen. Vielleicht sollte sie kündigen. Alles hinschmeißen. Abhauen. Aber schließlich prügelte sie ihre R 1200 R durch ein nicht enden wollendes Gewirr von Seitenstraßen, in denen sie noch nie zuvor gewesen war.

*

Als sie im Präsidium ankam, hatte Ines tatsächlich schon einen ersten Bericht verfasst. Lepke saß an seinem Schreibtisch und starrte in den dampfenden Kaffee vor sich. Niemand schien zu bemerken, dass sie mit ihrem Motorrad eigentlich hätte schneller sein müssen als die anderen.

Sie nahm einen Schluck aus Lepkes Becher.

»Was ist los mit dir?«, versuchte sie es anstelle einer Begrüßung. »Gibt es ein Problem?«

»Spät geworden. Aber scheinbar nicht nur bei mir …« Lepke blickte nicht hoch. Ines lachte.

Alex gab auf und griff nach der Kopie des Berichts, die auf ihrem Schreibtisch lag.

Frauenleiche, 34 Jahre, vom Ehemann identifiziert als Anna Ahlers. Unter derselben Adresse gemeldet, die auch Fundort der Leiche war. Die Tote war nur mit einem Morgenmantel und Unterwäsche bekleidet.

Weiße Spitzenunterwäsche und schwarzseidener Morgenmantel, erinnerte sich Alex an den auffallenden Kontrast, den der Körper zur Schau getragen hatte. Eine Mischung aus Unschuld und Trauer …

Frische Hämatome auf dem gesamten Körper. Würgespuren. Gefunden wurde sie von Friedel Ahlers (Ehemann). An Tür und Fenstern keine Hinweise auf einen Einbruch. Das Ehepaar ist kinderlos. Frau wahrscheinlich Hausfrau.

Umwerfend, dachte Alex, das ist doch mal ein Bericht, der keine Fragen offenlässt. Kein Wort davon, dass wir gerade eine Wohnung gesehen haben, die so bieder schien, dass es schon wehtat. Wohlgeordnete Normalität und tödliche Langeweile. Keine Spuren eines Kampfes. Aber zwei Teetassen im Wohnzimmer, eine davon unberührt.

»Hat der Mann ein Alibi?« Diesmal wandte sie sich an Ines. »Ich meine, was hat er gesagt, außer dass er seine Frau identifiziert hat? Ihr müsst doch mit ihm geredet haben!«

»Keine Ahnung, er stand ja unter Schock«, kam prompt die Antwort. »Und der Chef hat ja auch gesagt, dass wir ihn erst hier vernehmen sollen.«

Super, dachte Alex, dadurch hat er genug Zeit bekommen, um sich eine hübsche Geschichte zurechtzulegen. Sie unterdrückte ein Fluchen. Ines hätte es ja doch nicht verstanden.

Stattdessen blickte sie kurz auf die Uhr. Spontan entschloss sie sich, vor der Vernehmung noch der Pathologie einen kurzen Besuch abzustatten; die Tote musste inzwischen dort unten im Keller liegen. Der alte Grabbler würde sich zwar aufregen, aber sie wollte dabei sein, wenn er sich einen ersten Eindruck verschaffte.

Sie drehte sich zu ihrem Partner. Lepke wirkte selbst wie eine Leiche. Sie war sich nicht sicher, ob er verstand, was sie sagte. Aber er schob seinen Stuhl beiseite und folgte ihr. Sie hatte keine Ahnung, was mit ihm los war, geschweige denn, ob seine offensichtliche geistige Abwesenheit etwas mit ihr zu tun hatte. Sein Gesicht wirkte wie das eines kleinen Jungen, der dem Nachbarsbengel den Ball geklaut hat. Was allerdings so wenig Sinn ergab, dass Alex den Gedanken gleich wieder vergaß.

Sie betätigte den elektrischen Türöffner am Ende des Kellers, und auch dieses Mal erschrak sie über die Kälte dahinter. Alex umschlang sich selbst mit ihren Armen, aber immerhin schien Lepke langsam aufzuwachen.

Alex war nicht böse darüber, dass der alte Grabbler nur Lepke die Hand zur Begrüßung hinstreckte. Die bläuliche linke Hand. Die wahrscheinlich genauso kalt war, wie sie aussah. Und natürlich beschwerte er sich über den »Überfall«, kam aber ziemlich schnell wieder runter. Der Grund schien die junge Frau zu sein, die hinter dem Tisch mit der vor Kurzem erst eingelieferten Leiche stand. Sie hatte blonde Korkenzieherlocken, große, erschrocken blickende Augen und einen leicht geöffneten Mund. Ihr geflüstertes »Hallo« war kaum zu verstehen. Bis auf die Pathologen flüsterte hier unten fast jeder in Anwesenheit der Leichen.

»Meine neue Praktikantin. Sara. Studiert an der Charité, cleveres Mädchen«, stellte der alte Grabbler sie beflissen vor. Um ihr mit dem nächsten Satz auch gleich noch seine Kollegialität gegenüber den ermittelnden Beamten zu demonstrieren, obwohl sie nur seine Arbeit störten: »Ich weiß nicht, wie ihr euch das vorstellt, dass ich schon irgendwelche Ergebnisse für euch hätte, aber ich will mein Bestes versuchen.«

Gleich darauf verfiel er wieder in seine üblichen Anzüglichkeiten, als Lepke den Tisch mit der Leiche umrundete, um sich dem blonden Mädchen vorzustellen.

»Na, na, jetzt versuch mal nicht, mir meine Praktikantin abzuwerben. Wenn ihr bei euch da oben auch noch was junges Blondes wollt, müsst ihr euch woanders umsehen.«

Er lachte.

Lepke runzelte die Stirn. Alex hätte kotzen können. Die Praktikantin tat ihr jetzt schon leid. Es machte sie wütend, wie viele junge Frauen irgendwelchen alten Männern hilflos ausgeliefert waren. Und nur zaghaft erröteten, statt sich zu wehren. Alex wusste, dass es viele Gründe gab, die eine Frau davon abhielten, sich zur Wehr zu setzen. Aber das machte sie erst recht sauer.

Der Grabbler streifte sich seine Handschuhe über, fast erwartete Alex, dass er gleich noch vor Begeisterung in die Hände klatschen würde, aber zum Glück unterließ er das. »Gut«, eröffnete er den Anwesenden. »Dann wollen wir uns jetzt mal der toten Puppe widmen, dafür seid ihr ja hier.« Er legte seine Betonung auf das Wort *tot*. Und zwinkerte. Es war unklar, ob er auf die Schaufensterpuppe oder seine Praktikantin anspielte. »Also, wie ihr selbst erkennen könnt, hat sie diverse frische Hämatome am ganzen Körper. Außerdem tippe ich hier und hier auf Knochenbrüche, die aber schon mehr oder weniger verheilt sind. Würgespuren am Hals. Ob wir brauchbare Fingerabdrücke finden, kann ich noch nicht sagen.«

»Die Würgespuren sind auch die Todesursache?«, fragte Lepke.

»Nein. Sie ist erstickt worden, das ist mir schon am Tatort klar geworden. Ich erspare euch die medizinischen Erklärungen, aber ich tippe ganz einfach auf ein Kissen. Ich habe dem Team in der Wohnung gesagt, dass sie alle Kissen mitnehmen sollen, damit wir die Fasern überprüfen können. Nach allem, was wir bei solchen Fällen wissen, und weil es keine Einbruchspuren gab, sieht das ganz nach häuslicher Gewalt aus. Der Tod trat wahrscheinlich irgendwann in den frühen Abendstunden ein. Genaueres kann ich erst später sagen.«

»Danke. Den Bericht schicken Sie uns so schnell wie möglich hoch, ja? Das wäre super!«

Alex wollte nur noch weg, die Informationen reichten für den Moment.

»Mal nicht ganz so eilig! Da ihr hier seid, machen wir das auch gleich richtig. Seht ihr das hier? Nein, seht ihr natürlich nicht, aber ich sehe es. Die frischen Hämatome sind der Frau mit weniger Kraftaufwand zugefügt worden. Als hätte der Täter nicht mehr so viel Kraft gehabt wie zu dem Zeitpunkt, an dem er ihr die Knochenbrüche zugefügt hat. Da hat er auf jeden Fall ganz anders zugepackt. Und dann hat sie Abdrücke an beiden Handgelenken, sie könnte gefesselt worden sein, aber das glaube ich nicht, das sind mit Sicherheit Abdrücke von Fingern. Jemand hat ihre Handgelenke festgehalten. Das war's. Mehr ist nicht drin im Moment.«

Alex nickte, eines musste sie dem alten Grabbler lassen, er war schnell und zuverlässig – wenn er wollte. Vor allem, wenn er einer blonden Praktikantin imponieren wollte.

»Wenn ihr mir bei Gelegenheit tatsächlich mal eine Schaufensterpuppe vorbeibringt, seid ihr herzlich willkommen«, rief er ihnen noch hinterher, als sie den Raum verließen. »Das wäre doch mal was anderes, und macht auch nicht so viel Arbeit.«

Sein Lachen verfolgte sie durch die Tür.

Lepke presste die Lippen aufeinander. Vom Hals breiteten sich rote Flecken bis hoch zu seinen Wangen aus.

*

Im Präsidium stand ein uniformierter Beamter neben einem der neuen Designerstühle, die weder besonders gut aussahen noch auch nur im Geringsten ergonomisch sinnvoll waren. Der Stuhl hatte dieselbe beige Farbe wie alle Dinge an diesem Ort, und hätte nicht Friedel Ahlers auf ihm gesessen, wäre er nicht weiter aufgefallen.

Ahlers war etwas zu dick und etwas zu ungepflegt, um auf den ersten Blick als das durchzugehen, was man sich unter einem guten Ehemann vorstellte. Und auch an einem Südseestrand würde er keine sonderlich überzeugende Figur abgeben. Nicht mal mithilfe eines Weichzeichners. Alex fühlte sich überfordert, als Lepke unvermittelt vorschlug, Ahlers für ein erstes Gespräch in die Cafeteria mitzunehmen. Ihm schien nicht bewusst zu sein, dass es die ersten Worte waren, die er seit gestern Abend ungefragt an Alex richtete.

Als sie Ahlers die Hand gaben, schwappte Alkoholgeruch zu ihnen rüber und schien Alex wie eine kratzige Decke einzuhüllen. Auf dem Weg zur Cafeteria versuchte sie, möglichst viel Abstand zu Ahlers zu halten. Es gelang ihr nicht.

Lepke holte Kaffee für alle. Ahlers und Alex setzten sich an einen der Tische und schwiegen. Ahlers mit vor dem Bauch gefalteten Händen und glasigen Augen. Er sah aus, als würde er jetzt lieber Bier trinken statt Kaffee.

Die Cafeteria war ausgestorben, die beigefarbenen Stühle bestimmten die Szenerie. Es dauerte eine ganze Weile, bis Lepke zurückkam. Er verschüttete einen Teil des Kaffees bei dem Versuch, alle drei Becher gleichzeitig auf dem Tisch abzustellen. Leise fluchte er vor sich hin.

Alex begann das Gespräch.

»Wann haben Sie Ihre Frau denn gefunden?«

»Irgendwann heute Nacht.«

»Aber die Polizei haben Sie erst so gegen vier Uhr früh verständigt?«

Lepke.

»Die habe ich gleich angerufen, dann hab ich sie wohl so gegen vier gefunden.«

Alex hatte das Gefühl, nur vom Einatmen seiner Ausdünstungen betrunken zu werden. Sie schob ihren Stuhl ein Stück zurück.

»Okay. Ihre Frau wird also irgendwann in den frühen Abendstunden in Ihrer Wohnung ermordet, und Sie finden sie irgendwann gegen vier. Ja?«

Lepke.

»Wird wohl so gewesen sein.«

»Erlauben Sie, dass ich frage, warum Sie sie erst so spät gefunden haben?«

»Ich hab wohl geschlafen.«

Ahlers wirkte, als ob er noch nicht verstanden hätte, was überhaupt vor sich ging. Oder als wäre er kein bisschen darüber entsetzt, dass seine Frau vor nur wenigen Stunden ermordet worden war. Mit anderen Worten: Er gab sich alle Mühe, schuldig zu wirken.

»Nur für das Protokoll – was haben Sie denn in den frühen Abendstunden so gemacht? Auch geschlafen?«

Lepke nahm einen Schluck Kaffee und verbrühte sich prompt den Mund. Der Kaffee hier war heißer als der oben aus dem Automaten. Alex wusste das.

»Ich? Ich war einen heben. Sie wissen schon. Feierabendbier nach der Arbeit und so.«

Ahlers kratzte sich unter seiner rechten Achsel. Der bittere Alkoholgestank mischte sich jetzt mit dem Geruch von süßlichem Schweiß.

»Sie haben also ein Feierabendbier gehabt. Und dann?«

»Vielleicht auch eins mehr oder so. Dann bin ich nach Hause, bin aber gleich eingeschlafen. Irgendwann bin ich aufgewacht und hab eine Weile nach ihr gerufen, weil ich so Durst hatte. Kennen Sie bestimmt. Hab mich schon furchtbar aufgeregt, dass sie mir kein Wasser bringt. Und dann hab ich mich gefragt, wo sie überhaupt ist. Und da habe ich sie gefunden.«

»Noch mal für uns – Sie hatten ein oder zwei Feierabendbiere, sind dann nach Hause und haben sich schlafen gelegt. Wann war das ungefähr?«

Alex.

Diesmal kratzte sich Ahlers am Kopf, aus den wenigen noch vorhandenen Haaren rieselten kleine weiße Schuppen.

»So gegen zwei, da macht die Kneipe zu.«

»Sie kommen also nach Hause und legen sich schlafen, während Ihre Frau ermordet im Wohnzimmer liegt?«

Lepke.

»Konnte ich doch nicht wissen.«

Alex rekonstruierte im Kopf die Aufteilung der Wohnung. War es möglich, ins Bad und ins Schlafzimmer zu kommen, ohne durch das Wohnzimmer zu müssen?

»Und Sie haben sich nicht gewundert, dass Ihre Frau nicht im Bett ist? Hatte sie an dem Abend noch was vorgehabt? Wollte sie vielleicht weggehen?«

Lepke.

»Die geht nicht weg.«

Ahlers kratzte sich erneut am Kopf. Dann am Nacken. Erst jetzt schien ihm aufzufallen, in welche Richtung die Fragen gingen.

»Ich war das ganz sicher nicht, falls Sie das glauben. Wär ich ja schön blöd. Wer macht mir dann was zu essen und so?«

Alex wechselte einen kurzen Blick mit Lepke.

»Und wer bringt Ihnen nachts was zu trinken, wenn Sie Durst haben, schon klar. – Wie war Ihre Frau denn so? Erzählen Sie doch mal ein bisschen.«

»Wie Frauen nun mal so sind. Ich versteh die nicht. Die war glücklich, wenn sie sich mal neue Schminke kaufen konnte. Immer geschminkt. Und die Haare! Stunden hat die da manchmal im Bad verbracht.«

»Hatte sie irgendwelche Freundinnen oder Freunde, mit denen sie sich manchmal getroffen hat?«

Alex.

»Nee, sagte ich doch schon, die ging nicht viel raus. Halt nur so zum Einkaufen. Und mit anderen Männern reden, das wär ja noch schöner gewesen.«

Alex hatte genug. Es war vollkommen lächerlich, was sie hier taten. So würden sie nicht weiterkommen. Vor allem aber wollte sie Ahlers loswerden. Zudem konnten sie ihn ebenso gut nach Hause schicken, selbst wenn er der Täter war. Seine Frau war schon tot. Sie mussten nur warten, bis sie genug gegen ihn in der Hand hatten, um ihn erneut zu vernehmen. Und dann ganz sicher nicht in der Cafeteria! Das entsprach nicht unbedingt dem vorschriftsmäßigen Prozedere, schien ihr aber für diesen Moment vertretbar.

»Vielleicht reicht das ja erst mal«, wandte sie sich zu Ahlers. »Sie sind bestimmt müde und haben den Kopf voll mit ...«

Mit was eigentlich?, fragte sie sich. Ganz offensichtlich nicht mit dem Kummer um seine Frau.

Ahlers stand bereits auf.

»Das können Sie aber glauben! Und jetzt hab ich noch den ganzen Stress mit der Beerdigung und so.«

Lepke warf Alex einen irritierten Blick zu. Aber er reagierte, ohne zu zögern.

»Ich lasse Sie nur noch schnell von einem Kollegen nach oben bringen, damit wir Ihre Fingerabdrücke nehmen können. Wegen der Spurensuche, um Sie als Täter ausschließen zu können. Und ich muss Sie bitten, die Stadt nicht zu verlassen, falls wir doch noch Fragen haben. Das heißt, warten Sie, ich brauche noch den Namen der Kneipe, in der Sie waren ...?«

»Ist gleich vorne an der Ecke bei uns. Alte Liebe. Kennt da jeder.«

Nachdem der uniformierte Kollege Ahlers mitgenommen hatte, wischte sich Alex mehrmals die Hände an der Jeans ab. Obwohl sie Ahlers nicht die Hand gegeben hatte, wurde sie den Wunsch nicht los, sich schnellstens zu desinfizieren. Das Abwischen an der Jeans half nicht. Gar nicht.

»Und was war das eben?«, fragte Lepke. »Ich will dich nicht kritisieren, aber ·...« Er zuckte mit den Schultern, als wäre es jetzt an ihr, ihm eine Erklärung zu geben.

Aber Alex brauchte noch einen Moment.

Zwei Stühle weiter sah sie eine aufgeschlagene Zeitung liegen. Lepke zog die Augenbrauen zusammen, als sie nach der Zeitung griff und anfing, den Aufmacher zu überfliegen. In Hannover war ein Drogenlabor ausgehoben worden. Eher durch Zufall, weil die hohen Stromrechnungen des direkt über dem Labor liegenden Polizeikommissariats aufgefallen waren, dessen Leitungen die Narko-Freaks angezapft hatten. Alex sah unwillkürlich das Bild vor sich, wie die Drogenbastler irgendwann aus Versehen das ganze Kommissariat in die Luft gesprengt hätten.

»Neuigkeiten aus der alten Heimat«, sagte sie zu Lepke und gab kurz wieder, was sie gerade gelesen hatte.

»Das war nie meine Heimat«, erwiderte Lepke unerwartet scharf. »Und das Revier, um das es da geht, ist immer wieder in Skandale verwickelt. Glaub mir, da sind ein paar Sachen passiert, die möchtest du nicht hören. Rassistische Übergriffe und so ein Scheiß.«

Sein Ausbruch erstaunte Alex. Sie hatte nicht gedacht, dass er so von Kollegen reden würde, dafür schien er viel zu loyal. Irgendwann musste sie ihn mal fragen, warum er aus Hannover weggegangen war.

Aber er hatte sich schon wieder gefasst und kam unvermittelt auf ihren Fall zurück.

»Also, ich fasse zusammen. Ahlers geht nach Feierabend ein Bier trinken. Und wahrscheinlich nicht nur eins, sondern er kippt sich zu. Kommt sturzbetrunken nach Hause, haut sich ins Bett und pennt ein. Bald danach wacht er auf, hat Durst und findet seine Frau ermordet im Wohnzimmer. Klingt das für dich glaubwürdig? Könnte das so gewesen sein? Oder ...«

»Oder seine Geschichte stimmt ganz einfach nicht.« Alex beendete Lepkes Gedanken.

»Sondern?«

»Ahlers trinkt mal wieder zu viel, kommt nach Hause und schlägt seine Frau, wie er es auch früher schon öfter getan hat. Nur diesmal bleibt es nicht bei den Schlägen, er erstickt sie«, schlug Alex vor.

»Nur weil er seine Frau schon häufiger geschlagen hat, heißt es ja noch nicht, dass er sie jetzt plötzlich umbringt.«

»Allerdings hat er sie zuvor derart verprügelt, dass sie Knochenbrüche davongetragen hat. Und wir können davon ausgehen, dass niemand in die Wohnung eingebrochen ist.«

»Da stand ein zweites Teeglas auf dem Tisch. Ahlers sieht mir nicht aus wie einer, der gerne Tee trinkt.«

Lepkes Beobachtungsgabe war gut, das wusste Alex bereits seit ihrer ersten, weniger erfreulichen Begegnung. Dennoch war sie verblüfft, dass er über dieselbe Sache gestolpert war wie sie. Such immer nach dem, was nicht ins Bild passt.

»Wir müssen mit den Nachbarn reden, was sie von Ahlers und seiner Frau zu erzählen haben. Und wir sollten in der Kneipe nachfragen, wie lange er letzte Nacht da war.«

Lepke.

»Scheiße«, stieß Alex plötzlich zwischen den Zähnen hervor. »Wir haben innerhalb von knapp einer Woche zwei tote Frauen, die vermutlich beide von ihren Männern umgebracht wurden. Was ist los mit den Typen? Warum gibt es solche überhaupt?«

Zwei Männer.

Zwei tote Frauen.

Eine Polizistin, der wieder übel war. Oder noch immer.

Ein Polizist, der braune, handgenähte Lederschuhe trug und seine früheren Kollegen als Rassisten beschimpfte.

Alex nahm die leeren Kaffeebecher und brachte sie zum Abräumwagen. Die Bedienung hinter dem Tresen löste ein Kreuzworträtsel.

*

Während sich Ines auf den Weg machte, um die Nachbarn zu befragen, fuhren Alex und Lepke in Ahlers' Stammkneipe. Alex machte keine Musik an. Zuerst. Später, als das Schweigen zu laut wurde, schob sie dann doch eine CD in den Schlitz. Sookee. Lepke gab sich ganz offensichtlich Mühe, ihre Texte zu verstehen, verzichtete aber auf einen Kommentar. Alex parkte den BMW mehr oder weniger mitten auf der Straße.

Die Kneipe sah aus wie eine typische Eckkneipe. Ranzig. In den Fenstern hingen kurze, vergilbte Gardinen mit Spitzenbesatz. Außer der von Bier und Schnaps schmierigen Theke gab es nur drei kleine runde Tische. Auf den Sitzflächen der Holzstühle fehlte der Lack, alte Hintern hatten ganze Arbeit geleistet.

Alex setzte sich auf einen der mit rotem Kunststoff bezogenen Barhocker und hatte augenblicklich das Gefühl festzukleben. Bier und Schnaps hatten sich nicht nur auf der Theke verteilt. Lepke lehnte sich an den äußersten Rand der brusthohen Theke. Sein Versuch, die Lederjacke, die er heute trug, fleckenfrei zu halten, hätte in jeder Komödie für reichlich Lacher gesorgt.

Der Wirt polierte seine Gläser, als wären sie gar nicht da. Unbekannte Gäste schienen hier nicht besonders willkommen zu sein. Zwei Handwerker in der Mittagspause und ein alter Mann beäugten sie aus den Augenwinkeln. Die dunkelgrünen Overalls der Handwerker waren so neu und steif, dass sie bei jeder Bewegung zu knistern schienen.

Hier konnte man bestimmt ein Herrengedeck bestellen, und nicht nur eins, dachte Alex, bevor ihr Blick auf den neonflimmernden Kasten an der Wand fiel. Sie brauchte einen Moment, bis sie kapierte, dass es sich um eine moderne Musikbox handelte. Die zweifellos auch für die nervtötende Schlagermusik verantwortlich war, die aus den Lautsprechern plärrte.

Such immer nach dem, was nicht ins Bild passt.

Lepke fummelte seinen Ausweis aus der Tasche.

»Hauptkommissar Lepke und meine Kollegin Gode. Wir würden Ihnen gern ein paar Fragen stellen.«

»Worum geht's denn?«

Der Wirt blickte nicht mal von seinen Gläsern auf. Als kämen hier täglich Polizisten rein, die Fragen hatten.

Er war groß und kahlköpfig und hatte einen Schnauzbart, der an den Seiten nach oben stand. Sein Karohemd hatte schon lange keine Waschmaschine gesehen. Ebenso wenig das Tuch, mit dem er die Gläser polierte. Alex fragte sich, ob die Gläser nicht vielleicht danach dreckiger waren als vorher. In der schummrigen Beleuchtung war das schwer zu entscheiden.

»Kennen Sie vielleicht diesen Mann hier?«

Lepke schob ein Foto von Ahlers über die Theke. Alex hatte nicht mitbekommen, dass er Ahlers' Ausweis fotokopiert hatte. Die Kopie war zu dunkel, das Gesicht wirkte wie mit einem schwarzen Filzstift gemalt.

Es dauerte eine Weile, bis der Wirt sein letztes Glas abstellte. Und noch ein bisschen länger, bis er es schaffte, das Foto von der Theke zu lösen.

»Vielleicht. Schwer zu sagen.«

»Könnte es einer Ihrer Stammgäste sein?«

»Womöglich. Kommt drauf an. Worum geht es denn?«

»Wir ermitteln in einem Mordfall. Sie wissen sicher, was passiert, wenn Sie eine falsche Aussage machen.«

Der Wirt schob das Foto zurück über die Theke. Er ließ sich Zeit. Die hochgezwirbelten Enden seines Schnauzbarts schienen sich langsam nach unten zu bewegen.

»Das ist der Ahlers. Wohnt hier irgendwo in der Ecke. Ist jeden Tag hier, pünktlich zum Feierabendbier.«

»Geht doch. Und war er auch gestern Abend da?«

»Sicher. Nach Feierabend.«

»Wie lange ist er geblieben?«

»Der bleibt fast immer, bis ich schließe. Aber gestern, das kann ich Ihnen nicht genau sagen. Da hatte sich so eine Gruppe junger Männer hierher verirrt, und da sind ein paar Stammgäste früher gegangen. Ob der Ahlers dabei war, keine Ahnung. Eher nicht. Er hatte gut einen getankt, hat die jungen Schnösel wahrscheinlich gar nicht bemerkt.«

»Aber das wissen Sie nicht genau, weil Ihr Laden ja so groß ist, dass man leicht den Überblick verlieren kann?«

»Kleiner Spaßvogel, was?«

»Aber immer doch. Wenn mir jemand die richtige Vorlage liefert.«

»Er ist früher gegangen.«

»Mehr wollte ich nicht wissen.«

Lepke nickte zum Abschied.

»Hätte Ihnen kein Bier gezapft, selbst wenn Sie danach gefragt hätten.«

Lepke grinste.

»Ein Mann muss tun, was ein Mann tun muss.«

Alex war schon aus der Tür. Als er zu ihr trat, telefonierte sie. Er zündete zwei Zigaretten an und hielt ihr eine hin.

Kaum dass sie ihr Gespräch beendet hatte, grinste er.

»Das war's dann wohl mit dem Alibi. Wenn er früher gegangen ist als sonst, hat er genügend Zeit gehabt, seine Frau umzubringen.«

Alex nickte und hielt ihr Handy hoch.

»Das war Meyer.«

Lepke unterbrach sie, bevor sie weiterreden konnte.

»Meyer?«

»Ich dachte, den hast du schon kennengelernt. Sitzt bei uns im LKA 11, groß, unauffällig, schwarz.« Sie schaute ihn an, um zu sehen, ob ihre Auflistung auf etwas stieß, aber Lepke zeigte keine Reaktion. »Wie auch immer, Meyer ist einer der Guten. Und ganz sicher der Beste, wenn es darum geht, schnell Hintergrundinformationen zusammenzutragen. Die Nachbarn haben bestätigt, dass es öfter mal Streit gab bei Ahlers. Wobei immer nur er gebrüllt hat, und manchmal soll es so geklungen haben, als würde er sie schlagen. Eine Studentin aus der Wohnung unter ihnen hat wohl ein paarmal versucht, die Frau darauf anzusprechen, ist aber abgewimmelt worden. Die Kollegen haben überprüft, ob es womöglich schon eine Anzeige gab. Gab es nicht, aber drei Einsätze, bei denen ein Streifenwagen da war. Einmal wegen Ruhestörung und zweimal wegen Verdachts auf häusliche Gewalt. Und jedes Mal hat die Frau geöffnet und … Du bist dran!«

»Und hat versichert, es wäre nichts und sie würden den Fernseher leiser drehen?«

»Genau so. Verdammt, es sollte viel mehr Schulungen bei den Bullen geben, zum Thema häusliche Gewalt und wie sie damit umgehen …«

»Bei den Bullen? Du redest, als würdest du nicht dazugehören!«

»Was?«

»Vergiss es. Ich hab dich schon verstanden. – Aber sag mal, Meyer, nennst nur du den so?«

»Er heißt so. Warum? Er ist hier geboren. In Königs Wusterhausen, soweit ich weiß. Auch Schwarze können deutsche Namen haben.«

Lepke wollte noch etwas erwidern, winkte dann aber ab und wechselte das Thema.

»Ich hab übrigens gestern Abend noch versucht, dich anzurufen.« Als Alex nicht reagierte, setzte er hinzu: »Wollte nur wissen, ob du gut nach Hause gekommen bist. Du bist so abrupt verschwunden …«

»Und als ich nicht rangegangen bin, hast du Ines angerufen?« Die Frage war ihr rausgerutscht, aber jetzt war es zu spät.

»Und wenn es so war, würde es dich ärgern?«

»Du überschätzt dich.«

Alex' Antwort war zu schnell gekommen. Lepke grinste schon wieder, wandte aber den Blick ab und schien plötzlich sehr interessiert an einer älteren Frau mit Dackel auf der gegenüberliegenden Straßenseite zu sein. Die Frau ging am Stock und zog das rechte Bein nach. Der Dackel tat es ihr gleich. Allerdings ohne Stock. Und nur hinten. Das rechte Hinterbein.

Lepke holte tief Luft und rieb sich mit der Hand übers Gesicht.

»Okay, weil du es bist. Ich hab noch ein Bier bestellt, und Ines kam rein zufällig vorbei, das musst du mir glauben. Als Wagner anrief, saßen wir beide immer noch da, wie das manchmal so ist, wenn man gar nicht merkt, wie die Zeit vergeht. Und du warst ja nicht zu erreichen, deshalb war Ines mit mir am Tatort. Mehr war nicht.«

Er zog ein letztes Mal tief an seiner Zigarette, bevor er sie in eine Pfütze schnippte, wo sie zischend ihr Leben beendete. Alex starrte noch eine Weile hinter dem hinkenden Dackel her, bevor sie ins Auto stieg. Sie waren gerade losgefahren, als Lepkes Handy pfiff. Eine Melodie, die ihr entfernt bekannt vorkam. Vielleicht Bob Dylan. *It's All Over Now, Baby Blue …*

Lepke starrte auf das Display, bis es schwarz wurde. Alex überlegte, ob die Lederjacke womöglich ebenfalls handgefertigt war. So wie die Schuhe.

»Alles klar?«, fragte sie, als er das Handy zurück in die Innentasche schob.

Sie bekam keine Antwort.

*

Das Büro im Präsidium war leer, als sie zurückkamen. Sie hatten gerade ihre Liste mit den offenen Fragen an der Glaswand vervollständigt, als der Komponist hereinstürmte, um sie daran zu erinnern, dass es am nächsten Morgen eine Teambesprechung geben würde. Eigentlich kann man doch nur von *erinnern* reden, wenn etwas schon vorher bekannt ist, dachte Alex. Aus den Augenwinkeln verfolgte sie, wie Wagner kläffend seine Runde drehte, und fragte sich, ob er wirklich das eine Bein nachzog oder ob sie sich das nur einbildete. Vielleicht hatte ja auch Wagner einen Dackel zu Hause.

Sie starrte erneut auf die Liste. Sie hatte das Gefühl, dass sie ohne jegliche Struktur arbeiteten. Und dass sie weit davon entfernt waren, irgendwelche Ergebnisse zu haben.

Wo war die Schaufensterpuppe?

Warum zwei Teegläser?

Warum weniger Kraft bei den Schlägen?

Warum war Frau Ahlers geschminkt, wenn sie nie das Haus verließ?

Und warum standen ihre Fragen zu den beiden Fällen überhaupt auf EINER Liste? Der einzige gemeinsame Nenner, den es gab, war der Verdacht auf häusliche Gewalt. Aber das reichte wohl kaum, um einen Zusammenhang herzustellen. Sie hatten zwei völlig verschiedene Fälle, und sie hatten zwei Tatverdächtige. Jede Verbindung war so gut wie ausgeschlossen.

Sie blickte zu Lepke, der zusammengesunken auf

seinem Stuhl hockte und mit einem Kugelschreiber spielte. Mine raus, Mine rein. Mine raus, Mine rein.

»Wie lange können wir Gärtner eigentlich noch festhalten?«

Keine Antwort.

»Sollten wir ihn nicht endlich mit dem Tod von Chrissel von Grasholm konfrontieren? Wir haben die Leiche ja bislang noch nicht mal identifiziert. Ist sie es überhaupt?«

Keine Antwort.

»Hat sich irgendjemand darum gekümmert, was die polnischen Kollegen bei der Mutter herausgefunden haben? He, Lepke, bist du noch da? Was ist los?«

Immer noch nichts.

»Weißt du vielleicht wenigstens, wo Ines ist? Oder Meyer?«

Lepke schüttelte den Kopf und spielte weiter mit dem Kugelschreiber.

»Und was machen wir jetzt? Haben wir genügend Indizien, um Ahlers noch mal vorzuladen? Sein Alibi kann er knicken, das sollte doch reichen, oder?«

Mine raus.

»Lass uns die Teambesprechung morgen abwarten.«

Mine rein.

»Und danach werden wir bestimmt die Fälle aufteilen. So kommen wir jedenfalls nicht weiter.«

Mine raus.

»Ich mache Schluss für heute. Ich kann nicht mehr.«

Mine rein.

»Man sieht sich.«

Lederjacke an. Abgang. Handgenähte Schuhe auf zu oft gebohnertem Linoleum.

Alex ertappte sich dabei, wie sie plötzlich einen Kugelschreiber in der Hand hatte und die Mine herausschnellen ließ. Wütend warf sie den Kugelschreiber zurück auf den Schreibtisch und griff nach ihrem Helm und ihren Handschuhen.

Der Letzte macht das Licht aus, dachte sie, als sie mit der flachen Hand auf den Schalter klatschte.

*

Sie war schon fast zu Hause, als ihr eine alte Frau beinahe vor das Motorrad rannte. Ohne Dackel diesmal, aber dafür mit einem dieser Rollatoren, deren Hauptaufgabe es zu sein schien, als unerwartetes Verkehrshindernis andere zu gefährden. Die alte Frau erinnerte sie an Ilse. An der nächsten Kreuzung zog Alex die Maschine in eine enge Kurve und riss den Gashebel auf.

Im Heim war es still. Totenstill.

Eine durchaus passende Assoziation bei einem Altersheim, dachte Alex, um gleich darauf so etwas wie ein schlechtes Gewissen zu haben. Sie verbesserte sich selbst. Seniorenheim. Nicht Altersheim. An dem schwachen Dunst von Inkontinenz und Gemüsesuppe änderte der korrekte Begriff allerdings gar nichts.

Im zweiten Stock dudelte hinter einer Tür leise

ein Radio. Im nächsten Zimmer rief jemand laut um Hilfe.

Ilses Tür stand weit offen. Alex trat in die schmale Einbauküche. Sie sah, dass Ilse auf dem Balkon war. Als Alex ihr zur Begrüßung den Arm um die Schultern legte, musste sie unwillkürlich an die zerbrechlichen Knochen eines kleinen Vogels denken. Sie holte sich einen Hocker aus der Küche und rückte dicht an Ilses Liegestuhl.

»Deine Tür stand offen. Das ist nicht gut.«

»Ach, Herzchen. Wer soll mich denn überfallen? Und wenn schon, dann wäre es hier zumindest nicht mehr so langweilig.«

Der Liegestuhl hatte ein poppiges Blumenmuster aus den Siebzigerjahren, das Ilse noch zerbrechlicher aussehen ließ, als sie ohnehin schon war. Sie hatte sich in ihren alten Pelzmantel gewickelt. Auf ihren Knien lag eine dicke Wolldecke. Die grauen Haare waren unter einer blauen Mütze versteckt. Die zittrig gewordenen Hände steckten in Handschuhen und hielten einen angeschlagenen Teebecher mit der Aufschrift des Polizeisportvereins.

»Außerdem hätte ich ja sonst aufstehen müssen, um dich reinzulassen.«

»Du konntest doch gar nicht wissen, dass ich komme …«

»Irgendwann wärst du schon gekommen.«

Ilses Augen wirkten traurig.

»Entschuldige, dass ich es nicht eher geschafft habe«, sagte Alex leise. »Du hast mich angerufen …«

»Nein.«

»Doch, im Präsidium.«

»Das weiß ich nicht. – Hol dir auch einen Tee und bring mir noch ein kleines bisschen Rum für meinen mit. Sonst hält man das ja nicht aus in dieser Kälte.«

Als Alex eine zweite Decke und einen Aschenbecher für sich gefunden hatte, war Ilse gerade dabei, eine großzügig bemessene Portion Rum in ihren Tee zu gießen.

»Sonst hält man das ja nicht aus hier«, wiederholte sie.

Es war nicht klar, ob sie das Heim oder die Kälte meinte. Alex entschied sich für die einfachere Antwort; sie war nicht in der Verfassung, sich mit Ilses Einsamkeit zu beschäftigen.

»Aber warum setzt du dich denn nicht rein?«

»Die Pflegerin wollte mich auch schon reinholen. Die ist neu. Die kennt sich hier noch nicht aus. Das muss man verstehen.«

Alex drehte sich mit vor Kälte klammen Fingern eine Zigarette.

»Schön«, sagte Ilse. Was immer sie damit meinte. Dann schwieg sie wieder.

Für eine Weile saßen sie einfach nur so da und tranken Tee mit Rum. Oder Rum mit Tee. Alex konnte sich nicht entscheiden, welches die bessere Beschreibung wäre.

»Und, Herzchen? Was macht der neue Kollege? Hat er schon einen Mörder gefasst? Die neue Pflegerin ist noch zu neu, die würde keinen Mörder finden. Dabei ist sie gar nicht mehr so jung.«

Alex war irritiert, der Zusammenhang zwischen den Mördern und der neuen Pflegerin schien ihr nicht wirklich einleuchtend. Außerdem konnte sie sich nicht mehr daran erinnern, Ilse erzählt zu haben, dass sie einen neuen Kollegen bekommen würde.

Aber Alex hatte keine Lust, jetzt über Lepke zu reden. Und Ilse schien auch gar keine Antwort zu erwarten.

»Gibt es denn neue Mörder? Erzähl mir von einem Fall. Hier ist immer alles nur krank oder schon tot. Oder ganz einfach langweilig«, redete sie weiter.

»Zwei neue Morde haben wir. Beides junge Frauen …«

»Ein Serienmörder? Ach, das ist doch mal was.«

Manchmal hatte Alex das Gefühl, dass Ilse sich nicht mehr wirklich an ihre eigene Zeit bei der Kripo erinnerte. Dabei war sie gerne dort gewesen. Hatte sie zumindest erzählt. Nur manchmal konnte sie immer noch ganz unvermittelt schnelle Schlüsse ziehen, meistens aber redete sie nur so vor sich hin.

»Nein. Kein Serienmörder. Beide Frauen wurden wohl von ihren Partnern umgebracht. Die eine vom Freund und die andere vom Ehemann. Sieht alles sehr nach häuslicher Gewalt aus. Aber noch sind ein paar Details offen.«

»Ach, schade, kein Serienmörder. Aber die gibt es auch gar nicht so oft, wie die vom Fernsehen uns das weismachen wollen. Wir wissen das ja, wir beide.«

Ilse zuckte mit den Schultern. »Aber die Ehemänner … Deswegen habe ich immer ohne Mann gelebt. Dafür kommen mich jetzt natürlich auch keine Kinder besuchen. Aber man kann nicht alles haben, nicht wahr, Herzchen?«

Alex nickte. Über Ilses Augen schwamm ein trüber Schleier, sie fragte sich, ob Ilse noch gut sehen konnte. Vielleicht hatte sie ihr Nicken gar nicht bemerkt.

Eine Weile saßen sie noch zusammen und froren, dann verabschiedete sich Alex und versprach, bald wiederzukommen. Sie wusste nicht, ob sie das Versprechen einhalten würde.

Ein Blick auf ihr Handy verriet ihr, dass es schon zu spät war, um noch zu Hause vorbeizufahren. Sie schlug den Weg Richtung Mariannenplatz ein.

Eine fahle Sonne hing wie eine schlechte Kopie von sich selbst über dem Landwehrkanal. Der Wind ribbelte eine Gänsehaut aufs Wasser, als Alex über die Brücke fuhr. Obwohl sie sich müde und kaputt fühlte, freute sie sich darauf, Maja zu sehen.

Sie brauchte eine Weile, bis sie Majas Wohnungstür aufgeschlossen hatte. Es war wie immer ein ernst zu nehmender Kampf zwischen ihr und der schweren Eisentür. Diesmal gewann sie. Es hatte schon Tage gegeben, an denen sie ohne Majas Hilfe wieder hätte nach Hause fahren müssen.

In der offenen Wohnküche kam ihr Rosa entgegen und legte fragend den Kopf schief, bevor sie versuchte, an Alex' Jeans hochzuklettern. Rosa war klein und weiß und hatte über dem einen Auge einen schwarzen

Fleck, ungefähr wie man sich eine Augenklappe vorstellen würde. Vielleicht war das der Grund, warum ihr Alex nie ganz über den Weg traute.

»Na? Lässt dich Frau Luxemburg nicht zu mir durch?«, hörte sie Maja aus dem angrenzenden Zimmer rufen. Maja hatte gute Laune. Alex lachte zur Antwort und schüttelte ihr Bein, um die kleine Katze loszuwerden. Rosa fiel auf ihren Hintern und verzog sich empört hinter den Wäschekorb, der überquoll und die verschiedenen Kleidungsstücke durch die Küche mäandern ließ.

Majas Wohnung hatte den Charme einer Fabriketage, die von mindestens zwanzig verschiedenen Künstlern eingerichtet war. Die Küche war genauso unordentlich wie eh und je. Alex schob den Vorhang zum nächsten Raum beiseite. Maja kniete auf dem Boden vor dem Holzmodell einer mechanischen Frau. Sowohl das Holzmodell als auch Maja waren mit roter Farbe übergossen. Alex versuchte, auf Zehenspitzen zu ihr zu gelangen, gab dann aber auf und setzte sich im Schneidersitz auf das grüne Sofa. Rosa schaffte es bis zu Maja, wurde jedoch mit einer schnellen Armbewegung beiseitegewischt. Beleidigt verzog sie sich erneut in die Küche zurück. Ihre Pfoten hinterließen kleine rote Abdrücke auf dem blanken Zementboden.

Überall im Raum standen Leinwände, Farbeimer, fertige Bilder, Staffeleien. Mittendrin ein riesiger Schreibtisch mit Glasplatte und Computer. Wahllos im Zimmer verstreut Skizzen, Entwürfe und Bücher.

Kaum ein Zentimeter war wirklich begehbar. Das angrenzende Schlafzimmer war dagegen ein einziger Kontrast. Kahl. Bis auf die große Matratze in der Mitte komplett leer. So wie auch Alex' Zimmer leer war. Außer der großen Truhe mit ihren Klamotten und dem einen Foto an der Wand. Da waren Maja und sie sich gleich, auch wenn sie sonst so verschieden waren.

Sie konzentrierte sich auf Majas vornübergebeugte Gestalt und fühlte sich sofort besser bei dem Anblick. Ihre Wärme ging auf sie über. Sie war nach Hause gekommen.

»Du siehst müde aus«, bemerkte Maja. »Vielleicht musst du ein Bad nehmen. Ich komm gleich dazu, wenn dir rotes Badewasser nichts ausmacht.«

Sie streckte Alex ihre rot verschmierten Hände entgegen und lachte.

Alex ließ sich ein Bad ein, holte sich ein Bier und verschwand in der Badewanne. Außerdem machte sie eine Kerze an, seit Monaten funktionierte das Licht in Majas Badezimmer nicht. Und Maja war die meiste Zeit zu sehr mit anderen Dingen beschäftigt, um daran zu denken, eine neue Birne zu kaufen.

Nur wenige Minuten später kam sie. Alex berührte ihre Hüftknochen, sie hatte abgenommen. Sie wusch sich die roten Hände, drehte zwei Zigaretten und ließ sich zu Alex in die Badewanne sinken. Im Kerzenlicht sah Alex, wie ihre Augen leuchteten, genauso wie sie es immer taten, wenn Maja an einem neuen

Objekt bastelte. Ihre langen blonden Haare hatte sie mit einem Haargummi hochgebunden.

Lange blonde Haare.

Alex ließ den Kopf nach hinten sinken, bis er sich auf dem Rand der Badewanne ausruhen konnte. Es fiel ihr schwer, sich auf Majas Geschichten zu konzentrieren. Sie ärgerte sich über sich selbst und darüber, dass sie es nicht schaffte, Lepke aus ihrem Kopf zu verbannen. Wenn er und Ines gleich von der Kneipe zum Tatort gefahren waren, wieso hatte er dann ein frisches Hemd angehabt? Ein kariertes Hemd, das ihm zu klein gewesen war. Und nicht zu ihm passte. Er hatte ganz offensichtlich gelogen – aber warum? Die Antwort war naheliegend.

Später schlief Alex mit dem Gefühl ein, dass sie und Lepke irgendetwas übersahen. Irgendeinen Zusammenhang. Irgendein kleines Indiz.

*

Wagner saß schon im Konferenzzimmer, als am nächsten Morgen alle zusammentrafen. Ungeduldig verbog er ein blaurotes Radiergummi zwischen Daumen und Zeigefinger. Das Radiergummi sah aus, als hätte er es schon in seiner Schulzeit zwischen den Fingern gehabt. Als es in der Mitte brach, warf er die Reste verärgert in den Papierkorb.

Er erhob sich und wedelte mit beiden Armen. Seine Art, sie zu begrüßen. Der kleine Dirigent im Komponisten, der sein Orchester zum Accelerando antrieb.

Sie sollten sich beeilen. Wie immer wartete Wichtigeres auf Wagner. Ein Empfang, eine Konferenz, ein offizielles Treffen. Irgendetwas, das seine Karriere befördern könnte.

Das Konferenzzimmer war klein und ebenso beige wie alles andere im Haus. Sein besonderes Schmuckstück war der braune Teppichboden, den Hunderte von nervös scharrenden Füßen hatten wellig werden lassen. Wenn er nicht schon wellig verlegt worden war, auf besonderen Wunsch von Wagner, um als Symbol für das ewige Auf und Ab auf dem langen Weg die Karriereleiter hinauf gelten zu können. Lange Konferenzen konnten hier nicht abgehalten werden, alle Teilnehmer verspürten spätestens nach zehn Minuten, wie es ihnen den Hals zuschnürte, als ob sich der Teppich direkt um ihre Lungen wellte.

Wagner setzte sich wieder, blickte in die eher träge Runde und nickte zufrieden. Alex hatte das Gefühl, er würde sie gern öfter um sich scharen, wenn er nur die Zeit dazu hätte. Er erinnerte sie an einen Schäfer und seine Schafe. Wahrscheinlich erwartete er auch ungefähr genauso viel Intelligenz von ihnen, wie man von Schafen nun mal erwarten konnte.

Heute Morgen waren sie zu sechst, außer Wagner schien niemand so richtig zu wissen, was sie hier eigentlich taten. Und warum das neu gebildete Ermittlungsteam ausgerechnet aus ihnen bestehen sollte. Alex hätte sich weiß Gott andere Leute vorstellen können. Aber Gott wusste es eben doch nicht besser.

Sie blickte sich in der Runde um. Meyer. Kinn in die Hände gestützt, Ellbogen auf dem Tisch. Sie mochte ihn. Er war ein Ruhepol und machte seine Arbeit konzentriert und zuverlässig. Vielleicht war er sogar der Einzige, von dem man das behaupten konnte. Nur Reden war nicht seine Stärke. Er gab einzig eine Antwort, wenn man ihn direkt ansprach. Aber Alex hatte die Erfahrung gemacht, dass er sehr genau zuhörte und dann im Stillen seine Arbeit erledigte. Sie war die Letzte, die ihm das ankreidete.

Ihr Blick wanderte weiter. Marcel war ein Problem. Er wirkte nicht nur so desorientiert wie ein Hund mit einem Plastikhalskragen um den Kopf, noch halb betäubt von irgendeiner Behandlung, er war auch so desorientiert. Um nicht zu sagen komatös. Seine wie poliert wirkende Glatze war vom Solarium dunkel gebräunt. Ebenso die Arme mit den aufgepumpten Muskeln, die sich unter dem weißen und viel zu eng anliegenden T-Shirt abzeichneten. Auf dem rechten Oberarm schlängelte sich ein Tattoo. Ein Sheriffstern. Alex hielt Marcel für ungefähr so begriffsstutzig, wie sein Aussehen es vermuten ließ.

Letzten Monat hatte er sie in der Cafeteria abgepasst und ihr erzählt, dass er manchmal gern so wäre wie sie. Dann hatte er eine Reihe von Adjektiven hinzugefügt:

Frei.

Wild.

Selbstbestimmt.

Alex war so sehr damit beschäftigt gewesen zu

überlegen, wie er auf diese Eigenschaften kam, dass sie gar nichts erwidert hatte. Aber wahrscheinlich hatte er klarsichtig eins und eins zusammengezählt. Immerhin war sie eine Frau und trug kurze Haare und eine Lederjacke. Und sie fuhr Motorrad. Eins und eins. *Born To Be Wild.*

Seit dem eher einseitigen Gespräch in der Cafeteria lächelte er immer, wenn er sie sah. Sie wusste nicht, ob sie das gut finden sollte.

Und dann war da noch Ines. Blond und blöd wie immer. Ines und Marcel passen eigentlich ganz gut zusammen, dachte Alex jetzt.

Ines blickte Lepke an, und der blickte auf den Tisch vor sich. Scheinbar seine neue Lieblingsbeschäftigung. Alex fiel auf, dass sein T-Shirt knittrig war. Aber wenigstens war es kein kariertes Hemd. Und es passte ihm!

Wagner räusperte sich und sah genervt zur Tür. Seine Hand tastete nach einem neuen Radiergummi, fand aber nur eine Büroklammer. Als er gerade beginnen wollte, sie aufzubiegen, kam der junge Staatsanwalt hereingestolpert und blieb abrupt stehen. Als wäre er sich nicht sicher, ob er richtig war. Erst als Wagner ihm mit einer einladenden Geste einen Platz zuwies, löste sich seine Starre. Er entschuldigte sich haspelnd und begann wieder die Suche nach den Dellen und Beulen an seinem Kopf. Ansonsten sah er aus, als wäre sein Hemd gleichzeitig auch sein Schlafanzug gewesen.

»So«, sagte Wagner. »Team.« Dann machte er eine

bedeutungsschwere Pause. Er war schon immer ein Fan von Dramatik, dachte Alex. Sonst schien das allerdings niemand im Raum zur Kenntnis zu nehmen.

»So«, sagte Wagner deshalb auch gleich noch einmal. »Zwei tote Frauen. Nicht gut. Ich möchte Berichte. Alex? Lepke?« Es war nicht ersichtlich, was gerade überwog – Wagners Begeisterung über seine didaktische Methode »Einberufung und Stärkung eines Teams« oder seine Verärgerung über die Todesfälle, die seine Karriere behindern könnten.

Sein Zeigefinger wanderte von Alex zu Lepke und zurück. Lepke nickte Alex zu.

Alex ließ sich Zeit, sie mochte keine ausgestreckten Zeigefinger. Und schon gar nicht, wenn sie in ihre Richtung wiesen. Sie trank absichtlich langsam ein Glas Wasser, bevor sie mit ihrem Bericht begann.

»Die erste Frauenleiche, gefunden in einem Vorgarten in Steglitz, ist noch nicht abschließend identifiziert. Es gibt keine Treffer in der Datenbank bei den Fingerabdrücken, und auch die DNA-Proben haben nichts ergeben. Auch bei den Vermisstenmeldungen in Berlin ist nichts dabei. Wir vermuten allerdings, dass es sich mit hoher Wahrscheinlichkeit um Chrissel von Grasholm handelt. Das Alter ist identisch, ebenso die Haarfarbe. Wir haben versucht, für die Identifikation ihre Mutter zu erreichen. Bislang aber ohne Erfolg; die Antwort der polnischen Kollegen steht noch aus. Außerdem sind wir dabei, ihren Zahnarzt für einen Zahnabgleich aufzutreiben, haben aber auch hier noch kein Ergebnis. Die Spurensicherer sind noch dran, und wir hoffen, dass sie etwas Brauchbares finden.«

Ines hob die Hand. Wie ein schüchternes Schulmädchen. Nein, nicht schüchtern, dachte Alex, das ist nur gespielt. Wie die Klassenstreberin höchstpersönlich.

»Warum fragt ihr nicht ihren Typen, dass er sie identifiziert? Das wäre doch das Einfachste, oder sehe ich das falsch?«

»Stimmt!«, rief Lepke, bevor Alex etwas erwidern konnte. »Dass wir da nicht gleich draufgekommen sind. Wir fragen ihren möglichen Mörder, ganz klar. Das ist die Lösung.«

Seine Stimme triefte vor Spott.

Meyer lachte.

Ines warf einen verständnislosen Blick zu Marcel.

Marcel tippte sich an die Stirn. Es war nicht klar, wem die Geste gelten sollte.

»Weiter!«, forderte Wagner Alex auf.

»Zum Mord«, nahm Alex ihren Bericht wieder auf. »Die Frau wurde massiver Gewalt ausgesetzt, sie weist diverse Knochenbrüche und Hämatome auf. Alle Verletzungen sind ihr durch Fäuste und Stürze zugefügt worden. Ihr Gesicht ist komplett entstellt von den Schlägen. Die Todesursache war eine Einspießung der Lunge durch gebrochene untere Rippen. Unser Rechtsmediziner fand außerdem diverse schon verheilte Brüche. Es deutet alles darauf hin, dass sie ein Opfer häuslicher Gewalt ist. Der Fundort ist aber wahrscheinlich nicht identisch mit dem Tatort. Leider fehlen uns auch da noch weitere Hinweise. Bislang haben wir nur ein paar grüne Teppichfasern, die darauf hindeuten. Höchstwahrscheinlich von einem normalen Wohnzimmerteppich, der dann entsorgt wurde. Was die These der häuslichen Gewalt natürlich stärken würde. Aber wie immer sind die Spurensicherer da eher zurückhaltend. Vielleicht hatte sie einfach vorher einen Pullover getragen, der mal auf einem grünen Teppich gelegen hat.« Sie warf einen Blick zu Ines, die immer noch einen Schmollmund zog. »Ihr Freund, Joachim Gärtner, sitzt in Untersuchungshaft. Er hat angegeben, am Fundort der Leiche nicht seine Freundin, sondern eine Schaufensterpuppe vergraben zu haben. Außerdem behauptet er, mit seiner Freundin in den letzten zwei Monaten Urlaub gemacht zu haben, ein Freund in Gdańsk bestätigt das. Wir haben jedoch bislang keine lebendige Chrissel von Grasholm finden können …«

»Gut«, kommentierte Wagner. »Oder auch nicht gut. Er ist also nicht ganz bei Sinnen, dieser Gärtner – kann man das sagen? Hält seine Freundin für eine Schaufensterpuppe, oder was?«

»Eher nicht, wir glauben, er versucht, uns zu …«

Weiter kam Alex nicht. Wagners Zeigefinger schnellte zu Lepke.

»Und die zweite Leiche? Lepke, arbeiten Sie auch hier? Oder halten Sie das Präsidium für ein Sanatorium und sind gerade im Tiefschlafmodus?«

Offensichtlich war Wagner aufgefallen, dass seine

Teamstärkung bisher nur mit Langeweile beantwortet wurde.

Als Lepke sich vorbeugte, dachte Alex für eine Sekunde, dass er zubeißen wird. Direkt in Wagners Zeigefinger. Der Hund, der nach einem Würstchen schnappt. Obwohl er genau weiß, dass es Herrchens Finger ist.

Lepkes Blick war nicht zu deuten, und seine Stimme klang sehr danach, als hätte er Mühe, Wagner nicht in Grund und Boden zu brüllen.

»Bei der zweiten Leiche handelt es sich um Anna Ahlers, identifiziert durch ihren Ehemann Friedel Ahlers. Sie wurde von ihm tot im Wohnzimmer aufgefunden. Ihr Körper weist diverse Hämatome auf, ebenso an den Handgelenken. Außerdem hat sie Würgemale am Hals, diese waren jedoch nicht die Todesursache. Sie ist erstickt, wahrscheinlich hat ihr der Täter ein Kissen aufs Gesicht gedrückt. Der Ehemann gibt an, betrunken nach Hause gekommen und sofort eingeschlafen zu sein. Deswegen hat er seine tote Frau erst gegen vier Uhr morgens gefunden. Unsere Nachforschungen haben ergeben, dass sein Alibi, ein Besuch in seiner Stammkneipe, eine kleine Schwäche aufweist, was die Zeiten betrifft. Und den Berichten der Nachbarn zufolge können wir darauf schließen, dass wir es auch hier höchstwahrscheinlich mit einem Fall von häuslicher Gewalt zu tun haben, die eskalierte. Die These wird gestützt von der Tatsache, dass es keinerlei Einbruchspuren gibt.«

»Wo ist der Ehemann jetzt?«, fasste Wagner prompt nach.

»Zu Hause. Wir haben gedacht …« Lepke zuckte mit den Schultern.

»Warum?« Wagner wandte sich an den immer noch seinen Kopf abtastenden Staatsanwalt. »Reicht das nicht aus, um ihn hier festzuhalten?«

»Na ja, es wäre schon ganz gut, wenn wir ein bisschen mehr haben würden. Für U-Haft, ich weiß nicht … Aber doch. Ja, ja, ich veranlasse das.« Er hatte so schnell gesprochen, dass er sich an den letzten Worten verschluckte. Er hustete.

»Also …«, versuchte Wagner weiterzumachen. Das Husten übertönte seine Versuche. Wagner wartete, dann verlor er die Geduld.

»Herr Jakowski, nun gehen Sie schon raus, trinken Sie ein Glas Wasser!«, brüllte er über den Tisch.

Beim Aufspringen warf der junge Staatsanwalt seinen Stuhl um, unter erneutem Husten versuchte er, sich zu entschuldigen, rückwärts verließ er den Raum. Sein Kopf war hochrot angelaufen. Vielleicht auch vor Scham, dachte Alex.

»Also«, wiederholte Wagner, »wir brauchen mehr. Alex und Lepke, Sie nehmen sich noch mal alle Details vor, oder haben Sie was in Ihren Berichten ausgelassen?«

Alex und Lepke wechselten einen kurzen Blick. Sie waren sich einig darüber, weder das Teeglas noch die Schminke zu erwähnen. Und ebenso wenig die Mutmaßung des Gerichtsmediziners, dass die früheren

Verletzungen mit größerer Krafteinwirkung zugefügt worden waren. Oder die neuen mit geringerer. Sie schüttelten beide gleichzeitig die Köpfe.

»Gut, dann suchen Sie weiter. Wir brauchen etwas Handfestes – oder müssen zumindest alle anderen Möglichkeiten ausschließen können. Meyer ist für die nächsten Tage so was wie euer Mädchen für alles.« Er blickte zu Meyer, ohne allerdings den Zeigefinger zu Hilfe zu nehmen. »Machen Sie vor allem den Kollegen in Polen mal Beine, damit die mit irgendwas rüberkommen.«

Meyer nickte, leise murmelte er: »Mädchen für alles«, schien aber nicht unzufrieden mit seiner Rolle zu sein.

Vorsichtig ging die Tür wieder auf. Hinter dem immer noch roten Kopf des jungen Staatsanwalts konnten sie die Sekretärin sehen.

»Entschuldigen Sie, aber es gab einen Anruf. Die Beamten aus Charlottenburg bitten um dringende Unterstützung.«

»Was, wegen dem Ahlers-Fall?«

Wagner wirkte irritiert, eine Unterbrechung war nicht vorgesehen.

»Nein, irgendwas Neues. Aber sie haben …«

»Gut. Ines, Marcel, Sie kümmern sich darum. Alle anderen wissen, was sie zu tun haben.«

Gute Beschreibung, dachte Alex. Im Umkehrschluss hatte er gerade gesagt, dass Ines und Marcel es eben nicht wussten.

Alex und Lepke würden sich also jeden Zeugen,

jede Spur, jedes noch so kleine Indiz ein weiteres Mal vornehmen. In der Hoffnung, etwas zu finden, das sie bisher übersehen hatten. Oder zumindest, um auszuschließen, dass es doch anders gelaufen sein könnte, als sie es sich zurechtgelegt hatten. Ein bisschen wie ein Eichhörnchen, das verzweifelt nach irgendwelchen vergrabenen Nüssen suchte.

Alex hatte gerade erst irgendwo aufgeschnappt, dass Eichhörnchen sich gar nicht wirklich daran erinnern, wo sie ihre Nüsse verstecken, sondern vollkommen beliebig an allen möglichen Stellen graben, bis sie durch Zufall ein paar Nüsse finden. Das funktionierte natürlich nur, wenn überhaupt Nüsse da waren. Aber vielleicht war es mit der Polizeiarbeit ähnlich. Sie taten ja nichts anderes, als jeden Stein umzuwälzen und ziellos zu graben, um auf etwas zu stoßen, was ihnen helfen konnte. Einen richtigen Plan gab es bei dieser Suche nicht. Wie bei den Eichhörnchen. Die allerdings ihre Nüsse selbst versteckten, um sie später wieder zu suchen. Es gab also doch einen Unterschied.

Rousseau.

Jean-Jacques Rousseau. Französische Revolution. Ich will den Flug einer Fliege verfolgen. Jeden Stein umdrehen, um zu sehen, was darunter liegt.

Oder so ähnlich.

*

Als sie auf dem Weg nach Steglitz an einer Bäckerei mit dem Werbeschild »Coffee to go – jetzt auch zum Mitnehmen« vorbeikamen, fuhr Lepke kurzentschlossen in eine gerade frei gewordene Parklücke.

»Kaffee. Ich zahle.«

Alex konnte den Satz gerade noch so verstehen, bevor die Autotür hinter Lepke zufiel.

Als Alex den nicht besonders stilvollen Laden betrat, hatte er bereits bestellt. Zwei Kaffee.

Als Einrichtungsvorbild hatte hier eindeutig ein Schnellimbiss gedient. Sie war sich nicht sicher, ob das Ganze einen Besuch vom Gesundheitsamt überleben würde. Zumindest auf Ei- oder Mettbrötchen sollte man hier besser verzichten.

Sie stellte sich an den einzigen Stehtisch und wartete. Ihre Jacke behielt sie an, es war hier drinnen fast kälter als draußen. Aus den Augenwinkeln spürte sie den inspizierenden Blick eines Mannes, der am Türrahmen zur Küche gelehnt stand und sie unverhohlen musterte. Seine nicht mehr weiße Schürze spannte über dem Bauch. Als sie ihn direkt ansah, nickte er.

»Mädel, du siehst aus, als könntest du eine Kippe gebrauchen.« Bevor sie antworten konnte, brüllte er zu seiner Frau hinter dem Tresen hinüber: »Hase, jetzt gib dem Mädel doch mal einen Aschenbecher!«

Während er wieder in der Küche verschwand, murmelte er noch etwas vor sich hin. Alex verstand nur »verboten« und »scheiß auf die Gewerbeaufsicht«. Sie musste lachen.

Lepke blickte verwundert zwischen Alex und der

Küchentür hin und her und kam dann zu ihr an den Stehtisch, in den Händen nicht nur die Kaffeetassen, sondern auch einen bis an den Rand gefüllten Aschenbecher. Alex hatte sich die erste Zigarette schon angezündet. Sie fragte sich, warum Lepke sie auf einen Kaffee einlud. Eigentlich hatte sie keine Lust, mit ihm zu reden. Auch wenn es albern war, kreidete sie es ihm immer noch an, dass sie ihn gestern Abend nicht aus ihrem Kopf bekommen hatte. Es war besser, auf ihn sauer zu sein als auf sich selbst.

Lepke hatte scheinbar entschieden, sein Schweigen zu brechen. Aber gerade als er etwas sagen wollte, pfiff sein Handy. Wieder war Bob Dylan dran. Lepke starrte lange auf das Display. Sein Gesicht zeigte keinerlei Regung, außer einem kurzen Zucken im Mundwinkel. Wie in Zeitlupe steckte er das Handy wieder ein. Er schaute sie an.

»Noch mal von vorn.«

Alex wusste nicht, ob er damit die gerade vergangenen Minuten oder die letzten zwei Tage meinte.

»Ja, noch mal von vorn«, wiederholte sie resigniert.

Lepke lächelte. Auf seinen Wangen zeichneten sich die Schatten seiner Grübchen ab. Die Falten an seinen Augen unternahmen den Versuch, mit ihnen gleichzuziehen. Aber über dem Gesicht lag ein verschwommener Schleier von Müdigkeit und Traurigkeit. Das Lächeln wirkte hohl.

Alex schoss der Gedanke durch den Kopf, dass sie Lepke überhaupt nicht kannte. Sie wusste, dass er vorher in Hannover gewesen war, aber das war auch schon alles. Hatte er eine Familie? Eine Freundin? Sie hatte auch keine Ahnung, wer ihm regelmäßig Nachrichten schrieb, die ihn jedes Mal aus der Fassung brachten, ohne dass er auch nur die geringsten Anstalten unternahm, eine Antwort zu geben. Alex wusste noch nicht einmal, wo er in Berlin überhaupt lebte. Irgendwann würde sie ihn danach fragen. Aber nicht heute.

»Die Schminke macht deine Augen größer, obwohl – ungeschminkt war auch nicht schlecht.«

Er ließ den Satz in der Luft hängen.

Alex schluckte, mit Komplimenten hatte sie noch nie gut umgehen können. Außerdem – was versuchte Lepke hier? Und war der Satz überhaupt als Kompliment gemeint?

»Was wird das?«

»Nichts.« Er zuckte mit den Schultern. »Vielleicht wollte ich nichts weiter als die Stimmung aufbessern, nachdem ich gestern so schlecht drauf war.«

»Und jetzt?«, fragte Alex, ohne genau zu wissen, was sie eigentlich meinte.

»Jetzt bin ich wieder gut drauf.«

Lepke hob für einen kurzen Moment beide Hände, wie ein Cowboy im Wilden Westen, der sich für besiegt erklärte.

Zu gerne hätte Alex gefragt, warum er wieder gut drauf war, aber sie verkniff es sich. Erstens glaubte sie ihm nicht wirklich, zweitens wollte sie die Antwort auch gar nicht hören.

»Und wie geht's jetzt weiter?«, fragte sie stattdessen in dem Bemühen, das Gespräch auf sicheres Terrain zu bringen. Arbeit.

»Tja, ich würde sagen, wir befragen noch mal alle Nachbarn von Gärtner. Um die, die wir nicht erreichen, soll sich Meyer kümmern.« Er grinste. »Hoffen wir mal, dass möglichst viele nicht zu Hause sind. Die Uhrzeit spricht für uns.«

»Hoffen wir mal.« Alex hatte das ungute Gefühl, plötzlich nur noch zu wiederholen, was Lepke vorgab. »Und dann nehmen wir uns Ahlers ein weiteres Mal vor«, fügte sie deshalb schnell hinzu.

*

Es war tatsächlich so, wie Lepke gemutmaßt hatte. Die meisten Nachbarn von Gärtner waren nicht zu Hause. Insgeheim wunderte sich Alex, sie war davon ausgegangen, dass die Frauen hier Hausfrauen waren und den ganzen Tag nichts anderes taten, als zu putzen und auf den Postboten zu warten. Aber scheinbar war das traditionelle Familienbild ausgedienter, als sie angenommen hatte. Oder es gab einen ganz anderen Grund. Sie wusste, dass viele der mobilen Sexarbeiterinnen auf den Landstraßen Hausfrauen waren. Zumindest auf den Landstraßen, die nicht von ostdeutschen Zuhältern kontrolliert wurden. Es waren Frauen, die die Haushaltskasse auffüllten, wenn sich die Familie übernommen hatte mit den Krediten für Haus und Auto und einer guten Schule für die Kinder.

Und sie machten das nicht mal unbedingt heimlich, sondern mit vollem Wissen ihrer Männer, die jeden Tag auf der Arbeit so taten, als würde die Familie gut über die Runden kommen mit dem, was sie selbst ranschafften.

Frau Krämer erzählte ihnen dieselbe Geschichte wie beim letzten Mal. Nur dass sie diesmal noch häufiger beteuerte, wie leid ihr die Sache mit dem netten, blonden Mädchen tat. Und dann hinzufügte, wie schade es wäre, dass immer die Netten dran glauben müssten. Sie hätte sich ja schon eine neue Alarmanlage einbauen lassen. Sie schien also wie selbstverständlich davon auszugehen, dass sie zu den Netten gehörte. Von einer Schaufensterpuppe wusste sie nichts.

Ein paar der Nachbarinnen, die von Alex und Lepke tatsächlich beim Kochen und Staubwischen unterbrochen wurden und demnach eindeutig nicht an der Landstraße stehen mussten, bestätigten, dass Chrissel von Grasholm eine hübsche und stets freundliche junge Frau gewesen war. Und dass auch der Gärtner gar nicht so unsympathisch gewirkt hätte. Einig waren sich alle darüber, dass man so was leider nie im Voraus ahnen konnte.

Leider.

Bei dem kleinen weißen Flachdachbungalow schräg gegenüber von Gärtners Haus öffnete niemand. Als Alex einen Blick durch das Küchenfenster warf, meinte sie, einen Schatten zu sehen. Sie machte eine Kopfbewegung zu Lepke. Lepke klingelte nochmals, danach schlug er mit der Faust gegen den Holzrahmen der Tür.

Alex ging langsam um das Haus herum, auf der Terrasse stand ein nicht mehr benutztes Fitnessrad, der Rahmen und die Pedale waren mit einer dicken Schicht Rost überzogen, auf dem Lenker waren braune Flecken. Auf den ersten Blick sah es fast aus wie getrocknetes Blut. Die Terrassentür stand offen, in der Scheibe spiegelte sich die fahle Sonne.

Dann sah Alex die Bewegung. Ein Arm, der dabei war, die Tür zu schließen. Ein bleicher Arm, der die bleiche Sonne wegschob.

Lepke musste ihr gefolgt sein, er war direkt hinter ihr.

»Moment bitte, Polizei!«, rief er.

»Entschuldigung, wir haben ein paar Fragen!«

Den zweiten Satz hatten Alex und Lepke gleichzeitig gesprochen.

Der Arm zögerte einen Moment, schließlich trat ein bärtiger Mann nach draußen. Er trug eine Jogginghose, seitlich war das Logo der deutschen Fußballnationalmannschaft zu erkennen. Ein geripptes Unterhemd vervollständigte seine Bekleidung. Seine Oberarme wirkten muskulös, dennoch machte er den Eindruck, dass er Fußball eher nur vom Fernsehsessel aus verfolgte.

»Was wollen Sie auf meinem Grundstück?« Seine Stimme hatte einen scharfen Unterton. »Sie haben hier nichts zu suchen!«

Lepke hielt seinen Ausweis hoch. »Wir sind von der Kriminalpolizei und haben ein paar Fragen.«

»Und deshalb schleichen Sie hier auf meinem Grundstück rum? Das ist Hausfriedensbruch!«

»Entschuldigung«, wiederholte Alex. »Wir haben geklingelt. Sie haben nicht reagiert.«

»Vielleicht will ich meine Ruhe haben.«

»Dann machen wir es kurz. Nur ein paar Fragen – und wir sind wieder weg.«

Lepke trat einen Schritt vor.

»Wir würden gerne wissen, ob Ihnen irgendetwas aufgefallen ist bezüglich der Frauenleiche, die gegenüber gefunden wurde. Sie werden sich sicher erinnern.«

»Ihre Kollegen waren schon da.«

»Das wissen wir. Aber manchmal fällt einem später noch etwas ein, jedes kleine Detail könnte uns helfen.«

Alex.

»Hab schon alles gesagt. Nichts ist mir aufgefallen.«

»Wir gehen davon aus, dass es sich bei der Leiche um die Freundin des Hausbesitzers handelt, eine gewisse Chrissel von Grasholm. Kennen Sie Joachim Gärtner? Den Künstler? Was würden Sie sagen, was ist das für ein Typ?«

Lepke.

»Ich achte nicht auf meine Nachbarn.«

»Sie haben noch nicht mal ein Wort mit ihm gewechselt? Nichts? Weder mit ihm noch mit seiner Freundin?«

Alex.

»Sag ich doch.«

»Gut. Dann vielen Dank.«

Lepke.

»Entschuldigung, eine letzte Frage. Ist Ihre Frau zu Hause?«

Alex.

»Was?«

»Anja«, sagte Alex. »Ihre Frau.«

Der Name hatte auf dem Klingelschild an der Haustür gestanden. Alex zeigte auf den Kimono, der über der Sofalehne lag. Schwarze Kraniche auf rotem Grund.

»Ich denke mal nicht, dass Sie sich als Geisha verkleiden.«

Mit der Betonung auf dem *Sie*.

»Ich wüsste nicht, was Sie das angeht«, blaffte der Bärtige und versuchte, die Tür zuzuziehen. Aber Alex war schneller. Ihr Motorradstiefel blockierte die Tür.

»Ich würde gerne mit ihr reden. Mit Anja. Vielleicht hat sie ja etwas gesehen.«

»Hat sie nicht. Und außerdem ist sie nicht da.«

»Fragen Sie sie doch bitte trotzdem, ob ihr noch etwas einfällt. Es wäre schön, wenn sie sich bei uns melden würde.«

Alex streckte ihm ihre Karte entgegen. Sie hatte kaum den Stiefel aus dem Spalt genommen, als der Arm auch schon die Tür zuknallte.

»Da kommt Freude auf«, sagte Alex mehr zu sich selbst. »Mann, Mann, was gibt es doch für Arschlöcher! Mit so einem verheiratet zu sein ist ja wohl das Letzte!«

Lepke grinste.

»Sagt jemand mit Erfahrung, was Verheiratet-Sein angeht?«

Alex zog die Augenbrauen zusammen und streckte Lepke den Mittelfinger hin.

Auf dem Weg zurück zum Gartentor entschieden sie, ihre Befragungen zu beenden. Sie waren sich einig darüber, dass die Leute hier eher daran interessiert waren, wer unbefugterweise ihren Garten betrat, als daran, wer zu Hause seine Frau verprügelte. Aber das war nichts Neues. Während sie zurück zum Auto gingen, zitierte Alex aus dem Kopf ein paar Zeilen aus der Rede von Peter Schneider, die dieser zur Zeit der Studentenrevolution auf einer Vollversammlung an der FU Berlin gehalten hatte. Maja hatte den Text mal für eines ihrer Kunstprojekte benutzt …

»*Wir haben in aller Sachlichkeit über den Krieg in Vietnam informiert, ohne dass die Phantasie unserer Nachbarn in Gang gekommen wäre. Aber wir brauchen nur einen Rasen zu betreten, dessen Betreten verboten ist, um allgemeines und nachhaltiges Grauen zu erregen.*«

»Was?«

»1967. Aber viel scheint sich nicht geändert zu haben.«

Lepke nickte, obwohl er ganz sicher nicht wusste, was Alex meinte.

Sie wusste es selbst nicht genau.

*

Ahlers wartete schon im Vernehmungszimmer. Er blieb bei seiner Geschichte. Als Lepke ihn auf sein fehlendes Alibi ansprach, wurde er unerwartet handgreiflich. Sein ungeschickter Versuch, Lepke am T-Shirt zu packen, führte allerdings nur zu einem kurzen Gerangel, bei dem Lepke ihm mit einer schnellen Bewegung den Arm auf den Rücken drehte und ihn zurück auf den Stuhl stieß.

Alex musste zugeben, dass sie von Lepkes Reaktion durchaus beeindruckt war.

Danach blieb Ahlers aggressiv, und sie beendeten die Vernehmung. Sein Verhalten lieferte ihnen einen guten Grund, um ihn in U-Haft zu nehmen. Der viel zu junge Staatsanwalt würde sich freuen.

Anders bei Gärtner, eine Stunde später. Gärtner beharrte jetzt auf einem Anwalt. Während sie auf diesen warteten, sagte er kein Wort. Alex war sich dennoch nicht sicher, ob er wusste, wie ernst die Lage für ihn war. Eher schien es ihr, als würde Gärtner sich wie ein trotziges Kind benehmen.

Dunkle Schweißflecken zeichneten sich auf dem Hemd des Anwalts ab, direkt unter den Achseln. Er trug eine Hornbrille, die ihn aussehen ließ wie Woody Allen. Nur größer. Und dicker.

Er hatte versucht, seine beginnende Glatze mit ein paar mickrigen Haaren und viel zu viel Haargel zu kaschieren. Der Versuch war fehlgeschlagen. Wenn er seine Klienten ebenso gut berät wie seine Haare, dann sollte Gärtner lieber nicht auf ihn hören, dachte Alex.

»Sagen Sie ab sofort nichts mehr. Dafür bin ich jetzt da.«

Die Sätze klangen wie aus dem Lehrbuch abgelesen und auf Kassette gesprochen. Durch einen dummen Zufall musste er diese Kassette irgendwann als kleines Kind verschluckt und die Repeat-Taste gedrückt haben. Alex fiel Obelix ein, der als kleines Kind in den Zaubertrank fiel und damit sein restliches Leben besiegelte.

Lepke stand mit dem Rücken zum Raum. Er starrte gespielt gleichgültig auf sein Abbild in der blickdichten Scheibe.

Ohne sich umzudrehen, räusperte er sich.

»Das bringt doch nichts. Wir haben alle DNA-Spuren. Im Haus und von der Leiche. Es handelt sich um Chrissel von Grasholm.«

Der Anwalt ruckte nervös an seiner Brille, ansonsten zeigte er weiter keine Reaktion. Aber Gärtner riss die Augen auf. Seine Hände krallten sich in den Tisch, so dass sein langer Fingernagel am rechten Zeigefinger brach. Bei dem Geräusch zuckte Alex unwillkürlich zusammen. Gärtner sackte nach vorne und knallte mit der Stirn auf die Tischplatte. Der Anwalt zuckte irritiert mit dem Kopf.

Lepke hatte gerade gegen alle Regeln verstoßen. Alex wusste aus Erfahrung, wie viel Ärger sie sich damit einfangen würden. Vor allem aber verstand sie nicht, warum Lepke diese Falle stellte, wenn er offensichtlich gar nicht daran interessiert war, Gärtners Verhalten zu beobachten. Und eine Falle war es. Er hatte die Sätze so aneinandergereiht, dass man denken musste, die Überprüfung der DNA-Spuren hätte die Identität der Leiche entschlüsselt. Tatsächlich aber hatte er seine Formulierung so gewählt, dass es keinerlei Kausalzusammenhänge zwischen den einzelnen Sätzen gab. Ganz bewusst hatte er ausgenutzt, dass Gärtner nicht wirklich konzentriert war.

»Noch ist nichts verloren, Herr Gärtner. Aber verstecken hilft jetzt nichts. Sagen Sie uns einfach, was passiert ist.«

Lepke redete betont langsam.

Erst jetzt begriff Alex, dass er nicht sich selbst, sondern Gärtner in der Spiegelung der Scheibe beobachtete.

Gärtner hob den Kopf und starrte Lepkes Rücken an, dann wanderte sein Blick zu Alex. Er fixierte sie mit seinen geröteten Augen. Die Anstrengung war ihm ins Gesicht geschrieben. Er schluckte heftig.

»Ja«, sagte er dann kaum hörbar. »Ich war's.«

Das Geständnis kam so unerwartet, dass Alex ihn bat, den Satz noch einmal zu wiederholen.

Der Anwalt wollte Gärtner die Hand auf den Arm legen, zuckte dann aber zurück, als hätte er sich verbrannt.

»Ich war's. Ich habe sie umgebracht.«

Lepke hatte sich nicht bewegt. Er stand ganz still, den Blick nach wie vor starr auf die Scheibe gerichtet.

Alex konnte es nicht glauben. Wollte es nicht glauben. Gärtner log! Seine Körpersprache hatte sie längst vom Gegenteil überzeugt. Er war vielleicht verwirrt, aber er hatte ganz sicher nicht seine Freundin umgebracht. Er war fertig. Und er war fertig, weil er sie verloren, nicht weil er sie umgebracht hatte. Sein Kopf sackte wieder auf die Tischplatte. Aus seinem Mund kam etwas, das wie ein Wimmern klang.

Der Anwalt schüttelte den Kopf. Aber er sagte immer noch nichts. Als wollte er sich selbst an den Ratschlag halten, den er gerade noch seinem Klienten gegeben hatte.

Alex' Stimme klang brüchig, als sie fragte: »Wie? Wie haben Sie es gemacht?«

Langsam drehte Gärtner den Kopf zu ihr, ohne sich aufzurichten. Ein Spuckefaden lief aus seinem Mund auf die Tischplatte. Es schien, als würde er nicht mehr zu seinem Körper gehören. Seine Gliedmaßen bewegten sich. Sein Kopf. Der Mund. Die Lippen. Er selbst war wie erstarrt.

»Was meinen Sie?«, fragten die Lippen.

»Wie haben Sie sie umgebracht?«

Lepke drehte sich endlich um. Er sah vollkommen erschöpft aus. Und genervt. Frustriert.

Die Lippen gaben ein zischendes Geräusch von sich, dann einen Satz.

»Ich weiß es nicht.«

Und noch einen.

»Aber ich habe sie umgebracht.«

Das war das Letzte, was sie von Gärtner hörten, bevor er einen Weinkrampf bekam und nicht mehr ansprechbar war. Sie ließen ihn zurück in die Zelle bringen.

Der Anwalt hatte inzwischen auch die Vorderseite seines Hemdes durchgeschwitzt, als hätte er gerade einen Marathonlauf hinter sich gebracht.

Im Büro informierten sie Meyer darüber, was passiert war. Alex war sich nicht sicher, ob er verstand, was sie sagten.

»Er hat nicht erklären können, wie er sie umgebracht hat. Weil er es nicht weiß. Er war es nicht.«

Alex.

»Warum sollte er dann gestehen? Wer ist so doof und gesteht etwas, was er nicht gemacht hat?«

Lepke.

Wahrscheinlich musste er sich davon überzeugen, dass es nicht seine Falle gewesen war, die zu einem falschen Geständnis geführt hatte. Aber Alex war sich sicher, dass Lepke wusste, dass genau das gerade passiert war.

Als Meyer hochblickte und etwas sagte, brauchte sie einen Moment, bis sie den Zusammenhang verstand.

»Soll er jetzt die Leiche identifizieren, oder wie wollt ihr das machen? Die Mutter hat man jedenfalls immer noch nicht erreicht, behaupten zumindest die Kollegen. Scheint verschwunden zu sein, keine Chance.«

Alex ließ sich auf ihren Stuhl sinken, den Kopf nach hinten gekippt. In dieser Position hätte man sie selbst für eine Leiche halten können. Oder für einen der Gegenstände auf Dalís Bildern. Und genauso fühlte sie sich auch. Kurz davor, einfach zu verlaufen, die Form zu verlieren, sich aufzulösen.

Lepke runzelte die Stirn.

»Wie eine der Uhren«, kommentierte er ihre Haltung.

Meyer schüttelte irritiert den Kopf. Dann sagte er: »Ich hab noch mehr für euch. Ich hab gedacht, es kann ja nicht schaden, diesen Freund von Gärtner noch mal überprüfen zu lassen. Und die Kollegen aus … wie heißt das, Gdańsk? Also da jedenfalls, die haben mit ihm gesprochen. Er hat dasselbe gesagt wie schon bei dem Telefonat mit euch …«

»Ja und? Hatten die Polen den Eindruck, dass er lügt?«, fragte Lepke, ohne den Blick von Alex zu wenden.

Meyer schien das nicht weiter zu stören, vielleicht fand er es sogar besser. Sonst wird meist er angestarrt, dachte Alex. Ein exotisches Tier im Zoo. Ein Ausstellungsobjekt. Ein schwarzer Polizist. Fremdartig. Fehl am Platz.

»Da waren sie sich nicht sicher.«

»Was denn jetzt? Ja oder nein?«

»Ich bin noch nicht fertig. Das Beste kommt noch.« Als Alex und Lepke ihn jetzt beide ansahen, fing er nervös an auf seinem Stuhl hin und her zu rutschen. Aber er konnte ein Lächeln nicht unterdrücken, als er seine Trumpfkarte ausspielte: »Das Haus, in dem der Freund wohnt, ist eine Hippie-Kommune. Ist auch gar nicht in der Stadt, sondern auf einem Dorf. Und auf dem Küchentisch lagen dort mindestens zwanzig Pillen. LSD! Ich dachte, das könnte euch interessieren.«

»In der Tat.« Lepke pfiff anerkennend durch die Zähne. »So viel also zu seinem Alibi. Das könnte einiges erklären. Er war auf irgendeinem verdammten Trip und erinnert sich einfach nicht, wie er sie umgebracht hat. Passt!«

Alex schüttelte nur unwillig den Kopf, ohne ihn von der Rückenlehne zu nehmen.

»Was ist?«, fragte Lepke. »Was gefällt dir daran nicht?«

Meyer räusperte sich: »Und außerdem gibt es noch was Neues von der Rechtsmedizin.« Er tippte auf einen Bericht vor sich. »Die erste Frauenleiche wurde kurz vor ihrem Tod höchstwahrscheinlich vergewaltigt, es wurden entsprechende Verletzungen gefunden. Anna Ahlers hatte dafür keinen Geschlechtsverkehr ...« Weiter kam er nicht.

»Was?« Alex fuhr hoch. »Sag das bitte noch mal, und zwar genau so!«

»Leiche eins wurde vergewaltigt, Leiche zwei hatte keinen Geschlechtsverkehr vor ihrem Tod gehabt.«

»Ich weiß nicht, ob Vergewaltigung gleichbedeutend mit Geschlechtsverkehr ist!« Alex' Stimme überschlug sich. »Aber vielleicht irre ich mich ja auch, und mir fehlt ganz einfach die männliche Perspektive, um das objektiv beurteilen zu können!«

Sie sprang auf und verließ den Raum.

Fünf Minuten später kam sie mit einem Kaffee aus der Cafeteria wieder, als wäre nichts gewesen, setzte sich und legte die Beine auf den Tisch.

»Entschuldigung, Alex«, murmelte Meyer. »Ich

meinte doch nur, also, die zweite Leiche hatte keinen einvernehmlichen Geschlechtsverkehr und wurde auch nicht vergewaltigt oder so.«

»Irgendetwas übersehen wir …«

Alex war kaum zu verstehen.

»Mal zusammengefasst«, sagte Lepke, um zum Thema zurückzukehren, »beim zweiten Mord haben wir alle Indizien, die wir brauchen. Kein bestätigtes Alibi, keine Einbruchspuren. Plus der Ausraster heute. Ahlers wird also schnell aggressiv und kann sich dann auch nicht mehr unbedingt kontrollieren und …«

»Bis auf das Teeglas und die Schminke und die geringe Krafteinwirkung«, dachte Alex laut.

»Ahlers war noch betrunkener als sonst, da hatte ihn seine Kraft ein bisschen im Stich gelassen«, schlug Lepke vor.

»Und die Schminke? Okay, wahrscheinlich war sie immer super geschminkt, irgendwie musste sie ja die Spuren der Schläge ihres Mannes vor den Nachbarn geheim halten.«

»Und wenn wir das zweite Teeglas einfach vergessen? Es gibt ständig irgendwelche Fragen, die offen bleiben, das weißt du.«

Alex nippte an ihrem Kaffee, gedankenverloren blickte sie zum Fenster. In ihrem Kopf summte ein Lied, das nicht verstummen wollte …

She says, »you don't wanna be like me
Looking for fun, getting high for free«
I'm dying, I'm dying.

Lepke gähnte.

»Bleibt immer noch Gärtner. Wohin ist diese verdammte Schaufensterpuppe verschwunden? Wir wissen, dass es sie gegeben hat, da hat er nicht gelogen. Oder ist das genauso was wie die Teetasse? Hilft uns das überhaupt weiter?« Er zuckte mit den Schultern und gab sich selbst die Antwort: »Ich weiß es nicht. Verdammt, ich habe keine Ahnung! – Wo sind überhaupt Ines und Marcel?«

Als hätte er eine Bankrotterklärung abgeliefert, dachte Alex, und jetzt will er nicht alleine damit sein.

Aber er hatte eine Bankrotterklärung abgeliefert. Und er war nicht alleine damit.

»Weg«, sagte Meyer. »Der neue Fall da, ihr wisst schon. – Glaubt ihr eigentlich, dass er sich die Muskeln aufpumpt? Marcel? Er sieht so aus, als ob, oder?«

Alex verdrehte die Augen. *I'm dying*. Sie stand auf und nahm ihren Helm.

»Wir haben Wochenende. Bis Montag dann!«

Sie spürte die verblüfften Blicke von Lepke in ihrem Rücken. Auf dem zweiten Treppenabsatz hatte er sie eingeholt.

»Alles okay?«

»Was, wenn wir irgendwas übersehen?«

»Lass uns was trinken und mit den anderen eine kleine inoffizielle Teambesprechung draus machen. Vielleicht bringt das was. Mit ein bisschen Abstand, meine ich.«

»Keine Lust. Ich brauch mal ein bisschen Zeit für mich.«

»Schon kapiert. Und du willst wirklich kein Bier?«

I'm dying.

Sie wollte ganz sicher ein Bier, aber bei sich zu Hause mit guter Musik. Blood Red Shoes vielleicht. Und ganz sicher wollte sie den Abend nicht mit Ines und Marcel verbringen.

Bevor sie antworten konnte, pfiff Lepkes Handy. Er blickte auf das Display.

Freeze, dachte Alex.

Eingefroren.

Erstarrt.

Das übliche Bild, das sie mittlerweile schon kannte.

Sie drehte sich um und ging weiter die Treppe runter, auf dem nächsten Absatz blickte sie zurück. Lepke stand noch immer da und starrte auf das Display.

I'm dying. I'm dying.

Du musst dich wehren.

Der dritte Mord

Am Paul-Lincke-Ufer, ungefähr da, wo früher das Café Morgenrot war, führt ein Rettungssanitäter ein letztes Mal seine alte Husky-Hündin spazieren, bevor er mit dem Hilfskonvoi einer NGO nach Rojava aufbricht, um dort ein mobiles Hospital zu errichten.

Am Zaun des ehemaligen Vergnügungsparks »Plänterwald« in Treptow diskutieren zwei Wachleute eines privaten Sicherheitsunternehmens, ob sie ihre Runde fortsetzen oder einen Abstecher zum Sowjetischen Ehrenmal machen sollen, wo einer der beiden hofft, heute endlich seinen Dealer anzutreffen, der seit ein paar Tagen überfällig ist.

In einer Wohnung in Friedrichshain werden bei einer Durchsuchung externe digitale Datenträger sichergestellt, »bei denen es sich möglicherweise um Kinderpornografie handelt«, wie der Sprecher der Staatsanwaltschaft mitteilt, woraufhin die Ermittlungen gegen vier weitere Kollegen des Bundespolizisten Thomas B. aufgenommen werden.

Eine Frau schminkt sich.

Samstag. Kurz vor neun. Alex schob sich durch die protzige Eingangstür, nickte dem Pförtner zu und schlich die Treppen hinauf. Außer ihr war niemand da. Auf ihrem Schreibtisch lagen noch die zwei aktuellen Mappen, die sie vergessen hatte wegzuschließen. Sie stellte ihren Kaffee ab, den sie sich auf dem Weg geholt hatte, und zog sich ihren Stuhl heran. Vorsichtig. Möglichst ohne ein Geräusch. Als wollte sie sich selbst nicht eingestehen, dass sie an einem Samstag ins Präsidium fuhr.

Sie war gestern Abend mit dem Gedanken eingeschlafen, dass sie etwas übersahen. Und mit dem gleichen Gedanken wieder aufgewacht. Irgendwas passte nicht.

Eine Weile saß sie an ihrem Schreibtisch und starrte in den Kaffee. Als sie ein Geräusch hörte, sprang sie auf. Die Heizung ließ ein weiteres Mal ein gurgelndes Geräusch ertönen. Alex rieb sich mit der Hand über die Stirn und ging hinüber zur gläsernen Zwischenwand. Falls sie tatsächlich etwas übersahen, musste sie von vorne anfangen. Langsam begann sie, weitere Fotos an die Wand zu heften. Striche, Pfeile und Wörter folgten. Eine knappe Stunde später war sie fertig.

Von der rechten Seite der Wand blickte sie jetzt Chrissel von Grasholm an. Oder zumindest die Person, von der sie glaubten, dass es Chrissel von Grasholm sein könnte. Der Computer-Nerd, der das Foto für die Presseveröffentlichung bearbeitet hatte, hatte ganze Arbeit geleistet. Chrissel von Grasholm lächelte. Als würden die Fotos ihrer Leiche direkt darunter nicht zu ihr gehören. Ihr Gesicht erinnerte an Laura Palmer in *Twin Peaks*. Alex hoffte, dass dieser Fall nicht genauso wahnsinnig und unlösbar war wie Lauras. Chrissel von Grasholms Lächeln und die Fotos vom Tatort waren mit einem großen Fragezeichen verbunden. Oben in der linken Ecke klebte ein Foto von Joachim Gärtner, sein Blick folgte zwei Pfeilen. Der erste führte zu Chrissel von Grasholms Lächeln und war betitelt mit *Freund*. Der zweite führte zu den Fotos vom Tatort: *Hausbesitzer*. Unter den Fotos stand in Großbuchstaben SCHAUFENSTERPUPPE. Mit Fragezeichen. Und GESTÄNDNIS. Noch ein Fragezeichen.

Ebenfalls von links blickte Anna Ahlers auf die zwei Pfeile. Sie lächelte nicht. Warum sollte sie auch? Sie hatte in ihrem Leben nicht viel zu lächeln gehabt.

Alex stutzte. Der erste Punkt, der nicht passte. Chrissel von Grasholm wirkte viel zu gelöst und glücklich für das Leben, das ihr Körper ihnen verraten hatte. Der Computer-Nerd hatte zu viel des Guten getan. Aber es hatte nichts zu bedeuten. Nicht zwangsläufig.

Alex dachte unwillkürlich an die anderen Fotos, die sie im Laufe ihrer Arbeit gesehen hatte. Vorher und nachher.

Sie konzentrierte sich wieder auf die Glaswand. Ähnlich wie auf der rechten Seite kamen unter Anna Ahlers' Bild die Aufnahmen vom Tatort. Daneben Friedel Ahlers. Ein Pfeil, der von Anna Ahlers zu ihrem Mann führte: *Ehemann*. Ganz unten dann:

Keine Einbruchspuren und *Häusliche Gewalt.* In Doppelklammern TEETASSE. Neben beiden Männern stand *Unzureichendes Alibi.*

Alex zögerte einen Moment, bevor sie TEETASSE wieder wegwischte. Stattdessen schrieb sie auf Chrissel von Grasholms Seite *Mutter.* Fragezeichen. Und *Identifizierung.* Ausrufezeichen. Doppelt umkreist.

Sie hatten also einen Fall ohne ausreichende Beweise, dafür mit Geständnis. Und einen zweiten Fall mit vermutlich ausreichenden Beweisen, aber ohne Geständnis. Zumindest der zweite Fall war so gut wie aufgeklärt, dachte Alex. Es war immer der Mann. Das würde auch hier nicht anders sein. Der Rest war Sache des Staatsanwalts. Trotzdem wurde sie das Gefühl nicht los, dass irgendetwas nicht stimmte. Vor allem aber würde Wagner nicht mitspielen. Einen Fall ohne Geständnis abzuschließen war nie gut. War nichts, worüber man der Presse gegenüber glänzen konnte.

Sie schrak zusammen, als ihr Handy klingelte. Als sie auf das Display sah, musste sie grinsen. Sie hatte Lepke immer noch als »Tourist« gespeichert.

Sie nahm das Gespräch an, ohne sich zu melden.

»Alex? Wir müssen reden. Und zwar so schnell wie möglich!«

»Es ist Samstag.«

Lepke reagierte nicht auf ihren Einwand.

»Ines hat gerade von ihrem Fall erzählt, es ist wichtig. Wo bist du?«

»Im Präsidium.«

Die Antwort war ihr herausgerutscht, bevor sie sich stoppen konnte. Es war ihr unangenehm, dass sie an einem Samstag im Büro saß. Lepke schien es gar nicht aufgefallen zu sein.

»Okay, ich bin in zehn Minuten bei dir.«

Dann war die Verbindung tot. Alex ließ sich auf ihren Stuhl sinken, erst jetzt ging ihr auf, was Lepke gesagt hatte. Ines hat gerade von ihrem Fall erzählt ... Lepke und Ines. Ines und Lepke. Sie schüttelte unwillig den Kopf, dann machte sie das Fenster auf, drehte sich eine Zigarette und setzte sich auf die Fensterbank. Sie rauchte und wartete. Sie hätte gerne etwas getrunken. Und dabei dachte sie nicht an Kaffee. Aber es war noch zu früh.

Sie zündete sich gerade die zweite Zigarette an, als sie Schritte auf dem Flur hörte. Noch bevor die Tür wieder ins Schloss fiel, fing Lepke schon zu reden an.

»Ein neues Opfer. Eine Frauenleiche. In der eigenen Küche gefunden. Übersät mit Schlägen und Tritten. Würgespuren, aber vielleicht auch erstickt. Keine Einbruchspuren.«

Lepke machte eine Pause, um Luft zu holen.

»Klingt nach häuslicher Gewalt.« Alex nickte und zog an ihrer Zigarette.

»Eben! Und mehr fällt dir nicht dazu ein? Sag mal, hast du überhaupt mitgekriegt, was ich gerade ...«

»Was ist nur mit den Typen los?«

»Ja, stimmt, aber kapierst du nicht?«

Alex blickte ruckartig auf.

»Es gibt vielleicht einen Zusammenhang.«

»Genau! Du hast doch gestern selbst gesagt, du hättest das Gefühl, wir übersehen irgendwas. Vielleicht ist das ja die Spur, die wir suchen.«

Es ergab Sinn, was Lepke sagte. Alex wusste nicht, ob sie glücklich oder traurig sein sollte.

Erst jetzt schien er zu bemerken, dass Alex am Fenster rauchte. Er grinste, dann stellte er sich zu ihr und zündete sich ebenfalls eine Zigarette an.

»Das war es dann wohl mit dem freien Wochenende. Sag mal, was machst du eigentlich hier?«

»Dasselbe wie du bei Ines vielleicht.« Alex sprang vom Fensterbrett, sie spürte Lepkes bohrenden Blick. »Frühstücken natürlich.«

Lepke überging ihren Satz, als hätte er ihre Antwort nicht gehört. Wahrscheinlich war es auch besser so. Zwischen ihnen war nie etwas gewesen, und wenn es nach Alex ging, dann sollte das ganz sicher so bleiben. Jetzt hatte er eben eine Affäre mit Ines, vielleicht war ihm auch einfach nur langweilig. Lepke kam ihr nicht vor wie einer, der sich schnell bindet, dafür schien er sich viel zu wohlzufühlen in seinem Single-Dasein. Trotzdem spürte sie, wie sich ihr Magen zusammenzog. Sie hätte etwas anderes frühstücken sollen als Kaffee und Zigaretten.

»Wenn es tatsächlich einen Zusammenhang gibt, dann müssen wir Wagner informieren.«

Lepke war an die Glaswand getreten, um sich ihre morgendliche Arbeit anzusehen.

»Jep, ich ruf ihn an.«

Er drehte sich um und griff nach dem Telefon auf seinem Schreibtisch, aber Alex hatte schon ihr Handy am Ohr. Als sie anfing zu reden, versuchte sie unwillkürlich, den größtmöglichen Abstand zwischen sich und Lepke zu bringen.

*

Eine knappe Stunde später saßen sie alle wie am Vortag zusammen, diesmal allerdings in Wagners Büro. Der Konferenzraum war abgeschlossen, und es war ihnen nicht gelungen, jemanden zu finden, der den richtigen Schlüssel hatte.

Wagner sah missmutig in die Runde. Scheinbar hatte er Besseres zu tun, als seinen Samstag im Büro zu verbringen. Alex überlegte, ob er wohl Kinder hatte. Seine Frau hatte sie mal gesehen – womöglich auf einer dieser furchtbaren Veranstaltungen, die mindestens zweimal im Jahr stattfanden, auf denen sich die Mitarbeiter des Präsidiums näher kennenlernen sollten. Sie hasste diese zwanghaften Zusammentreffen, diese krampfhaften Gespräche, aufgelockert durch vorher zurechtgelegte und einstudierte Witze und Anekdoten, die, je später der Abend wurde, gewöhnlich sexistischer wurden. Bis auf einmal hatte es Alex allerdings immer geschafft, sich abzusetzen, bevor es so weit kommen konnte.

Und letzten Sommer war es ihr sogar gelungen, überhaupt nicht aufzutauchen, indem sie einfach länger als nötig an einem Tatort geblieben war. Ein freigesprochener Vergewaltiger hatte sich selbst erhängt oder war erhängt worden – den Fall konnten sie nie ganz aufklären. Lange Zeit wies alles auf einen Mord hin, vielleicht hatte Alex aber ab einem bestimmten Punkt die Motivation gefehlt, den Fall wirklich lösen zu wollen.

Alex war wahrscheinlich die Einzige hier, die überzeugt davon war, dass manche Fälle nicht aufgeklärt werden mussten. Dass es manchmal besser so war. Auch wenn diese Haltung im Widerspruch zu ihrer Rolle als Kommissarin stand. Aber mit Widersprüchen konnte Alex recht gut leben.

Wagner räusperte sich, dann stand er auf.

»Wie sieht es aus? Gibt es Parallelen bei den drei Fällen?«

Lepke antwortete als Erster.

»Sogar ziemlich deutliche. Bei den drei Toten handelt es sich um Frauen, und bei jeder von ihnen scheint alles auf den Ehemann oder Partner als Mörder hinzuweisen …«

»Aber wo bitte sollen da die Zusammenhänge sein?«, hakte Wagner ein. »So wie ich das sehe, haben wir gerade mal eine Häufung von Fällen an häuslicher Gewalt, das ist nicht schön, ohne Frage, doch …«

Er hob hilflos die Hände. Seine Stimmung schien sich weiter verschlechtert zu haben, falls das überhaupt möglich war. Die Aussicht, völlig umsonst Zeitung und Bademantel verlassen zu haben, war zu viel für ihn. Alex versuchte, das Bild von Wagner im Bademantel wieder aus ihrem Kopf zu verdrängen. Denn dass Wagner ein Bademantel-Frühstücker war, daran zweifelte sie keine Sekunde. Ihre Gedanken schweiften noch weiter ab. Wagner im Bademantel mit der Morgenzeitung und auf jedem Knie eine etwas zu junge und etwas zu püppchenhaft aussehende Frau. War er vielleicht mittlerweile geschieden?

Auch Lepke hatte Wagners Missfallen bemerkt und gab sich jetzt Mühe, besonders positiv zu klingen.

»Es könnte natürlich ein Zufall sein. Aber drei Morde, bei denen häusliche Gewalt eskaliert, und das in nur einer Woche, das ist dann doch sehr auffällig. Zumal zwei davon zahlreiche Ähnlichkeiten in der Durchführung aufweisen und zudem noch im selben Stadtteil passiert sind.«

Alex horchte auf. Dass auch die dritte Leiche in Charlottenburg gefunden worden war, hatte er ihr gegenüber nicht erwähnt. Nein, falsch, die Sekretärin hatte es gestern gesagt. Alex hatte es nur vergessen.

Wagner schien plötzlich den Bademantel und die beiden Püppchen auf seinen Knien vergessen zu haben. Aber aufgeschoben war nicht aufgehoben, vielleicht legte er deshalb ein unerwartetes Tempo vor.

»Gut. Versuchen wir es. Ab sofort geht es also darum, Gemeinsamkeiten zu finden. Irgendwelche Verbindungen.«

Er machte eine dramatische Pause. Alex musste ein Lachen unterdrücken. Alle wussten, dass Wagner ein miserabler Ermittler war. Seine Anweisungen waren deswegen auch immer viel zu banal, um wirklich hilfreich zu sein.

Lepke grinste erst Alex und dann Ines zu, seine Stimme troff nur so vor Sarkasmus, als er einwarf: »Das war ungefähr auch schon unser Plan für das weitere Vorgehen. Gut, wenn Sie das genauso sehen.«

Wagner hatte keinen Sinn für Ironie, deshalb nahm er sie auch nicht wahr. »Versuchen Sie, persönliche Berührungspunkte zu finden. Vielleicht gibt es da etwas. Solange kein weiterer Mord geschieht, gehen wir erst mal nicht von einem Serienmörder aus, der es auf missbrauchte Frauen abgesehen hat.«

Er lachte, als hätte er einen besonders guten Scherz gemacht. Niemand lachte zurück. Nicht mal Ines.

Wagner stieß die Luft aus. »Offiziell habe ich natürlich die Leitung, inoffiziell bestimmen Lepke und Alex das Vorgehen. Wenn wir mehr Leute brauchen, lassen Sie es mich wissen. Aber versuchen wir es erst mal so.« Er blickte erst Alex an, dann Lepke. »Ich möchte natürlich täglich einen Bericht von Ihnen. So, das war's. Ach ja, falls das nicht klar sein sollte – Sie fangen selbstverständlich sofort an, das Wochenende ist gestrichen. Die Überstunden bekomme ich schon bewilligt.«

Er wedelte mit den Händen, die Orchestermitglieder sollten nun gehen. In seltener Übereinkunft drängelten sich alle möglichst schnell durch die Bürotür ihres Chefs.

Sie waren noch auf dem Gang, als Wagner hinter ihnen hereilte.

»Ein Wort noch. Lepke! Alex! Ich verlasse mich auf Sie beide. Ergänzen Sie sich. Keine Alleingänge von Alex, achten Sie darauf, Lepke. Ich habe gehört, Sie hätten ein Faible für Paragrafen – erklären Sie da ein paar für Alex. Und nichts an die Presse!«

Dann ließ er sie einfach stehen, mit dem Mantel über dem Arm lief er weiter Richtung Treppenhaus.

Lepke grinste.

»Nicht gut mit Paragrafen, Frau Gode? Soll ich Ihnen Nachhilfe geben?«

Zur Antwort boxte sie ihren Partner gegen den Oberarm. Stärker, als er es hatte kommen sehen. Sein Gesicht verzog sich für einen Moment, als wollte er sich beschweren. Doch er sagte nur, wobei er sich an alle wandte: »Wir schaffen das! Zunächst fangen wir mit einem Update des dritten Falls an. Anschließend suchen wir nach Gemeinsamkeiten zwischen den Frauen, vor allem konzentrieren wir uns auf Anna Ahlers und die dritte Frau. Lassen wir Mord Nummer eins erst mal außen vor, der passt nicht ganz ins Schema.«

Seine Sätze klingen beschwörend, dachte Alex. Als wollte er sich selbst davon überzeugen, dass sie einen Plan haben.

»Irgendwelche Einwände?«, setzte Lepke nach kurzem Zögern hinzu.

Niemand sagte etwas.

»Anscheinend nicht. Dann möchten wir hören, was Ines und Marcel bislang wissen. Danach fahren Alex und ich noch mal zum dritten Tatort.«

Alex war froh, einen Ansatzpunkt zu haben. Fast hatte sie die Hoffnung, dass Lepkes Optimismus berechtigt war.

*

Die Informationen von Ines und Marcel waren wie üblich nicht befriedigend, aber etwas anderes hatte Alex auch nicht erwartet.

Die dritte Leiche hieß Gabriela Leihfuß. Sie war sechsunddreißig Jahre alt und hatte braunes Haar, das in einem Pferdeschwanz zurückgebunden war, als sie aufgefunden wurde. Die Frau hatte keine feste Arbeit gehabt, aber manchmal einer Freundin in deren Wollladen ausgeholfen. Es gab einen Ehemann, aber keine Kinder, dafür einen Jack Russell Terrier.

Die Leiche hatte in der Küche auf dem Fliesenboden gelegen. Sie hatte Würgemale am Hals sowie diverse Hämatome am Körper, vor allem in der Bauchgegend, wie von Stiefeltritten. Für genauere Hinweise mussten sie den Bericht der Rechtsmedizin abwarten. Wagner hatte veranlasst, dass die Leiche umgehend untersucht wurde, mit etwas Glück lag der Bericht schon bald vor. Mit einem Detail warteten Ines und Marcel bis ganz zum Schluss. Vielleicht aus falsch verstandener Solidarität, dachte Alex.

»Wie bei der Ahlers gab es keine Einbruchspuren, und auch Gabriela Leihfuß wurde am Abend von ihrem Mann entdeckt«, bereitete Ines das Crescendo vor.

Marcel griff das Stichwort auf.

»Apropos Ehemann …«

Lepke drehte sich ungeduldig vom Fenster weg.

»Ja und?«

»Er ist ein Kollege von uns. Hauptwachtmeister Andreas Leihfuß.«

Alex ließ fast ihren kalten Kaffee fallen.

»Wir haben ihn deswegen auch noch nicht zum Verhör gebeten.« Ines übernahm wieder. »Ein Alibi hat er allerdings nicht, war mit dem Hund draußen, hat aber unterwegs niemanden getroffen. Arbeitet auf dem Revier in Charlottenburg.« Sie schob ein Foto über den Tisch, das in Großaufnahme einen Mann in Uniform zeigte.

»Scheiße.« Das war alles, was Lepke sagte.

Alex musste bei diesen Informationen schlucken, fragte sich aber im gleichen Moment, wieso eigentlich. Sie wusste nur zu gut, dass Polizist zu sein noch lange nicht bedeutete, sich nicht auf Abwege zu begeben.

Zehn Minuten später verließen Alex und Lepke das Büro, um zum dritten Tatort zu fahren. Alex hatte den Eindruck, dass Ines wieder schmollte, wahrscheinlich war sie beleidigt, weil sie die Situation vollkommen richtig interpretierte – Alex und Lepke wollten sich lieber einen eigenen Eindruck vom Tatort verschaffen, als sich auf Ines' und Marcels dürftige Aussagen zu verlassen. Alex konnte sich nicht verkneifen, mit einem zweifellos gehässigen Lächeln aus dem Büro zu verschwinden.

*

Lepke setzte sich hinter das Lenkrad und steckte den Schlüssel ins Zündschloss, machte aber keine Anstalten loszufahren.

Als er Alex' Blick bemerkte, erklärte er: »Ich muss kurz meine Gedanken sortieren.«

»Und, was glaubst du?«, bohrte Alex nach, ohne ihn aus den Augen zu lassen. »Zufall? Verbindung?«

Lepke schüttelte den Kopf, bevor er leise antwortete: »Der erste Fall fällt aus dem Muster, der passt nicht. Vielleicht hat er wirklich nichts mit den beiden anderen Morden zu tun – vielleicht hat gar nichts etwas miteinander zu tun. Oder ...«, machte er weiter, als er merkte, dass Alex etwas erwidern wollte. »Womöglich war der erste Mord etwas Persönliches, das würde auch zu den Verletzungen der Toten passen ...«

»Und dann ist er auf den Geschmack gekommen, deshalb scheint der erste Mord nicht zu passen«, beendete Alex den Satz. »Das würde allerdings bedeuten, dass wir es doch mit einem Serientäter zu tun haben ...«

Lepke seufzte, er hatte anscheinend den gleichen Schluss gezogen. Und Ilse wird doch noch ihren Serientäter bekommen, dachte Alex. Aber vielleicht war das gar nicht das Schlechteste! Alex bemerkte augenblicklich selbst, was für ein makabrer Gedanke das war. Aber Serientäter wollten sich profilieren, wollten schlauer sein und machten deswegen irgendwann einen Fehler. Je mehr Opfer, desto größer war ihre Chance, den Mörder auch tatsächlich zu kriegen.

»Lass uns erst mal den Tatort ansehen, vielleicht ist ja gar nichts dran an der ganzen Idee«, sagte Alex, nachdem sie eine Weile ins Nichts gestarrt hatten. Kurz zweifelte sie, ob sie das Gespräch eben überhaupt geführt hatten – oder ob es nur in ihrem Kopf stattgefunden hatte. Gleichzeitig war sie sich sicher, dass sie beide gerade an die Teetasse dachten.

Lepke startete den Wagen.

Sie brauchten eine gefühlte Ewigkeit, bis sie in der Christstraße ankamen, eine lange Kolonne von Reisebussen aus Italien war in der gleichen Richtung unterwegs gewesen, die Aufschrift »RAPIDO« auf dem Heck des Busses vor ihnen erschien Alex wie blanker Hohn.

An der Wohnungstür im dritten Stock des grauen Hauses mussten sie das Siegel lösen, um sich Zutritt zu verschaffen. Wie immer hatte Alex das Gefühl, irgendwo einzubrechen, als sie in dem fremden Flur standen. Die weißen Schutzanzüge und die Plastiküberzieher an den Füßen raschelten bei jedem Schritt. Sie konnte Lepke dicht hinter sich spüren, sein Arm berührte fast ihren Rücken. Für einen Moment hätte sie sich gerne zurückgelehnt.

Die Wohnung war spärlich eingerichtet. Im Wohnzimmer gab es außer der offenbar neuen Ledergarnitur nur einen Fernsehschrank für den Flachbildschirm und ein Regal mit diversen Pokalen regionaler Tischtennisturniere, ausgetragen zwischen den verschiedenen Polizeirevieren der Stadt. Tischtennis war auch der neue Hipster-Sport in Berlin, im Sommer bildeten sich lange Schlangen vor den wenigen Tischen in den Parks und auf den Spielplätzen.

Direkt zu Füßen des Sofas lag eine karierte Decke mit einem Schaffellimitat-Kissen. Höchstwahrscheinlich der Platz für den Jack Russell Terrier. Er hat es auf alle Fälle gemütlicher als seine Besitzer, dachte Alex.

Im Schlafzimmer befand sich außer dem Ehebett und einem begehbaren Kleiderschrank mit wie mit dem Lineal ausgerichteten Wäschestapeln nur noch ein Boxsack, der wie eine schwarze, vollgefressene Made von der Decke hing. Es schien nicht einfach gewesen zu sein, ihn überhaupt hier aufzuhängen; die Decke war in seinem Umfeld zerlöchert von fehlgeschlagenen Bohrversuchen.

Die Küche beherbergte eine Reihe moderner Küchengeräte, die türkisfarbene KitchenAid war auf Hochglanz poliert, ebenso der chromglänzende Dampfkochtopf. Gabriela Leihfuß war entweder eine leidenschaftliche Köchin mit einem Hang zu extremer Penibilität gewesen – oder hatte nur keine andere Beschäftigung gefunden, um sich die Zeit zu vertreiben. Unwillkürlich schoss Alex eine Textzeile von Marianne Faithfull durch den Kopf: *She could clean the house for hours or rearrange the flowers.* Nur dass es hier noch nicht mal etwas gab, was auch nur im Entferntesten an eine Zimmerpflanze erinnert hätte.

Gabriela Leihfuß hatte direkt zwischen Herd und Anrichte auf dem Boden gelegen. Alex und Lepke schlichen auf Zehenspitzen zwischen den aufgestellten Markierungen umher, offensichtlich waren die Spurensucher noch nicht ganz fertig mit ihrer Arbeit.

Auf der Anrichte lag Strickzeug, das merkwürdig deplatziert in der sonst so aufgeräumten Wohnung wirkte. Alex und Lepke entdeckten gleichzeitig das Indiz, nach dem sie beide gesucht hatten. Neben dem leeren Wasserkocher stand eine Kanne Tee. Und daneben zwei unbenutzte Tassen.

»Scheiße«, murmelte Lepke.

Danach ging alles sehr schnell. Als sie das schuffelnde Geräusch aus dem Wohnungsflur hörten, nahm Alex mit zwei Schritten neben der Küchentür Position ein, Lepke duckte sich mit gezogener Waffe hinter die Anrichte. Die Schritte näherten sich. Die Küchentür wurde aufgestoßen. Als Erstes kam der Terrier, gleich dahinter folgte Andreas Leihfuß. Bei dem Anblick von Lepkes gezogener Waffe blieb er ruckartig stehen.

Lepke richtete sich auf und steckte die Waffe weg.

»Das ist ein Tatort, das sollten Sie als Polizist eigentlich wissen. Also, was machen Sie hier?«

Es dauerte eine Weile, bis Leihfuß seine Sprache fand.

»Ich wollte nur …«

In diesem Moment setzte sich der Terrier vor Alex und fing an zu winseln. Leihfuß wirbelte herum und starrte Alex an, als würde er ein Gespenst sehen.

»Sie wollten nur …?«

Leihfuß verdrehte genervt die Augen.

»Ich wollte nur Hundefutter holen. Das habe ich gestern vergessen.«

»Und statt einfach neues zu kaufen, dachten Sie sich, Sie kontaminieren lieber den Tatort?«

Lepke klang gereizt.

»Das ist doch wohl immer noch meine Wohnung, oder? Und es ist auch nicht mein erster Tatort. Allerdings der erste, der etwas mit mir … also, ich meine …« Sein Satz blieb unvollendet in der Luft hängen.

Alex nickte und stellte sich und Lepke kurz vor.

»Gut«, sagte sie dann. »Wenn Sie schon mal hier sind, können Sie uns ja sicher einige Fragen beantworten. Vielleicht setzen wir uns dazu rüber ins Wohnzimmer?«

Als hätte der Terrier ihre Worte verstanden, rannte er los und legte sich auf seinen Schlafplatz. Der kleine Schwanz wedelte dabei unablässig, der Hund schien das Zusammentreffen als Einziger aufregend zu finden.

Leihfuß setzte sich neben den Terrier aufs Sofa, Alex wählte einen Sessel. Sie saß breitbeinig und stützte sich mit den Ellbogen auf die Knie. Lepke zog es vor, stehen zu bleiben.

»Vielleicht erzählen Sie noch mal der Reihe nach, was vorgestern Abend passiert ist?«, eröffnete er das Gespräch. »Sie sollten ja wissen, wie man ordentlich Bericht erstattet.«

»Was soll das? Das habe ich doch im Übrigen schon alles den Kollegen gesagt …«

»Wir würden Ihre Aussagen trotzdem gerne noch mal hören, nur um uns ein stimmiges Bild zu machen«, übernahm Alex die freundlichere Rolle.

»Vorgestern Abend bin ich mit Willi raus.« Leihfuß deutete auf den Hund zu seinen Füßen. »So gegen acht war das, glaube ich. Gabriela, meine Frau, saß auf dem Sofa und hat gestrickt. Ich war ungefähr eine halbe Stunde weg, vielleicht auch ein bisschen länger. Abends gehen wir immer bis zum Schustehruspark.«

»Und als Sie zurückgekommen sind?«

»Da hat sich Willi ganz komisch benommen, schon im Treppenhaus. Und in der Wohnung habe ich sie dann da liegen sehen, in der Küche.«

»Das muss gegen neun gewesen sein, oder?«

Lepke ging vor dem Fernseher auf und ab, seine Hände in den Hosentaschen.

Leihfuß sackte in sich zusammen, er vergrub das Gesicht in seinen Händen.

»So gegen neun, Herr Leihfuß?«

»Ja.«

Alex sah, dass er weinte. Auch der Terrier hatte es bemerkt und begonnen, am Hosenbein seines Besitzers zu lecken und wieder leise zu winseln. Leihfuß schob ihn beiseite, dann schaute er Alex an.

»Wie alt sind Sie?«, fragte er unvermittelt.

Lepke blieb abrupt stehen.

»Ich glaube, das geht Sie überhaupt nichts an!«

Er verschränkte die Arme und musterte den Kollegen mit einem Blick, den Alex nicht deuten konnte.

»Gab es vorgestern im Dienst irgendwelche besonderen Vorkommnisse?«, wandte sie sich an Leihfuß, als hätte er die Frage nach ihrem Alter nie gestellt.

»Nein, also, ich habe gerade Urlaub. Eine Woche.«

»Und was haben Sie vorgestern tagsüber gemacht?«

»Nichts Besonderes. Morgens war ich beim Bäcker, um Gabriela mit frischen Brötchen zu überraschen. Anschließend haben wir lange gefrühstückt und den ganzen Tag hier verbracht.«

»Hatten Sie Geschlechtsverkehr?«

Lepke hatte wieder angefangen umherzugehen, seine Frage klang nebensächlich.

»Was?«

»Sie haben mich schon verstanden. Sie und Ihre Frau, hatten Sie vorgestern vor, während oder nach dem Frühstück Geschlechtsverkehr? Oder vielleicht später am Tag?«, wiederholte er ebenso beiläufig.

»Warum?«

»Nur für den Bericht, falls die Rechtsmedizin Spuren findet.«

»Ja.«

»Wie würden Sie Ihre Ehe beschreiben?«

Alex.

»Aber …«

»Das Problem ist doch, Herr Leihfuß – Ihre Frau wird ermordet in Ihrer gemeinsamen Wohnung gefunden. Es gibt keine Einbruchspuren, und Sie sind der Einzige, der einen Schlüssel hat …«

Lepke.

»Ja, aber …«

Alex schüttelte unwillig den Kopf. »Was mein Kollege sagen möchte, ist – Sie sind Polizist, Sie wissen, wie belastend das alles für Sie aussieht. Wir brauchen möglichst viele Details, um den wirklichen Täter zu finden.« Sie fragte sich nicht zum ersten Mal, ob man ihr die freundliche Polizistin überhaupt abnahm. »Also, Ihre Ehe?«

»Wir haben uns in der Schule kennengelernt und irgendwann geheiratet. Es war eine gute Ehe, es gab keine Probleme. Oder jedenfalls nichts, was über die üblichen Sachen hinausging. Von Zeit zu Zeit mal eine … Meinungsverschiedenheit, mehr nicht: Aber das gehört ja manchmal dazu.«

»Sie haben keine Kinder, richtig? Waren welche geplant?«

»Gabriela wollte am Anfang gerne. Aber irgendwann hat sie aufgehört, davon zu reden.«

»Und Sie?«

»Ich mag Kinder nicht besonders. Weiß nicht, was ich mit ihnen anfangen soll. Ist nicht so mein Ding.«

»Hatte Ihre Frau so etwas wie eine beste Freundin? Oder andere Leute, mit denen sie etwas unternommen hat?«

»Nein, kaum. Nur die Rosie, die mit dem Laden, in dem sie hin und wieder ausgeholfen hat. Aber das habe ich den Kollegen schon gesagt.«

»Ihre Frau hat viel Zeit zu Hause verbracht. Immer alleine?«

»Sie hatte doch den Hund. Und ich habe auch versucht, meinen Dienst immer so zu legen, dass ich zumindest abends …«

»Sie boxen?«, unterbrach ihn Lepke.

Die Frage traf Leihfuß überraschend. Er blinzelte.

»Haben Sie Ihre Frau geschlagen?«, setzte Lepke nach.

Es dauerte eine Weile, bis Leihfuß antwortete, wobei er jeglichen Augenkontakt vermied.

»Nein. Geschlagen kann man das nicht nennen, ein- oder zweimal vielleicht, wenn der Dienst sehr anstrengend gewesen war. Und wenn sie schon wieder etwas falsch gemacht hatte, dann ... Gabriela war ziemlich tollpatschig und manchmal ganz schön schlampig, was Aufräumen und so angeht, da ist mir womöglich mal die Hand ausgerutscht. Aber es tat mir hinterher immer furchtbar leid, und ich habe mich dafür entschuldigt. Sie kennen das bestimmt.«

»Nein«, erwiderte Lepke kühl. »Tut mir leid, das kenne ich nicht. Das ist mir fremd. – Aber klären Sie mich ruhig auf! Das interessiert mich. Ihnen ist ab und zu die Hand ausgerutscht, ja? Sie standen unter Anspannung und mussten Druck abbauen. Und wenn Ihre Frau die Pokale nicht richtig abgestaubt hatte oder mal später als erwartet aus dem Wollladen zurückkam, dann ...«

»Genau. Da passiert so was mal, selbst wenn man es gar nicht will.«

»Aber Ihre Frau hat das hingenommen, ohne sich zu wehren?«

»Sie wusste, dass es ihre eigene Schuld war. Ich habe es jedes Mal erklärt. Es hatte sicher auch etwas damit zu tun, dass sie sehr viel jünger war als ich.« Er warf einen kurzen Blick zu Alex. »Ihr Alter ungefähr. Da gibt es vieles, was man erst noch lernen muss. Gerade in einer Ehe!«

»Es war gewissermaßen eine pädagogische Maßnahme, wenn Sie ...«

»Sie sagen es, ja.«

»Und was war der Anlass, als Sie ihr in den Bauch getreten haben?«

Lepkes Gesicht war nur Zentimeter von Leihfuß entfernt.

Leihfuß wich so weit zurück, wie die Sofalehne es ihm erlaubte. Aber er gab keine Antwort.

»Mann, Mann«, sagte Lepke. »Haben wir denn gar nichts auf dem Revier gelernt? Es gibt doch genug Möglichkeiten, Schläge gezielt so einzusetzen, dass sie keine sichtbaren Spuren hinterlassen. Was ist los mit Ihnen, Leihfuß? Was stimmt nicht mit Ihnen? Nie darüber nachgedacht, dass Ihre Frau mit solchen Verletzungen jederzeit zum Arzt oder ins Krankenhaus hätte gehen und Sie anzeigen können?«

»Falsch«, mischte sich Alex ein.

Ihre Stimme klang brüchig, ihre Wut konnte sie nur mit Mühe unterdrücken.

»Ihn anzeigen?«, blaffte sie Lepke an. »Wo denn? Bei seinen Kollegen etwa? Nein, vergiss es, das konnte sie nicht. Und das wird er ihr auch unmissverständlich klargemacht haben. Mit ein paar Stiefeltritten in den Bauch zum Beispiel.«

»Ich weiß nicht, ob ich mir das gefallen lassen muss«, setzte Leihfuß an.

»Was denn?«, fragte Alex scheinheilig. »Wir unterhalten uns doch nur. Von Kollege zu Kollegen, ein ganz normales Gespräch, mehr nicht.«

Aus den Augenwinkeln beobachtete sie, wie Lepke sich aufrichtete und den Rücken durchdrückte.

»Wie die Kollegin schon sagt, ein ganz normales Gespräch«, wiederholte er. »Ein paar Fragen von uns, ein paar Antworten von Ihnen, mehr nicht. Wann genau haben Sie die Polizei gerufen, nachdem Sie Ihre Frau vorgestern gefunden hatten?«

»Gleich morgens.«

»Am nächsten Morgen? Sie haben Ihre Frau also abends gegen neun gefunden und erst morgens die Polizei gerufen?«, bohrte Lepke nach.

»Ja.«

»Was haben Sie in der Zwischenzeit gemacht?«

»Was soll ich gemacht haben? Ich habe sie gefunden und bin zusammengebrochen. Was würden Sie denn machen, wenn Sie Ihre Frau tot auffinden?« Er versuchte jetzt, Augenkontakt zu Lepke aufzunehmen. »Neben ihr gesessen habe ich. Auf dem Fußboden. Die ganze Nacht. Ihre Hand gehalten.«

»Sagt der Polizist, der genau weiß, dass jede verschenkte Minute einen Vorsprung für den Täter bedeutet. Aber okay. Auch ein Kollege kann mal völlig neben der Spur sein. – Und wo haben Sie letzte Nacht geschlafen?«

»Bei einem Kollegen vom Revier. Einem Freund.«

»Dann fahren Sie da jetzt am besten wieder hin. Und vergessen Sie nicht, Ihren Hund zu füttern. Aber verlassen Sie nicht die Stadt, wir haben ganz sicher noch ein paar Fragen.«

Lepke und Alex bedeuteten Leihfuß, dass ihr Gespräch beendet war. Sie gaben ihm nicht die Hand, der Terrier winselte zum Abschied.

Wenig später hatten sie die Tür wieder versiegelt und waren auf dem Weg zurück ins Präsidium. Lepke fuhr.

»Was war das eben?«, fragte Alex. »Warum hast du plötzlich den Verständnisvollen gemimt, statt ihn gleich mitzunehmen? Für die U-Haft reichen die Fakten doch wohl allemal.«

»Bevor wir einen Kollegen verhaften, sollten wir ein paar mehr Beweise haben, meinst du nicht?«

»Du machtest vorhin nicht gerade den Eindruck, als würden dir Kollegen besonders am Herzen liegen.«

»Vergiss es.«

Lepke musste anhalten, die Ampel zeigte rot. Er drehte sich zu Alex.

»Wir haben drei Morde. Alle drei Morde haben eine Sache gemeinsam, und genau das ist es, was mir nicht gefallen will. Es erscheint mir zu einfach, zu offensichtlich. Ganz abgesehen davon, dass es zumindest in zwei Fällen noch ein winziges Indiz gibt, das allerdings nur dir und mir bislang aufgefallen zu sein scheint. Und vielleicht will ich es gerade deshalb nicht ignorieren.«

Der Wagen hinter ihnen hupte. Lepke ließ die Kupplung kommen und gab Gas.

Alex nickte. Lepke hatte recht. Sie mussten einen Schritt weiterdenken, als sich nur von ihrer Empörung leiten zu lassen.

»Drei Fälle«, sagte sie laut. »Bei allen fällt der Verdacht sofort auf den Partner. Nicht ohne Grund. Die Typen haben ihre Frauen missbraucht, das steht fest. Das würde allerdings unsere Theorie eines Serientäters zunichtemachen. Was uns nicht weiter stören sollte, wenn da nicht diese verdammten Teetassen wären.«

»Eben.«

»Ein weiterer Besuch in der Rechtsmedizin?«

Lepke nickte nur.

*

Der alte Grabbler schien sie schon zu erwarten. Alex fluchte leise, sie hatte gehofft, einer der anderen Leichenbastler wäre abkommandiert worden. Andererseits könnte er vielleicht hilfreich sein, er hatte auch die Leichen von Anna Ahlers und Chrissel von Grasholm untersucht.

»Das ging ja schnell«, begrüßte der Grabbler sie. Es war nicht klar, ob er seine eigene Arbeit meinte oder die Tatsache, dass Alex und Lepke vor ihm standen. Erst der nächste Satz brachte Aufklärung.

»Ich wollte gerade bei euch anrufen und ausrichten, dass der Bericht fertig ist.«

»Ja, wir sind schnell heute«, antwortete Lepke. »Sind Sie so freundlich und fassen den Bericht für uns zusammen?«

»Todeszeitpunkt irgendwann am frühen Abend, ich schätze mal so gegen acht Uhr, vorgestern. Todesursache wie gehabt, die Frau ist erstickt. In ihrem Hals habe ich Flusen gefunden, wahrscheinlich von einem Kissen. Außerdem Würgemale am Hals und zahlreiche Hämatome am ganzen Körper. Allerdings war sie angezogen, als sie verprügelt wurde.«

»Gibt es zurückliegende Verletzungen, die auf häusliche Gewalt hindeuten?«, fragte Lepke, während Alex sich das Gesicht der toten Frau genauer ansah.

Sie war hübsch gewesen, hohe Wangenknochen, lange Wimpern. Ihre Augen waren geschlossen.

»Da könnt ihr aber einen drauf lassen«, blubberte der alte Grabbler fast fröhlich. »Diverse alte Hämatome, unter anderem im Bauchbereich, ziemlich sicher Stiefeltritte, wie ich ja auch gleich angenommen hatte, aber nicht erst von vorgestern, sondern schon ein bisschen länger her. Außerdem einen verheilten Bruch am Ellbogen und einen weiteren an einer der vorderen Rippen. Habt ihr den Ehemann im Visier?«

»Vielleicht. Hatte sie Sex gehabt?«

»Wer würde denn nicht mit der in die Kiste wollen?« Der alte Grabbler lachte wieder anzüglich. »Ja. Allerdings habe ich mehrere kleine Risse und Verletzungen im Genitalbereich gefunden. Einvernehmlich war der Sex wohl eher nicht gewesen. Oder sie stand auf Härteres, wenn ihr wisst, was ich meine.« Er zwinkerte ihnen zu.

Alex ballte unwillkürlich ihre Hände zu Fäusten,

Lepke warf ihr einen kurzen Blick zu und schloss für den Bruchteil einer Sekunde die Augen. Dann fragte er mit veränderter Stimme: »Wir suchen Verbindungen zur Leiche vom Donnerstag, die zweite Tote.«

»Die kann ich euch geben. Die letzten Schläge, die sie abbekommen hat, waren abermals mit weniger Kraft ausgeführt als die zurückliegenden. Außerdem haben wir wieder frische Abdrücke an den Handgelenken, nicht zu vergessen die Würgemale.«

Lepke ließ sich den Bericht aushändigen, auf dem Weg nach oben drehte sich Alex noch mal um.

»Eine Frage habe ich noch: Hatte sie die Augen geschlossen, als sie gefunden wurde?«

»Ja, und es gab keine Fingerabdrücke auf den Lidern, sie wurden ihr also nicht nachträglich geschlossen, es sei denn, ihr Mann hat sich Handschuhe angezogen.«

»Oder er hatte noch welche an, weil er gerade erst mit dem Hund draußen war«, überlegte Lepke laut, als sie bereits auf dem Gang waren.

»Jetzt bist du derjenige, der nicht weit genug denkt«, erwiderte Alex. »Zumindest Opfer zwei und drei weisen Verbindungen auf. Beide wurden erst gewürgt und schließlich doch mit einem Kissen erstickt. Identisches Schema, identische Verletzungen, identische Hinweise wie die Teetassen.«

Als sie das Büro betraten, warf Alex ihre Jacke auf den Stuhl und setzte sich aufs Fensterbrett. Ines schien noch immer zu schmollen und würdigte Lepke keines Blickes. Meyer stand vor der Glaswand und kaute auf der Kappe eines Stifts. Lepke hielt den Bericht des Gerichtsmediziners hoch.

»Alex, fass doch mal für alle zusammen, und dann sollten wir versuchen, mögliche Szenarien zu entwickeln.«

»Szenarios«, sagte Ines schnippisch, ohne dass jemand auf ihren Einwand reagierte.

Alex räusperte sich: »Der erste Mord war etwas Persönliches, das zeigen die Verletzungen am Opfer, also hat er entweder nichts mit den anderen zu tun – oder der Täter kannte das erste Opfer, aber die anderen nicht.«

»Gärtner kann es jedenfalls nicht gewesen sein, der saß zum Zeitpunkt der anderen Morde schon in U-Haft«, ergänzte Meyer.

»Stimmt. Gehen wir mal von Folgendem aus: Der Täter kennt das erste Opfer, bringt es um und kommt auf den Geschmack.« Lepke folgte dem Gedankengang von Alex.

»Ein Serientäter.« Marcel schluckte. Sein Adamsapfel trat dabei noch stärker hervor und ließ seinen Hals aussehen wie eine anatomische Skizze.

»Wenn wir von diesem Szenario ausgehen, dann ja. Aber es gibt noch andere Möglichkeiten …«

Ines schien vergessen zu haben, dass sie eigentlich schmollen wollte. »Das glaube ich nicht! Ich glaube, der erste Mord hat einfach gar nichts mit den anderen zu tun. Die haben alle nichts miteinander zu tun.«

»Wobei da immer noch die Teetassen wären«, platzte Alex laut dazwischen.

»Warte«, bremste Lepke sie. »So weit sind wir noch nicht.«

»Wir, wir, ich höre immer wir! Ist das ein neues Pärchenspiel hier oder was?«

Ines knallte ihre Mappe auf den Tisch und verließ wütend den Raum. Kurz fragte sich Alex, ob Lepke hinter ihr hergehen würde, aber er blieb einfach stehen, als wäre nichts passiert.

»Der Täter kannte das erste Opfer«, ließ sich Alex eher halbherzig auf Lepkes Vorgehensweise ein, verschiedene Möglichkeiten durchzuspielen. »Der Mord an Chrissel von Grasholm war etwas Persönliches, aber Anna Ahlers und Gabriela Leihfuß mussten daran glauben, um diesen ersten Mord zu vertuschen. Der Täter will, dass wir denken, wir hätten es mit Fällen von häuslicher Gewalt zu tun.«

Marcel nickte eifrig.

»Wir sollen denken, dass wir es mit einem Serienmörder zu tun haben, obwohl es im Grunde nur um den ersten Mord geht.« Er blickte sich um, als würde er auf Beifall warten.

»Oder Ines hat recht«, machte Alex weiter. »Vielleicht hat keiner der Morde etwas mit den anderen zu tun. Die Statistiken wären auf unserer Seite, wenn es um Fälle von häuslicher Gewalt geht, die dann zum Mord führt. Die Teetassen sind nichts als ein blöder Zufall. Hätte jemand versucht, den ersten Mord zu kaschieren, hätte er sich doch wohl Opfer im selben Quartier gesucht und wäre nicht plötzlich nach Charlottenburg gegangen.«

»Oder der erste Mord hat tatsächlich nichts mit den anderen zu tun«, schlug Lepke vor. »Aber Mord zwei oder drei sind verübt worden, den jeweils anderen zu vertuschen. Zumindest Andreas Leihfuß war bei beiden Morden auf freiem Fuß. Wir sollten für Donnerstag sein Alibi überprüfen.«

»Was denn eigentlich für Teetassen?«, fragte Meyer irritiert.

Alex und Lepke wechselten einen kurzen Blick, bevor Alex antwortete: »Sorry, das ist etwas, was Lepke und mir aufgefallen ist. Wir haben nichts gesagt, weil wir uns nicht sicher waren, ob die Tassen eine Bedeutung haben Aber bei Anna Ahlers wie auch bei Gabriela Leihfuß gab es am Tatort zwei Teetassen, als hätten beide Frauen gerade für jemanden Tee gekocht.«

»Teetassen«, ließ sich jetzt Marcel wieder vernehmen. »Auf was sollen wir denn noch alles achten? Ja, ist gut, kann sein, dass da Teetassen rumstanden, aber ich kapiere nicht, warum das wichtig sein sollte.«

»Das war auch kein Vorwurf an euch«, erklärte Lepke ganz ruhig. »Alex und ich haben sie nur bemerkt, was aber noch lange nicht heißen muss, dass dies ein Hinweis sein könnte, von einer Spur will ich noch gar nicht reden. Andererseits sind die Tassen zumindest so auffällig, dass wir sie nicht ignorieren sollten. Nur darum geht es im Moment.«

»Wurde Tee nur gekocht oder auch getrunken?«, fragte Meyer konzentriert.

Nicht schlecht, dachte Alex, im Gegensatz zu Ines

und Marcel stellt Meyer zumindest die richtigen Fragen.

»Die Tassen waren benutzt.«

»Sie haben vielleicht keinen Gast erwartet, sondern mit ihren Männern Tee getrunken?« Meyer versuchte sich an einer Erklärung.

Alex schüttelte den Kopf.

»Damit schließt du die Möglichkeit aus, dass es einen Gast gab. Bevor der Ehemann nach Hause kam. Und zumindest Friedel Ahlers sieht nicht so aus, als würde er abends gerne Tee trinken ... Wir müssen wirklich dringend bei der Spurensicherung nach DNA-Spuren nachfragen. Irgendwas müssen sie an den Tassen doch wohl gefunden haben.«

Lepke hob die Hand.

»Halt, ihr seid mir zu schnell. Lasst uns noch mal einen Schritt zurückgehen, bitte.«

Zum ersten Mal hatte Alex eine Vorstellung davon, wie Lepke in einem größeren Team funktionierte. Und ihr gefiel die Selbstverständlichkeit, mit der er Meyer einbezog, ihn aus seiner üblichen Zurückhaltung gelockt hatte. Nur an Marcel war offensichtlich jegliche Energie vergeudet.

»Rein theoretisch erscheint die erste Variante am plausibelsten«, setzte Lepke wieder an. »Der Täter kennt das erste Opfer persönlich, er hat einen furchtbaren Hass auf sie, deswegen richtet er sie so zu. Die anderen beiden Opfer kennt er nicht, das ist auch der Grund, warum er sie nicht so ... zurichtet. Er prügelt zwar, aber viel schwächer. Und er bringt sie nicht mit seinen Händen um, sondern benutzt ein Kissen. Der Wechsel des Stadtteils ist reiner Zufall, vielleicht wohnt er in Charlottenburg, deswegen macht er da weiter.«

»Eins passt dabei nicht«, gab Alex zu bedenken. »Anna Ahlers war eindeutig ein Opfer von häuslicher Gewalt, und nach allem, was wir wissen, war es bei Gabriela Leihfuß genau das Gleiche. Aber leider schützen Frauen ihre Männer sogar dann, wenn sie von ihnen misshandelt werden. Außerdem hatten sie wahrscheinlich Angst – sie wussten, wie brutal Männer sein konnten. Sogar die, von denen sie angeblich geliebt werden.«

»Worauf willst du raus?«, fragte Meyer.

»Sie wussten, wie brutal Männer sein können«, wiederholte Alex. »Jeder Mann musste eine potenzielle Gefahr für sie darstellen. Warum also sollten sie … einen fremden Mann in die Wohnung lassen? Warum ihm überhaupt die Tür öffnen? Und wenn die Frauen das nicht getan haben – wie ist der Täter dann reingekommen? Hatte er einen Schlüssel? Woher?«

»Sie kannten den fremden Mann.«

Meyer.

»Sie sind nie weggegangen. Sie hatten keine Freunde. Keine Bekanntschaften.«

Alex.

»Ein Nachbar. Der Briefträger. Irgendein Handwerker.«

Meyer.

»Okay, das wäre eine Möglichkeit.«

Alex.

Marcel stieß ein kurzes Lachen aus. Es klang genauso schmutzig wie der Satz, den er darauf folgen ließ.

»Wenn der Postmann zweimal klingelt …«

»Halt! Stopp!« Lepke. »Das bringt mich auf etwas, was wir bislang nicht einbezogen haben. Sex! Chrissel von Grasholm hatte kurz vor ihrem Tod höchstwahrscheinlich … einvernehmlichen Sex. Gabriela Leihfuß wurde kurz vorher vergewaltigt. Bei Anna Ahlers gibt es keine derartigen Spuren. Was bedeutet das für unsere Überlegungen? Oder …«

»Wir wissen nicht, ob der Sex tatsächlich einvernehmlich war«, unterbrach ihn Alex. »Chrissel von Grasholm wurde nicht mit Gewalt zum Sex gezwungen, aber das heißt noch lange nicht, dass sie zugestimmt hat. Es gibt mehr als nur eine Art, jemanden zu zwingen.«

»Wir brauchen DNA-Abgleiche von den Männern, das muss doch möglich sein«, erklärte Lepke und sah zu Alex hinüber, als wollte er sich dafür entschuldigen, dass er nicht weiter auf ihren Einwurf reagierte. Oder als hätte er Angst, sich auf ein Terrain zu begeben, das ihm womöglich zu persönlich wurde.

Alex hob die Hände.

»Ich wollte es nur erwähnt haben.«

Marcel beobachtete sie mit einem schiefen Grinsen, dann nuschelte er: »Ich habe auch noch eine Theorie für euch. Was wäre, wenn dieser Ahlers und der Kollege Leihfuß von dem ersten Mord in der

Zeitung gelesen haben? Immerhin sind wir mit dem Von-Grasholm-Fall an die Medien gegangen. Und sie haben plötzlich eine Chance gesehen, endlich ihre eigenen Frauen loszuwerden. Ich meine, zumindest wir Männer wissen doch, dass es mit der Zeit und immer derselben Alten in der Kiste ...« Er zuckte mit den Schultern, ohne seinen Satz zu beenden.

»Ich weiß es nicht«, blaffte ihn Lepke an. Als er sich wieder zu Alex wandte, sah sie, dass er für einen Moment die Lippen aufeinanderpresste, bevor er sagte: »Wir brauchen diese DNA-Abgleiche, das hat jetzt Vorrang. Und die Vergewaltigungssache lässt mich nicht los. Was ist, wenn, wie Alex eben angemerkt hat, alle Opfer vergewaltigt worden sind, nur dass Chrissel von Grasholm sich weniger gewehrt hat oder ihre Körperflüssigkeiten einfach besser funktionierten?«

»Hä?«, fragte Marcel.

»Bevor wir weiterreden – Ines soll wieder dabei sein. Wir sind ein Team, und wir brauchen jeden Beitrag, egal wie abwegig er erscheinen mag.«

Lepke stieß seinen Stuhl zurück und verließ den Raum.

Betont gelangweilt machte sich Marcel eine Notiz, während er »DNA-Abgleich« vor sich hin murmelte.

Meyer starrte an die Decke und fragte: »Gibt es irgendwelche Verbindungen zwischen den Opfern? Sollten wir das überprüfen? Bringt uns das weiter?«

Alex merkte, wie ihre Gedanken abdrifteten.

Es gab keine Verbindungen zwischen den Opfern,

bis auf die Tatsache, dass zumindest Anna Ahlers und Gabriela Leihfuß abhängig von ihren Männern waren. Und dass sie keine Freunde hatten, kein eigenes Einkommen. Sie verließen selten das Haus und deckten ihre Männer auch dann noch, wenn diese sie mal wieder grün und blau geprügelt hatten. Die Krankenhausbesuche mussten der reinste Horror gewesen sein. Wiederholte Erklärungen. Stürze von Leitern und auf Treppen. Missgeschicke im Haushalt.

Diese Frauen hatten eine Wand um sich aufgebaut, die Maske einer glücklichen Ehe. Und sie hatten Angst gehabt. Sie glaubten, selbst schuld am Verhalten ihrer Männer zu sein. Die Sorge, nicht gut genug für sie zu sein, war ihr ständiger Begleiter. Alex merkte, wie der Widerspruch sie wütend machte. Sie wusste, was diese Frauen durchmachten, sie wusste, wie perfekt sie sein mussten im Wegsehen und Vertuschen, im Verzeihen und Verleugnen. Ohne die Fähigkeit, immer wieder zu verdrängen, konnten sie nicht überleben. Aber wenn sich mehr Frauen wehren würden, dachte sie, würden mehr von ihnen Hilfe in Anspruch nehmen, würde das System der prügelnden, misshandelnden und vergewaltigenden Männer ein paar Risse kriegen. Und die Risse würden auch wachsen, wenn die Frauen sich nichts mehr gefallen ließen.

Alex wollte so nicht denken. Das klang nach Gegengewalt. Und Gegengewalt war keine Lösung. Das hatte sie sich geschworen, nach all den Jahren, in denen sie vom Gegenteil überzeugt war. Aber sie war sich nicht mehr sicher, ob sie ihre jetzige Haltung wirklich aufrechterhalten konnte. Angst war jedenfalls eine starke Motivation, etwas nicht zu tun. Und wenn mehr Männer Angst haben müssten, dass ihnen etwas passierte, würden wahrscheinlich weniger die Grenzen einfach überschreiten. Misshandlung war kein Kavaliersdelikt und durch nichts zu rechtfertigen oder zu entschuldigen.

Plötzlich hatte sie ein Plakat vor Augen, mit dem vor langer Zeit halb Berlin zugepflastert war. Eine halb vermummte Frau, die mit einem Gewehr im Anschlag auf den Betrachter zielte. Darunter die Schriftzeile »Vergewaltiger wir kriegen euch«. Vielleicht ging es wirklich nicht anders. Ganz sicher war es falsch, auch noch die andere Wange hinzuhalten.

Als Lepke nicht zurückkam, stand Alex wortlos auf, griff nach ihrer Jacke und verließ das Büro.

Draußen regnete es. In der Luft hing der stechende Geruch eines Zweitaktmotors. An der nächsten Straßenecke hörte sie dann auch das typische Knattern eines Trabants. Alex zog fröstelnd die Schultern hoch.

*

Als sie eine halbe Stunde später die Kneipe betrat, fiel ihr auf, dass etwas nicht stimmte. Irgendetwas war anders als sonst. Erst als sie den üblichen Whiskey bestellte, wusste sie, was sie irritiert hatte. Einer der drei Alten war fort. Wahrscheinlich gestorben, dachte sie. Vielleicht hier.

Vom Stuhl gefallen.

Weg.

Es werden immer weniger. Und auch sie würde eines Tages vielleicht einfach vom Stuhl kippen, genau hier. Wenn nicht diese Kneipe vorher der Gentrifizierung zum Opfer fiel. Keine Kneipe mehr. Kein Stammplatz mehr. Wo sollte sie dann hin?

Darling, darling, doesn't have a problem
Lyin' to herself 'cause her liquour's top shelf.

Sie nickte den beiden übrig gebliebenen Alten zu. Wie immer ignorierten sie sie.

Alex drehte sich eine Zigarette und nippte an ihrem Glas. Plötzlich saß Lepke neben ihr.

»Ich hoffe, es ist okay …«

Er lächelte. Fast hätte sie sich an ihrem Whiskey verschluckt. Sie hatte nicht gedacht, dass er sich noch an seinen ersten Satz erinnern konnte.

»Wenn du bezahlst«, gab sie zur Antwort, als sie den Hustenreflex unterdrückt hatte.

»Wollte ich ja damals schon …« Er zuckte mit den Schultern. »So viel du willst. Du bist eingeladen.«

»Das könnte teuer werden für dich, aber ich komm drauf zurück.«

Als sie seinem Blick nicht mehr standhalten konnte, zündete sie sich eine Zigarette an.

»Und? Alles wieder gut mit Ines?«

Lepke schien seine Antwort reiflich zu überlegen, bevor er leise sagte: »Dazu hätte ich wahrscheinlich auf die Knie gehen und ihr meine ewige Liebe schwören müssen.«

Alex starrte weiter in ihr Glas.

»So ernst schon?«

»Für manche sind Affären nicht so ganz das Richtige, während andere nicht mit romantischen Zweierkonstellationen klarkommen.«

Alex hatte keine Ahnung, wie sie seinen Satz deuten sollte. Fünf Gläser später kehrte Lepke zum Thema zurück. Alex hatte ihren Arm über die Theke gestreckt und den Kopf in der Armbeuge abgelegt. Äußere Gegenstände und innere Gefühle begannen sich langsam in ihr zu drehen. Sie hielt sich an Lepkes Wangenknochen und seinen Lachfalten fest. Auch Lepke schien damit zu kämpfen, nicht zu betrunken zu wirken. Aber er lachte etwas lauter als sonst. Etwas zu laut. Es klang nicht glücklich.

»Als ich nach Berlin kam, hatte ich nicht vorgehabt, mich noch mal zu verlieben. Dachte auch, dass es nicht passieren würde.«

»Bist du deswegen aus Hannover weg? Wegen einer unglücklichen Liebe?«

Lepke legte seine Hand auf ihren Arm. Sie bildete sich ein, seine Finger an ihrem Ohr zu spüren.

»Vielleicht – vielleicht nicht. Vielleicht brauche ich auch erst noch einen Whiskey, bevor ich die Frage beantworten kann.«

Er hatte eindeutig Mühe, die Konsonanten deutlich voneinander zu trennen.

Alex setzte sich auf.

»Vielleicht.«

Sie versuchte, sich eine weitere Zigarette zu drehen, der Tabak benahm sich noch trockener als sonst.

Lepkes Handy pfiff. Bevor er es aus seinem Mantel holte, um aufs Display zu schauen, blickte er sie von der Seite an. Dann wiederholte sich die Szene der letzten Tage. Er starrte auf die Nachricht, selbst als das Display längst wieder schwarz war.

Umständlich suchte er nach seiner Manteltasche und steckte das Handy wieder ein. Danach nahm er die bestellten Whiskeys entgegen und kippte erst seinen eigenen hinunter, dann den von Alex. Er rülpste leise. Seine Entschuldigung war kaum zu verstehen.

Alex fragte nicht, wer ihm dauernd Nachrichten schrieb. Oder warum er auswich, wenn es um seine Vergangenheit ging. Es war besser so. Sie fürchtete, dass eine Gegenfrage folgen würde. Nach ihrer eigenen Vergangenheit.

Alle trugen einen Koffer voll alter Klamotten mit sich herum. Die Frau mit dem Kopftuch, die jeden Tag auf der Brücke am Kottbusser Damm die Schwäne fütterte. Der alte Mann, der sein Klavier vor den Netto-Laden an der Ecke schob, um dort zu spielen. Die Sinti und Roma, die mit ihren Kindern im Görlitzer Park wohnten. Sogar der Mann, der an der Skalitzer Straße mit seiner Hähnchen-Bude ein Vermögen gemacht hatte.

Irgendwann war Lepke so betrunken, dass sie es nicht schaffte, ihn allein aus der Kneipe zu zerren. Sie rief Maja an. Auch zu zweit hatten sie Mühe, Lepke um die nächsten zwei Ecken zu Alex' Wohnung zu bringen.

Jan war nicht zu Hause. Alex war es lieber so. Obwohl – hatte Jan womöglich in letzter Zeit was von einem neuen Freund erzählt, ohne dass sie es überhaupt zur Kenntnis genommen hatte?

Kaum hatten sie Lepke aufs Küchensofa platziert, sackte er zur Seite. Als Alex eine Decke über ihn legte, musste sie sich an der Tischkante festhalten, um nicht das Gleichgewicht zu verlieren.

»Ich bleib heute Nacht bei dir«, sagte Maja.

Es klang wie ein Vorwurf, aber auch liebevoll.

*

Sie stehen in einer fremden Küche am Fenster. Die Regalbretter und der große Holztisch sind unter Zeitungen und Büchern kaum auszumachen.

Kaffeebecher.

Untertassen mit Zigarettenkippen.

Leere Flaschen.

Auf der Fensterbank lebt eine kleine Maus, einsam bewacht sie die blühende Hanfpflanze. Ihre Augen leuchten im Dunkeln. Manchmal redet sie. Lange Monologe von Einsamkeit.

Alex' Schulter ist dicht an Lepkes Arm. Zum ersten Mal hat sie nichts an außer einem grauen T-Shirt mit kurzen Ärmeln. Auf der linken Seite ist der Ärmel hochgerutscht, Lepke kann ihr Tattoo sehen. Drei schemenhafte Skorpione krabbeln unter dem Shirt hervor und den Oberarm hinab.

Alex hat die Hände auf das Fensterbrett gestützt und blickt nach draußen. Im Hinterhof sind nur wenige Fenster beleuchtet, bläulich schimmert der wirre Widerschein der Fernsehbilder.

Vorsichtig fährt Lepke mit den Fingern die Skorpione nach. Jeden einzelnen schmerzhaften Strich. Er steht jetzt direkt hinter ihr. Langsam schiebt er ihren Ärmel weiter zurück, küsst die Skorpione, dann ihren Nacken.

Alex sieht weiter aus dem Fenster. Unter seinen Lippen kann er spüren, dass sie eine Gänsehaut hat. Sie dreht sich um, ihr Gesicht ist jetzt nur wenige Zentimeter von seinem entfernt. Als er sie auf den Mund küssen will, zieht sie sich das T-Shirt über den Kopf. Sie trägt keinen BH. Sie hat kleine, flache Brüste. Die kalten Brustwarzen stehen steil nach oben.

Neue Skorpione, die sich einen Weg aus der engen Jeans heraufbahnen und unterhalb der linken Brust auf den Rücken verschwinden.

Ohne ihn anzusehen, zieht sie jetzt auch ihm das T-Shirt aus. Dann nimmt sie ihren braunen Ledergürtel und bindet ihm die Hände auf den Rücken. Schiebt ihn rückwärts auf einen Stuhl. Zerrt ihm die Jeans von den Beinen. Fixiert seine Arme mit Kabelbindern an der Stuhllehne.

Er ist nackt und gefesselt, als Maja aus dem Nebenzimmer kommt. Mit ihrem Zeigefinger streicht sie ihm über den Oberkörper, lächelt. Dann geht sie zu

Alex hinüber, die sich auf die Tischkante gesetzt hat. Auch Alex ist jetzt nackt. Sie muss den Kopf in den Nacken legen, um Maja zu küssen. Majas Haare fallen in langen Locken über ihr Gesicht, ihre Schultern, ihre Brüste. Langsam geht Maja auf die Knie. Sie küsst Alex' Haut. Zieht eine Schneckenspur über die Innenseite der Schenkel, Zentimeter für Zentimeter, bevor ihre Finger zwischen Alex' Beinen versinken.

Alex' Kopf ist nach hinten gebogen. Ihr Atem geht schwer. Als sie ihren rechten Fuß auf den Stuhl stellt, kann Lepke sehen, wie Majas Zunge um ihre Schamlippen kreist. Ihre Finger sind immer noch tief in ihrer Vagina.

Wenig später ist Maja nach vorne über den Küchentisch gebeugt, Alex hält sie mit einer Hand im Nacken nach unten gedrückt. Lepke ahnt mehr, als dass er sieht, was sie mit ihrer anderen Hand macht. Dann wird plötzlich alles weiß. Er kommt, ohne dass ihn irgendjemand berührt hat.

*

Als Alex am nächsten Morgen aufstand, schlief Maja noch. Sie schlief oft lange, dafür arbeitete sie manchmal die Nacht durch, bis zum Morgengrauen. Alex beneidete sie um diese Freiheit.

Barfuß ging sie in die Küche. Als sie einen alten Lappen auf dem Fußboden berührte, dachte sie im ersten Moment, es wäre Rosa, und murmelte unwillkürlich eine Entschuldigung. Dabei wohnte Rosa in

Majas Wohnung. Rosa und sie waren keine Freunde und würden es wohl auch nie werden.

Gedankenverloren füllte sie die Espressokanne mit Wasser und Kaffeepulver und stellte sie auf den Herd. Erst dann drehte sie sich um. Lepke war verschwunden. Auf der Bank lag ein handgeschriebener Zettel: »Bis gleich.« Mehr nicht. Sie war sich nicht sicher, ob Lepke sich an irgendetwas aus der vergangenen Nacht erinnern konnte.

Als der Kaffee brodelte, kippte sie sich den Inhalt der Kanne in einen besonders großen Becher und nahm ihn mit unter die Dusche.

Um Viertel vor acht betrat sie das Präsidium.

Ines wollte wissen, wo Lepke war.

»Wahrscheinlich verschlafen. Er wird schon kommen.«

Sie zuckte mit den Schultern. Sie war nicht verantwortlich für ihn. Und sie hasste das Gefühl, dass sie es vielleicht doch wäre. Sie hasste auch das Gefühl, dass die anderen etwas von ihr erwarteten. Sie war nicht gut darin, Anweisungen zu geben. Sie mochte sich nicht in dieser Rolle. Abrupt drehte sie sich um und verließ den Raum.

Von einem Streifenbeamten ließ sie sich Gärtner in eines der Vernehmungszimmer bringen. Als sie die Tür öffnete, schlug ihr eine Welle heißer Luft entgegen; offensichtlich hatte jemand über Nacht die Heizung aufgedreht. In nur wenigen Minuten würde sie anfangen zu schwitzen. Auch Gärtner sah aus, als würde er alles für ein kaltes Getränk oder ein bisschen frische Luft geben. Alex setzte sich und schob ihm einen Kaffee hin.

»Darf ich vielleicht eine rauchen?«, fragte er zögernd.

Sie reichte ihm wortlos ihr Tabakpäckchen über den Tisch. Der Beamte an der Tür blickte missbilligend, wagte aber nicht, einen Einwand zu erheben.

Gärtner nickte dankbar, bevor er verunsichert auf die letzten Krümel in der Packung starrte.

»Das reicht nur noch für eine …«

»Ist okay.«

Alex schaltete das Aufnahmegerät ein und nannte das Datum, ihren Namen und Titel, Gärtners Namen, den Tatbestand, das Aktenzeichen.

Routine.

»So, Sie haben also Ihre Freundin umgebracht?«, begann Alex, während sie ihr Zippo aufschnappen ließ und Gärtner Feuer gab. Ihre Frage klang eher wie eine Feststellung. Nur eine Formsache. Der Ordnung halber.

Gärtner nickte.

»Und wie haben Sie das gemacht? Können Sie mir das bitte möglichst genau schildern?«

»Ist das nicht völlig egal?«

»Leider nein.«

»Wir haben uns gestritten, kurz bevor wir in den Urlaub wollten, und da habe ich zugeschlagen.«

»Und dann?«

»Dann ist sie gestürzt, mit dem Kopf irgendwo aufgeschlagen, glaube ich jedenfalls. Und als sie sich nicht mehr gerührt hat, habe ich nicht gewusst, was ich mit ihr machen sollte. Ich habe sie dann vergraben.«

»An der Stelle, an der Sie bereits vorher die Schaufensterpuppe vergraben hatten?«

»Ja.«

»Und die Schaufensterpuppe?«

»Habe ich in den Müll geworfen. In einen Container, der da stand.«

»Und Sie haben nur einmal zugeschlagen, bevor sie gestürzt ist?«

»Ich weiß nicht mehr so genau. Ich war wütend. Vielleicht habe ich auch mehrmals zugeschlagen. Ich erinnere mich nicht genau.«

»Hatten Sie schon früher öfter Streit?«

»Manchmal, aber da bin ich nie handgreiflich geworden. Ich weiß auch nicht, was mit mir los war ...«

»Und als sie gestürzt ist, war sie sofort tot?«

»Ja.« Gärtner schluckte. »Sonst hätte ich ja nicht ... ich meine, sonst hätte ich doch den Rettungswagen geholt. Ich wollte das alles nicht!«

»Hatten Sie vorher mit ihr Sex?«

»Was?«

»Ob Sie vorher mit ihr Geschlechtsverkehr hatten?«

»Nein.«

»Sind Sie sich da ganz sicher?«

»Natürlich. Früher hatten wir oft Sex, aber seit einem Jahr oder so wollte sie nicht mehr. Sie hatte keine Lust.«

»Ganz allgemein keine Lust oder nur keine Lust auf Sie? Hatte Sie vielleicht eine Affäre?«

»Es war wegen der Pille, hat sie gesagt. Eine der Nebenwirkungen der Pille soll sein, keine Lust mehr auf Sex zu haben.« Gärtner lachte bitter. »Gutes Verhütungsmittel, wenn man dann sowieso ...«

Alex schlug mit der Faust auf den Tisch, so dass der Kaffee überschwappte.

»Das ist doch Quatsch! Und Sie wissen, dass das Quatsch ist, was Sie hier erzählen.«

»Nein, das soll tatsächlich so sein. Eine Nebenwirkung der Pille ...«

Alex ließ ihn nicht ausreden.

»Sie haben sie nicht umgebracht. Warum lügen Sie?«

Gärtner blickte starr geradeaus.

»Sie haben mich doch von Anfang an verdächtigt. Was wollen Sie denn jetzt noch?«

»Die rechtsmedizinische Untersuchung hat ergeben, dass Ihre Freundin kurz vor ihrem Tod Sex hatte. Ich frage mich, mit wem, wenn nicht mit Ihnen?«

Gärtner blickte sie verwirrt an.

»Ich weiß es nicht ...«

»Noch mal von vorne. Hatte Chrissel von Grasholm eine Affäre? War es das?«

Gärtner schluckte heftig, gab aber keine Antwort.

Alex merkte, dass ihre Fragen ziellos waren. Sie drehte sich im Kreis, weil sie keine Ahnung hatte, wie sie die einzelnen Puzzlestücke zusammenfügen sollte. Gärtner hatte keine Ahnung, wie Chrissel von

Grasholm gestorben war. Sie hatten sich gestritten, vielleicht hatte er auch zugeschlagen, aber er hatte sie nicht umgebracht. Er war nach dem Streit einfach weggefahren. Und sie war erst später ermordet worden. Aber gleichzeitig wurde sie das Gefühl nicht los, dass Gärtner mehr wusste, als er sagte. Deckte er vielleicht jemanden?

Sie wurde in ihren Gedanken unterbrochen, als die Tür aufging.

Lepke.

Ohne einen Blick zu Alex.

»Neue Erkenntnisse. Es tut mir leid, dass wir Sie hier so lange festgehalten haben, Herr Gärtner. Sie dürfen nach Hause gehen.« Er nickte freundlich. »Allerdings halten Sie sich bitte zu unserer Verfügung. Ich kann nicht einschätzen, was da eventuell wegen Ihrer eindeutigen Falschaussage auf Sie zukommt. Bewusste Irreführung in einer Mordermittlung ist ein Straftatbestand.«

Gärtner klappte vor Überraschung die Kinnlade runter. Als der Streifenbeamte ihn am Arm nahm, ließ er sich willenlos hinausführen.

»Was war das denn?«, blaffte Alex, kaum dass sie mit Lepke allein war.

»Ganz ruhig, Alex. Hör mir am besten erst mal nur zu. Er hat seine Freundin nicht umgebracht …«

»D'accord. Aber so weit waren wir schon. Und gerade eben hat er mir das auch noch mal bestätigt. Wenn überhaupt, dann hat er sie im Streit geschlagen. Aber …«

»Ich glaube, noch nicht mal das. Weder früher noch vor Kurzem, behauptet sie zumindest.«

»Wer ist sie? Von wem redest du?«

»Chrissel von Grasholm ist vor einer halben Stunde im Präsidium aufgetaucht. Mit anderen Worten: Sie ist nicht tot, sondern erfreut sich bester Gesundheit.«

»Was?«

»Du hast richtig gehört. Eine ausgesprochen schöne Frau übrigens, langes blondes Haar und so weiter. Und ein hübsches Gesicht. Jung.«

»Kannst du bitte mal zum Punkt kommen?«

Lepke zuckte mit den Schultern.

»Sie ist erst gestern Nacht von dem Besuch bei ihrer Mutter zurückgekehrt. Und vorher war sie mit Gärtner in Polen gewesen, genau wie er es zu Beginn erzählt hat. Seine ursprüngliche Geschichte stimmte. Und nach ihrer Aussage hat er sie nie geschlagen und schon gar nicht vergewaltigt.«

»Aber … was sollte das dann alles? Dieses Geständnis von ihm.«

»Das werden wir womöglich nie erfahren. Der Typ ist nicht ganz richtig im Kopf, so viel ist klar.« Lepke zuckte mit den Schultern. »Was weiß ich, was er sich da zusammengereimt hat. Irgendeinen Drogenscheiß vielleicht. Oder er wollte jemanden schützen.«

»Wen?«

»Den Mörder. Weil er ihn kennt.«

»Chrissel von Grasholm.«

»Könnte sein, das würde Sinn machen. Zumindest von seiner Seite aus, also in seinem drogenvernebelten Hirn. Wenn er sich so weggeschossen hat, dass er einen Filmriss hat und jetzt glaubt …«

»Warte!« Alex stoppte Lepke in seinem Redefluss. »Dann ist die Frage aber immer noch, wer um alles in der Welt die Tote im Garten ist. Kannten die beiden sie? Gibt es eine Verbindung?«

Lepke stieß die Luft aus.

»Ich habe Chrissel von Grasholm ein Foto der Leiche gezeigt. Außer dass sie offensichtlich verstört über die Ähnlichkeit mit ihr selbst war, zeigte sie keinerlei Anzeichen, dass sie die Tote kennt. Wobei das Gesicht natürlich auch stark entstellt ist. – Aber du vergisst, dass beide ein Alibi haben. Die Reise nach Polen. Plus die Aussagen des polnischen Freundes. Scheint mir alles ziemlich wasserdicht zu sein.«

»Wir sind also wieder da …«

»… wo wir schon mal waren. Wir wissen nicht, wer die Tote ist, geschweige denn, wer sie ermordet hat. Allerdings ist jetzt vielleicht mehr an unserer Theorie dran, als wir dachten. Wer auch immer die erste Frau umgebracht hat, hat womöglich die anderen beiden Frauen umgebracht …«

Alex starrte auf die fleckige Tischplatte. Eine Weile herrschte Schweigen zwischen ihnen. Dann fragte Alex unvermittelt: »Wann bist du eigentlich heute Morgen aufgestanden?«

»Gegen fünf. So konnte ich noch nach Hause fahren und duschen.«

Lepke machte Anstalten, sie direkt anzusehen, entschied sich aber dagegen.

»Erinnerst du dich an letzte Nacht?«

»Gut, dass du das ansprichst …«

Lepke fixierte die geschlossene Tür, als wollte er sich vergewissern, dass es einen Weg nach draußen gab. Es wirkte wie eine Übersprunghandlung. Alex musste daran denken, dass Rosa immer anfing, ihre Nase an den Pfoten zu reiben, wenn man sie nur lange genug anblickte.

»Ich bin mir nicht sicher, ob ich vielleicht alles nur geträumt habe …«

»Was? Dass du dich furchtbar betrunken und von deinen unglücklichen Lieben in Hannover erzählt hast? Oder dass du versucht hast, auf die bunten Straßenkunst-Frösche vor der Rütli-Schule zu klettern?«

»Mehr war nicht?«

Lepke klang verunsichert. Und ein wenig enttäuscht.

»Was soll denn noch gewesen sein?« Alex lachte. »Maja und ich haben dich ins Bett gebracht, weil du nichts mehr auf die Reihe bekommen hast.«

»Sorry«, sagte Lepke, stieß sich vom Türrahmen ab und verließ den Raum. Alex folgte ihm. Nach den ersten Schritten drehte er sich um.

»Sag mal, wer ist eigentlich Maja?«

»Die Frau, die noch in meinem Schlafzimmer liegt.«

Lepke nickte. Es sah nicht so aus, als ob Alex' Antwort ihm weiterhelfen würde.

Irgendwann spürst du den Schmerz nicht mehr.

Der vierte Mord

Im Pony Saloon in der Dieffenbachstraße dreht der amerikanische Barkeeper die Musik lauter, um nicht länger die Gespräche einer Touristengruppe mit anhören zu müssen, die ihm bereits seit Stunden mit ihrer Pegida-Begeisterung gehörig auf die Nerven gehen.

In einer Villa am Halensee liest ein noch sehr junger Staatsanwalt, der hier möbliert zur Untermiete bei einer älteren Dame wohnt, in einem Roman von Vargas Llosa irritiert über einen Wanderprediger, der die verstörende Angewohnheit hat, anderen Menschen den Kopf abzutasten, um so ihre Charaktereigenschaften zu erkennen.

In einer Praxis in Dahlem rät ein Psychologe einem Vater, dessen Tochter vor vielen Jahren davongerannt ist und die er immer noch vergeblich sucht, ein Zimmer auf einer Nordseeinsel zu buchen, um mal »ein bisschen Wind über den Zaun zu schippen«.

Ein Junge tritt einen Hund.

Die Stimmung im Dienstzimmer war angespannt. Alex und Lepke brauchten einen Moment, bevor sie verstanden, worum es ging. Eine Demonstration gegen Polizeigewalt, die am Mariannenplatz stattfand. Der Polizeifunk war eingeschaltet, kurze Sätze waren zu hören, die mit Codewörtern gespickt waren und bei Meyer mit jeder neuen Information zu einem fragenden Grinsen führten. Als würde er einem absurden Hörspiel lauschen, gegen das Becketts *Warten auf Godot* ein Musterbeispiel an inhaltlicher Logik darstellte.

Ines schien Beckett nicht zu kennen. Ihre Stimme überschlug sich, als sie fragte, was »diese linken Extremisten« sich einbildeten, ausgerechnet gegen die Polizei auf die Straße zu gehen.

Marcel blubberte, dass Demonstrationen es gar nicht wert seien, dass man auch nur eine Sekunde lang über sie nachdachte

»Und? Was sagt ihr dazu?« Ines drehte sich zu Alex und Lepke.

Gerade als Alex antworten wollte, dass es keinen linken Extremismus gab, sondern wenn überhaupt, dann linken Radikalismus, stieß sich Lepke von der Wand ab.

»Schon mal darüber nachgedacht, dass die Anschuldigungen vielleicht stimmen? Zu leugnen, dass es Polizeigewalt gibt, ist fast gemeingefährlich. Unsere Kollegen prügeln auf fast jeder Demo Leute der Gegenseite zu Boden.« Er machte eine Handbewegung, die jede weitere Diskussion beenden sollte. »Im Übrigen haben wir gerade genug Arbeit, um nicht auch noch irgendwelche politischen Fragen zu erörtern. Es wäre also schön, wenn wir uns auf das konzentrieren könnten, was unsere Aufgabe ist. Und prügelnde Kollegen zu verteidigen gehört ganz sicher nicht dazu.«

Ines starrte ihn mit offenem Mund an. Marcel ließ die Muskeln unter seinem T-Shirt anschwellen und betrachtete selbstverliebt den Bizeps an seinem rechten Oberarm.

»Ist klar«, nickte Meyer. »Die Schlagstockknechte interessieren uns nicht. Jedenfalls nicht, solange wir noch die Chance haben, rechtzeitig unseren Ausweis zu zeigen, bevor wir selber einen übergezogen bekommen.«

Schlagstockknechte. Nicht schlecht, dachte Alex.

Lepke brachte die anderen auf den neuesten Stand. Chrissel von Grasholms unerwartete Wiederauferstehung sorgte für allgemeine Irritation. Nur Marcel war weiterhin ausschließlich an seinem Bizeps interessiert, jetzt am linken.

Lepke schien kurz davor, die Geduld zu verlieren, sagte dann aber: »Ich schlage vor, wir gehen nochmals von unserer Theorie aus, dass wir es nur mit einem einzigen Täter zu tun haben. Was heißt das für unsere Arbeit?«

Alex stand wortlos auf und schrieb neue Fragen zu dem sich mittlerweile wie ein Flussdelta über die Tafel mäandernden Diagramm.

Wer ist das erste Opfer?
Welche Verbindung gibt es zwischen dem ersten Opfer und dem Täter?
Welche Motive hat der Täter? Was wissen wir über ihn?
Wie findet er seine Opfer?

»Nicht gut«, sagte Meyer. »Zu viele Fragen, zu wenig Antworten.«

Lepke zuckte mit den Schultern.

»So wenig ist das gar nicht, was wir über den Täter wissen. Er hatte eine persönliche Beziehung zum ersten Opfer. Er wird von allen Frauen in die Wohnung gelassen und trinkt mit ihnen Tee, bevor er sie umbringt. Er lässt sich nicht viel Zeit, um seine Morde auszuüben. Er hat sie entweder schon lange vorher beobachtet und so etwas wie eine Todesliste angelegt – oder ... nein! Falsch, er handelt ohne große Planung. Die Ehemänner hätten jederzeit zurückkommen können. Das hat er in Kauf genommen. Aber bei Opfer Nummer zwei und drei schlägt er nicht mit voller Kraft zu, und er erstickt sie, statt sie zu erwürgen oder zu Tode zu prügeln. Außerdem vergewaltigt er sie aller Wahrscheinlichkeit nach vorher.«

»Er schließt ihnen womöglich auch die Augen, nachdem sie tot sind«, ergänzte Alex. »Wie man es bei einem Verwandten oder Freund tun würde. Bei jemandem, den man mag, zu dem man eine persönliche Verbindung hat.«

»Stichwort Vergewaltigung«, meldete sich Marcel plötzlich mit neu erwachtem Interesse zu Wort. »Ich dachte, nur bei Gabriela Leihfuß wurden Spuren einer Vergewaltigung gefunden?«

Lepke zog die Augenbrauen zusammen. Scheinbar hatte Marcel vom letzten Gespräch nicht besonders viel verstanden.

»Wenn wir von ein und demselben Täter ausgehen, sollten wir auch ein ähnliches Muster voraussetzen. Und Vergewaltigung ist schwer nachweisbar, wenn sich das Opfer nicht stark zur Wehr setzt. Es stimmt allerdings, dass Anna Ahlers hierbei aus dem Schema fällt. Priorität hat jetzt aber die Identität der ersten Leiche, vielleicht erhalten wir so den Ansatzpunkt, der uns fehlt. Warum sind diese drei Frauen alle Opfer von häuslicher Gewalt? Das ist doch eine nicht zu leugnende Gemeinsamkeit!«

»Vielleicht sucht er sich leichte Opfer, welche, die sich nicht sehr zur Wehr setzen.«

Ines.

»Oder es gibt tatsächlich so viele Frauen, die Opfer von häuslicher Gewalt sind, dass es ein Zufall ist.«

Meyer.

»Wem würdet ihr die Tür aufmachen? Wen würdet ihr in euer Haus oder eure Wohnung lassen, wenn ihr als misshandelte und verängstigte Frau alleine zu Hause wärt?«

Lepke.

»Paketdienst.«

Ines.

»Wir reden von abends!«

Lepke.

»Freunde.«

Meyer.

»Aber die Opfer hatten keine Freunde.«

Lepke.

»Freunde des Mannes«, verbesserte Meyer sich. »Oder seinen Chef.«

Alex schluckte.

»Die Polizei. Einen Polizisten!«

»Vielleicht ist es immer Leihfuß gewesen, in seiner Uniform«, griff Meyer den Gedanken auf.

»Wir sollten zumindest überprüfen, ob Leihfuß und unser erstes Opfer sich kannten«, sagte Lepke leise. »Wenn wir denn wissen, wer diese Frau ist.«

Marcel tippte sich an die Stirn.

»Das geht mir jetzt aber zu schnell!«, mischte sich Ines ein. »Das klingt doch sehr nach …«

»Voreingenommenheit.« Marcel nickte.

»Nur weil er Polizist ist! Als ob wir es darauf anlegen würden, einen von unseren eigenen Leuten in die Pfanne zu hauen!« Ines warf einen Blick zu Alex. »Aber dir würde das wahrscheinlich sogar … eine Befriedigung verschaffen. Oder?«

»Meine Befriedigung finde ich woanders, glaub mir. Aber schön, dass du dir Gedanken um mich machst.«

Meyer hob den Finger, als wollte er sich melden, und sagte: »Was ist eigentlich mit Ahlers? Wie lange können wir ihn noch in Haft lassen?«

»Gute Frage.«

Lepke war dankbar für Meyers Hinweis.

Vielleicht hat er recht, dachte Alex, es ist nicht die Zeit, um mit Ines zu streiten und Energie zu verschwenden.

»Wir haben bei Ahlers genug Indizien für einen dringenden Tatverdacht«, fuhr Lepke fort. »Sein Alibi wackelt, die zeitliche Abfolge weist zumindest Merkwürdigkeiten auf. Andererseits dient die Untersuchungshaft der Sicherung des Strafverfahrens – die Haft soll sicherstellen, dass unsere Arbeit nicht negativ beeinflusst wird. Im zweiten Absatz der Strafprozessordnung, Paragraf 112, werden ein paar Gründe für eine solche negative Beeinflussung gegeben, die dann als hinreichend gelten, um jemanden in Untersuchungshaft zu behalten.« Er trank einen Schluck Kaffee und räusperte sich, bevor er weitersprach. »Fluchtgefahr, Verdunklungsgefahr, Wiederholungsgefahr. Damit können wir ihn die nächsten sechs Monate in Haft lassen – das sollte auch in Übereinstimmung gehen mit der Verhältnismäßigkeit, immerhin müsste er für Mord und Vergewaltigung eine Weile in den Knast. Der Staatsanwalt soll sich mal was Schönes ausdenken.«

Er blickte zum Fenster, als die ersten schwarz glänzenden Tropfen gegen die Scheibe prallten. Es klang wie eine Reihe von kleinen Explosionen. Als Alex' Handy klingelte, schien es wie ein Soundtrack, der die nächste Spannungsszene vorbereiten sollte.

Wagner. Der Komponist. Der sich nicht mit langen Erklärungen aufhielt, sondern nur in den Hörer blaffte: »Haubachstraße 20. Jetzt. Sofort.«

Für einen Moment meinte Alex, seine Bartstoppeln am Telefon kratzen zu hören. Dann war die Verbindung wieder unterbrochen. Nur die Regentropfen trommelten unverdrossen weiter. Und Lepkes Paragrafenreiterei war beendet.

Keine fünf Minuten später saßen Alex und Lepke in einem Dienstwagen auf dem Weg nach Charlottenburg. Der Scheibenwischer des BMW bemühte sich verzweifelt, den Kampf gegen die Wassermassen zu gewinnen, als sie in die Haubachstraße einbogen. Im Rinnstein trieben die Überreste eines toten Vogels.

Das Haus mit der Nummer 20 lag direkt neben einer Kneipe, die mit der zweifelhaften Kombination von »Sport, Blues und Rock 'n' Roll« für sich warb, und einer Pension, deren Schild den Eindruck machte, als wären sie direkt zurück in die Sechzigerjahre gefahren.

Auf der Straße parkten zwei Streifenwagen, die Eingangstür des Hauses stand offen. Schon die wenigen Meter bis zur Tür ließen Alex und Lepke aussehen, als wären sie gerade mitsamt ihren Klamotten schwimmen gegangen.

Zwei weitere tote Vögel, mehr nicht. Irgendwann würden auch sie einfach im Rinnstein davontreiben. Richtung irgendwo nirgendwo.

*

Im ersten Stock öffnete ihnen ein junger Streifenbeamter die Tür, er wirkte froh, im Treppenhaus und nicht neben der Leiche stehen zu dürfen. Mehr noch als in den letzten Tagen fühlte Alex sich in dem Dilemma gefangen, dass ein nächster Mord die Chance auf eine wirkliche Spur erhöhte. Es bedeutete aber auch, dass eine weitere Frau zu jung hatte sterben müssen. Unser Job ist pervers, dachte sie, wir hoffen darauf, dass jede neue Leiche uns endlich etwas Konkretes über ihren Mörder verraten wird.

Das ist verdammt pervers.

Und es macht etwas mit uns, es verändert uns. Unser Denken. Unser Fühlen. Es nimmt uns unsere Angst vor dem Entsetzen, das selbstverständlich sein sollte. Es lässt uns abstumpfen.

Der Wohnungsflur war still und leer. Alex warf einen Blick durch die erste Tür. Die Küche sah aus wie aus einem IKEA-Katalog, im Landhausstil. Der Tisch war gedeckt. Fünf bunte Teller standen auf fünf ebenso bunten Tischsets. Alex hielt unwillkürlich den Atem an. Passte das hier ins Muster?

Das Wohnzimmer war klein. In der Mitte stand ein mit Spielsachen überladener, kniehoher Tisch, links und rechts davon zwei Sofas, die unter zahlreichen bunten Decken begraben waren. Die Wände waren in einem grellen Grün gestrichen. Auf dem Boden lag ein Teppich mit einem aufgedruckten Stadtplan. Straßen. Zebrastreifen. Ampelkreuzungen.

Wohnzimmer und Spielzimmer in einem.

Die heile Welt eines Verkehrsübungsplatzes. Links gucken, rechts gucken, links gucken.

Als Lepke hinter ihr den Raum betrat, wäre er fast auf einem Matchbox-Auto ausgerutscht, das auf einer der Teppichstraßen unterwegs war. Ein gelber Schulbus.

Auf dem linken Sofa hockten zwei Beamte auf der äußersten Kante und starrten auf ihre Füße. Alex war sich nicht sicher, ob sie noch lebten. Ihnen gegenüber saß ein junger Mann mit drei Kindern. Auch der Mann und die Kinder starrten auf den Boden. Lepke räusperte sich, aber niemand reagierte. Höchstens, dass die Beine der Kinder vielleicht ein wenig hin und her baumelten, wie auf einem Gemälde, das Alex mal gesehen hatte. Jozef Israëls. »Nach dem Sturm«.

Offensichtlich hatten die Kinder keine Ahnung, was hier vor sich ging. Und es schien auch niemand daran interessiert, es ihnen zu erklären.

Alex' Lächeln schien keine Wirkung auf die baumelnden Beine zu haben.

Einer der beiden Beamten hob den Arm und zeigte auf die offen stehende Tür im Rücken der Familie. Der Familie minus der Mutter.

Auf Zehenspitzen suchten sich Alex und Lepke einen Weg durch die verstreuten Spielsachen. Den größten Teil des Elternschlafzimmers nahm das Ehebett ein. Es war mit weißen Laken frisch bezogen. Schneewittchenweiß, dachte Alex. Vor einem der Fenster stand ein kleiner runder Tisch mit zwei Stühlen. Gleichzeitig nahmen Alex und Lepke die Teekanne wahr. Eine Tasse stand auf einem der beiden Stühle, eine zweite lag am Boden. Vielleicht, überlegte Alex, hatte sich das Opfer gewehrt. Vielleicht gibt es dadurch endlich einen brauchbaren Hinweis. Eine Spur.

Der Tee hatte den Teppich dunkel gefärbt. Der Fleck hatte sich bis zu den Füßen der Frau ausgebreitet. Der Frau, die auf dem zweiten Stuhl so weit nach unten gerutscht war, dass ihr Kopf von der Rückenlehne gestützt wurde. Ihre Arme hingen herab. Die Augen waren geschlossen. Aber das Gesicht war zur Tür gedreht, was den Kopf in einen unnatürlichen Winkel zum Oberkörper gezwungen hatte.

Lepke winkte Alex zum Fenster, ließ ihr den Vortritt. Durch den Vorhang des Regens schienen die neu eingetroffenen Wagen wie blecherne Beulen aus dem überschwemmten Asphalt zu wachsen.

Der VW-Bus der Rechtsmedizin.

Der Audi mit Ines und Marcel.

Wagners Jaguar.

Der Komponist eilte unter einem Regenschirm zum Wohnhaus, seinen Begleiter ignorierte er dabei. Alex erkannte den Läuse suchenden Staatsanwalt.

Lepke stand direkt hinter ihr. Sie konnte seine Nähe spüren. Als sie sich umdrehte, zuckte er zusammen. Mit leeren Augen starrte er durch sie hindurch. Als hätte er ein Déjà-vu.

Alex drängte sich an ihm vorbei ins Wohnzimmer. Das hier war kein Ort für Kinder. Sie verfluchte die zwei leblosen Polizeibeamten und fragte sich, ob ihnen in der Ausbildung überhaupt so was wie Menschlichkeit vermittelt wurde.

Schnaufend kam Wagner in die Wohnung gestürmt. Grußlos. Bereits nach dem ersten Blick auf die baumelnden Kinderbeine zückte er sein Handy und ordnete unverzüglich an, einen Kinder-Psychologen zu schicken. Alex war sich nicht ganz sicher, ob für die Familie oder die zwei sprachlosen Beamten auf dem Sofa.

Sie deutete mit einer Kopfbewegung ins Schlafzimmer, ohne sich um seinen Anhang zu kümmern, der aussah, als hätte man ihn am Türrahmen festgenagelt. Aus den Augenwinkeln beobachtete sie, wie sich Ines ins Zimmer schob und vor den baumelnden Beinen in die Knie ging. Wenigstens das hat sie drauf, dachte Alex und registrierte einen leichten Anflug von Sympathie für die Kollegin.

Lepke starrte noch immer abwesend aus dem Fenster. Wagners Schnaufen war so laut, dass die sonstige Stille im Raum nur umso beklemmender war.

Als Alex begann, ihr Handy für Sprachnotizen zu benutzen und halblaut zu formulieren, was sie sah, nahm sie das Schnaufen nur noch wie aus weiter Ferne wahr. Ein Hintergrundgeräusch. Wie der Regen oder der Verkehr auf der Straße.

»Eine Frau, lange schwarze Haare, Ende dreißig. Sie sitzt auf einem Stuhl, ist aber so weit nach unten gerutscht, dass ihr Kopf von der Rückenlehne zur

Seite gezwungen wird. Ihr Gesicht zeigt zur Tür. Ihre Augen sind geschlossen. Sie ist ungeschminkt. Sie trägt einen zu großen Wollpullover, dunkelgrün, der ihre Oberschenkel verdeckt. Darunter scheint sie nackt zu sein. Am Gesicht und an den Beinen hat sie frische Hämatome. Außerdem Würgespuren am Hals und Abdrücke an den Handgelenken. Auf ihrem Schoß liegt ein buntes Kissen, mit dem sie wahrscheinlich erstickt wurde. Das Kissen könnte aus dem Wohnzimmer stammen, im Schlafzimmer selbst gibt es sonst keine Einrichtungsgegenstände, die … farbig sind. Weißes Bett, weißer kleiner Tisch, auch die Stühle sind weiß lackiert, weißer Teppichboden, in der Nähe der Ermordeten ist ein Fleck, der …«

Wagners Schnaufen brach unvermittelt ab, er hob die Hand.

»Claudia Ehrlich. Achtunddreißig, unverheiratet, drei Kinder. Im Wohnzimmer sitzt ihr Lebensgefährte, Johann Zeh, sowie die Kinder. Die zwei kleineren sind die gemeinsamen Kinder von Ehrlich und Zeh.«

Und?, wollte Alex fragen. Weiter. Von wem ist das ältere Kind? Und woher haben Sie die Informationen? Kennen Sie die Leute? In diesem Moment betrat der viel zu junge Staatsanwalt den Raum. Er schluckte ein paarmal hörbar. Dann drehte er sich ruckartig um und schaffte es gerade noch, das Wohnzimmer zu durchqueren, bevor Alex hörte, wie er sich im Flur erbrach.

Ganz langsam drehte sich Lepke vom Fenster weg, als wäre er gerade aus einem Tagtraum erwacht. Der Komponist fing erneut an zu schnaufen.

»Nicht witzig, das alles.«

Abrupt drehte er sich um und stürmte so grußlos aus der Wohnung, wie er sie betreten hatte.

Lepke schüttelte unwillig den Kopf. Danach zog er sich einen der weißen Schutzhandschuhe über und befühlte den Arm der Leiche.

»Warm.«

Er klang irritiert. Gleich darauf erklärte er: »Ich muss hier raus.«

Alex wechselte ein paar knappe Worte mit dem alten Grabbler und den Kollegen von der Spurensicherung. Dann nickte sie Marcel zu, dass er alles Weitere übernehmen sollte.

Im Wohnzimmer schob Ines den gelben Schulbus über den Teppich. Die Kinder baumelten unverändert mit den Beinen. Für Alex sahen sie alle drei gleich aus. Allerdings musste sie sich eingestehen, dass ihr das bei Kindern grundsätzlich so ging.

Der Vater hatte seinen Kopf zwischen den Händen. Seine Schultern zuckten.

»Es wird alles wieder gut«, murmelte einer der beiden Beamten. Es war nicht klar, auf wen oder was sich seine Worte bezogen.

Lepke stand unten auf der Straße und rauchte. Schweigend stellte Alex sich zu ihm. Es hatte aufgehört zu regnen, die Fahrbahn glänzte im trüben Schein der Straßenlampen.

Sie griff nach Lepkes Zigarette und zog den Rauch tief in die Lunge.

»Scheiße.«

»Ja.«

Wagner kam auf sie zu. Er musste in seinem Wagen gesessen und sie beobachtet haben. Zögernd stellte er sich neben sie, als wäre er nicht sicher, ob er stören würde. Erst als Lepke ihn mit hochgezogenen Brauen anblickte, sagte er: »Ein Serienmörder. Sie hatten recht.« Als keine Antwort erfolgte, fügte er hinzu: »Wir sehen uns morgen früh. Macht Feierabend. Die Rechtsmedizin braucht noch eine Weile. Und Ines und Marcel können im Augenblick auch alles Notwendige alleine …« Er brach mitten im Satz ab, als würde er nach dem richtigen Wort suchen.

»Hinbiegen?«, warf Lepke hilfreich ein.

»Genau. Oder so.«

Der Komponist versuchte ein Lächeln. Es misslang ihm vollständig.

»Sie haben vorhin …«, begann Alex, wurde aber sofort unterbrochen.

»Morgen!«

Wagner drehte sich um und ging zurück zu seinem Wagen. Bald darauf flammten Scheinwerfer auf, der Jaguar zog glitzernde Wasserfontänen hinter sich her, als er fast lautlos beschleunigte.

»Feierabend«, sagte Lepke. »Wollen wir …«

»Ich möchte ein Stück zu Fuß laufen«, sagte Alex leise. »Ich brauche einen Moment für mich.«

»Wie du willst. Dann bringe ich den Wagen zurück. Wollen wir uns später noch da treffen?«

Ohne nachzufragen, wusste Alex, dass mit *da* ihre Stammkneipe gemeint war. Sie nickte, zog die Kapuze über den Kopf und machte sich auf den Weg zum Richard-Wagner-Platz. Kaum dass sie in die nächste Straße eingebogen war, fiel ihr auf, wie dunkel es war. Und wie wenig los war. Die Straße war vollkommen ausgestorben. Sonntagabend. *Tatort*-Zeit. Da ging in Charlottenburg offensichtlich niemand mehr vor die Tür, vor allem nicht bei diesem Wetter. Auf einmal fühlte sich Alex unwohl. War sie es nicht mehr gewohnt, allein unterwegs zu sein? In Neukölln waren immer Leute auf der Straße, egal an welchem Wochentag oder zu welcher Uhrzeit.

Stimmengewirr.

Plärrende Musik.

Hastiges Gedränge vor dem Eingang zur nächsten Kneipe. Auf dem Weg zum nächsten Kino. Zum nächsten Späti.

Als sie um die nächste Ecke bog, hatte sie plötzlich das Gefühl, ihr würde jemand folgen. Aber als sie sich umdrehte, war niemand hinter ihr. Das war ein Nachteil an Kapuzen, sie musste sich fast um die eigene Achse drehen, um die Straße hinter sich überblicken zu können. Aber das Gefühl, verfolgt zu werden, blieb. Es war wie ein unsichtbares Kraftfeld, und es jagte ihr einen Schauer über den Rücken. Sie hätte schwören können, dass sie nicht alleine war.

Als unter einer Straßenlaterne ihr eigener Schatten sie überholte, erschrak sie so sehr, dass sie fast losgerannt wäre. Sie fluchte. Sie mochte es nicht, Angst zu haben. Sie hatte früher so oft Angst gehabt. Und sie hatte gelernt, diese Angst zu besiegen. Doch jetzt war sie wieder da. So gewaltig wie damals, als sie klein war.

Auf der Treppe runter zur U-Bahn-Station meinte sie, Schritte zu hören. Vielleicht war es aber auch nur ihr eigener Herzschlag. Sie holte ihren Tabak aus der Jackentasche, die U7 kam erst in zehn Minuten. Außer ihr war niemand auf dem Bahnsteig. Eine Weile ging sie rauchend auf und ab, vor einer Werbetafel blieb sie kurz stehen. Eine Party mit Kombiteller. Sie mochte die Musik, die Kombiteller auflegte.

Der Schlag auf ihren Hinterkopf kam völlig unvermittelt.

Sie knallte auf den schmutzigen Beton und spürte, wie der Schmerz erst in die Schulter und dann in den Nacken schoss. Für ein paar Sekunden flimmerten grelle Lichtkreise vor ihren Augen. Ihre Wange drückte sich auf den Boden, die Kapuze war verrutscht und bedeckte ihr Gesicht. Aber über sie gebeugt stand eine Person, sie konnte ihren Atem spüren.

»Komm mir nicht zu nahe. Lass mich das zu Ende bringen, später wirst du auf meiner Seite sein, Alex.« Die Stimme war kaum mehr als ein leises Zischen.

Sie war sich nicht sicher, ob die Schritte, die sie jetzt hörte, sich entfernten oder näher kamen.

Hinterher wusste sie nicht mehr, ob sie wirklich ohnmächtig gewesen war. Aber als sie die Augen wieder öffnete, war alles schwarz um sie herum. Jetzt hatte sie wirklich Angst. Die Angst klammerte sich um ihren Körper, setzte sich auf ihre Brust und nahm ihr die Luft zum Atmen.

Zermalmte sie.

Alex lag ganz still. Sie würde sich nicht mehr wehren. Es war vorbei. Es dauerte eine Weile, bis sie verstand, dass es ihre Kapuze war, die alles dunkel färbte.

*

Ihr Kopf dröhnte, und ihre Lippe war aufgesprungen. Sie konnte das Blut in ihrem Mund schmecken. Vorsichtig lehnte sie sich gegen die Werbetafel. Ihr war schwindelig, in ihrem Kopf wiederholten sich die Zeilen eines Gedichts. Immer und immer wieder.

Über mir tausend Pferde,
Auf meinem und in meinem Kopf
Sind sie am Rennen.
Es donnert in mir,
Sie sind auf der Flucht,
Und jeden Sturz der Meinen
Spüre ich wie ein Beben in mir.

Sie wusste nicht, wo sie das Gedicht gelesen hatte oder von wem es war. Sie wusste auch nicht, warum es ihr gerade jetzt einfiel.

Vorsichtig tastete sie ihren Hinterkopf ab. An ihren Fingern war kein Blut. Wären da nicht die Beule und das Dröhnen gewesen, hätte sie fast geglaubt, dass überhaupt nichts passiert war.

Die Zeilen in ihrem Kopf mischten sich mit anderen Wortfetzen.

Es donnert in mir …

Komm mir nicht zu nahe!

Sie sind auf der Flucht.

Lass mich das zu Ende bringen, später wirst du auf meiner Seite sein.

Und jeden Sturz der Meinen

Spüre ich wie ein Beben in mir.

Dann immer nur *Alex*.

Alex, zischte es in ihrem Kopf. Surrte hinter ihrer Stirn. Ihre Gehirnwindungen nahmen einen falschen Weg. Sie schloss die Augen. Aber die Stimme wollte nicht aufhören.

Als die U-Bahn einfuhr, stieg sie mechanisch ein. Setzte sich. Starrte auf ihr Spiegelbild in der Scheibe.

Alex, zischte die Stimme wieder.

Als sie am Hermannplatz ausstieg, wurde die Stimme langsam leiser. Aber gleichzeitig kam ihre Angst zurück. Irgendjemand hatte sie niedergeschlagen. Irgendjemand hatte ihr gedroht. Irgendjemand, der ihren Namen kannte. Der ganz genau wusste, wer sie war. Die Angst drückte auf ihre Brust und stieg ihren Hals hoch.

*

Der notorisch langsame Barkeeper legte den Kopf schief, als er sie sah. Sie nickte in Richtung des Regals mit den Whiskeyflaschen. Bevor er ihr das Glas hinschob, hielt er es eine Weile fest, als wollte er sie dazu bringen, es sich noch mal zu überlegen.

»Du trinkst zu viel.«

Es war nicht das erste Mal, dass er ihr das sagte. Vielleicht sagte er es auch gar nicht wirklich, vielleicht war es nur sein Blick, der deutlicher war als jedes gesprochene Wort.

»Nicht heute«, erwiderte Alex.

Er nickte und widmete sich wieder dem Polieren seiner Gläser. Er hatte schon mehr getan, als seine selbst gesuchte Rolle ihm erlaubte. Er würde keinen weiteren Kommentar mehr abgeben, egal wie viel sie noch trank.

Nach dem zweiten Whiskey war die Angst gewichen. Alex stand auf und ging auf die Toilette. Das Gesicht im Spiegel kam ihr unbekannt vor. Ihr Lidstrich war verwischt, an der Lippe klebte Blut, ihre Augen waren zwei dunkle Höhlen, umgeben von noch dunkleren Ringen.

Sorgfältig wischte sie das Blut und die verschmierte Schminke weg.

Irgendjemand, der meinen Namen kennt, dachte sie.

Als sie an die Bar zurückkehrte, saß Lepke auf einem der Hocker. Erschrocken blickte er sie an.

»Alles okay?«

»Ja sicher, nur etwas müde.«

Er nickte und stieß die Luft aus.

»Claudia Ehrlich …«, setzte er an.

»Lass uns nicht über den Fall reden, ja? Morgen.«

»Morgen«, wiederholte Lepke und imitierte dabei Wagners Schnaufen.

Alex lächelte ihm kurz zu, obwohl ihr nicht nach Lächeln zumute war.

Dann schwiegen sie. Tranken und rauchten und schwiegen. Aber es war kein unangenehmes Schweigen, es war vielmehr vertraut, als würden sie schon ihr ganzes Leben gemeinsam schweigen.

Als der Barkeeper die Kneipe zumachen wollte, waren sie betrunken. Lange liefen sie einfach nur durch die Straßen. Irgendwann hielt Lepke an, ohne etwas zu sagen, strich ihr die Haare aus dem Gesicht und küsste sie.

Es war nicht weit bis zu seiner Wohnung. Noch im Flur rissen sie sich die Klamotten von den Körpern. Unkontrolliert taumelten sie weiter. Lepke drückte sie rückwärts, vorwärts, während er gleichzeitig versuchte, sie an sich zu pressen. Im Wohnzimmer fielen sie auf den Teppich.

*

Ein Sisalteppich. Kratzige Fasern im nachtdunklen Blau. Darunter ein abgeschliffener Dielenboden.

Lepke hielt mit einer Hand ihre Hände hinter dem Kopf zusammen. Alex wartete auf den Schmerz, würde er aus Versehen die Beule berühren, aber da legte er bereits seine andere Hand um ihren Hals. Sie spürte, wie sie weniger Luft bekam. Er hatte mehr Kraft, als sie dachte.

Als er in sie eindrang, schlang sie ihre Beine um seine Hüfte. Eine Weile bewegten sie sich nicht. Dann hob er sie hoch und setzte sich mit ihr aufs Sofa. Seine Hände griffen in ihre Haare, diesmal umfassten ihre Hände seinen Hals. Immer schneller bewegte sie sich, seine Hand verschwand zwischen seinem Bauch und ihren Beinen. Als er kam, drückte sie ihm die Luft ab.

Mitten in der Nacht stand sie auf und schlich leise durch die Wohnung. Es gab nur wenige moderne Möbelstücke, die selbst im schwachen Licht des Mondes, das durch das Fenster fiel, teuer aussahen. Teuer und ganz sicher nicht aus dem Katalog. Der Dielenboden war frisch geölt.

An den Wänden hingen Poster hinter rahmenlosem Glas. Led Zeppelin. The Kinks. The Who. The Doors. Irgendwo auch Frank Zappa. Konzertankündigungen. London. Amsterdam. Kopenhagen. Montreal. Die Eintrittskarten dazu waren nach Datum sortiert und ordentlich aufgereiht in kleineren Glasrahmen.

Stairway To Heaven.

Leise suchte Alex ihre Sachen zusammen und zog sich an. Lepke wachte nicht auf, als sie die Tür hinter sich zumachte. Erst als sie schon im Treppenhaus war, ging ihr auf, dass die Eintrittskarten unmöglich alle von Lepke selbst stammen konnten. Es sei denn, er wäre bereits als Säugling bei den Doors gewesen. Aber auch dann kam es nicht hin. Sie musste in der Personalakte mal sein Geburtsdatum überprüfen. Oder ihn selbst fragen. Irgendwann mal.

*

Als sie auf der Straße stand, bestellte sie sich ein Taxi. Als Kind war sie gerne im Auto mitgefahren, später hatte sie das Geld lieber für Bier ausgegeben, statt es in eine Taxifahrt zu investieren. Jetzt stieg sie nach Ewigkeiten mal wieder in ein Taxi. In Berlin braucht man keine Taxis, dachte sie. Berlin ist ein Moloch, in dem man sich auf unterirdischen Wegen und Gassen bewegt. In Berlin ist jeder eine Ratte. Ob er will oder nicht.

Der Taxifahrer beäugte sie von der Seite. Als sie stumm blieb, fuhr er los, ohne zu fragen, ob sie überhaupt ein Ziel hatte. Er gehörte noch zu der Sorte Fahrer, die früher einmal Droschkenkutscher hießen und keine Fragen stellten. Sein dicker Bauch passte kaum hinter das Lenkrad, auf dem Kopf trug er eine alte Schiffermütze.

»Zum nächsten Hafen«, sagte Alex nach einer Weile. Es klang fast wie eine Frage.

Der Fahrer tippte sich mit zwei Fingern an die Mütze. Alex lehnte sich zurück und drehte den Kopf so, dass sie aus dem Seitenfenster das Licht der Straßenlaternen und Werbetafeln vorbeiziehen sah. Gelb wechselte zu Pink und Rot, hoch über sich konnte sie die schwarzen Silhouetten der Häuser lauern sehen. Das Taxi bog nach rechts ab, links war ein Park, schlagartig war es stockdunkel, die Leuchtreklamen waren wie ausradiert. Alex hatte keine Ahnung, wo sie sich gerade befanden. Sie kannte sich in dieser Gegend nicht besonders gut aus. Als sie kurz die Augen schloss, wurde ihr schwindelig.

»Friedhof«, kommentierte der Taxifahrer und deutete nach rechts.

Nach einer weiteren Kurve konnte Alex Wasser erkennen. Sie folgten dem Ufer, irgendwann tauchten wie aus dem Nichts Lagerhallen und übereinandergestapelte Container auf. Das Taxi hielt. Der Fahrer stellte den Motor aus und lehnte sich ebenfalls zurück.

»Westhafen, Becken 2«, sagte er. Mehr nicht.

Vor ihnen ragte haushoch ein Containerschiff auf, als wollte es den Himmel verdecken. Als der Fahrer das Fenster herunterließ, meinte Alex, leise das Wasser gegen die Kaimauer klatschen zu hören.

»Früher habe ich Philosophie studiert«, sagte der Fahrer, während er zwei Zigaretten anzündete und ihr eine hinhielt, »vor vierzig Jahren! Warst du schon mal in einem Philosophieseminar?« Er blies den Rauch aus. »Die reinste Freakshow ist das, das kannst du mir glauben. Ich erinnere mich noch an mein letztes Seminar, ein Kolloquium, kurz vor meiner Magisterprüfung, die ich dann nie gemacht habe. Mir gegenüber saß ein alter Professor, der sich ununterbrochen mit einem Bleistift den Rücken unter seinem verschwitzten Hemd kratzte, links von mir ein jüngerer Student, der immer aus einer Wasserflasche trank und sich dabei fürchterlich vollsabberte. Und dann gab es noch den Dicken mit den Hosenträgern und den braunen Cordhosen, der mitten in seinem Vortrag vom Stuhl gefallen ist, weil er zu weit vorne an der Kante gesessen hatte. Lach nicht, Mädchen, ich hab das nicht erfunden, ich sag dir, eine Freakshow. Ich erinnere mich noch, als wäre es gestern gewesen. Genauso wie ich mich noch an all die Träume und Ideen erinnere, die ich damals hatte, großartige Pläne, was ich irgendwann mal machen wollte, um die Welt zu verändern. Aber das ist lange her. Verdammt lange her.«

Alex nickte. Auch sie hatte keine Pläne mehr. Früher hatte sie gewusst, warum sie Polizistin werden wollte. Hatte Ideale gehabt, für die sie einstehen wollte. Jetzt war sie sich nicht mehr sicher, ob das jemals realistisch gewesen war. Sie fühlte sich ohnmächtig. Hilflos. Überflüssig.

Plötzlich hatte sie wieder das Bild von frischen Hämatomen auf bleicher Haut vor sich. Wer auch immer diese Frauen umgebracht hat, dachte sie, vielleicht hat er ihnen sogar einen Gefallen getan. Ein Gedanke, den sie nicht denken sollte. Dennoch: Überall in dieser Stadt, hinter den beleuchteten Fenstern und den Spitzengardinen, werden Frauen geschlagen, vergewaltigt, missbraucht. Bis 1997 gab es noch nicht mal ein Gesetz gegen Vergewaltigung in der Ehe, und noch heute sind Frauen so gut wie machtlos gegenüber dieser Art von Verbrechen. Und die Täter sitzen womöglich auch noch in unseren eigenen Reihen, jeder Kollege kann einer von diesen Männern sein. Manchmal verstand sie, warum es Leute gab, die Selbstjustiz üben wollten. Die Vorstellung, sich zu wehren, wenn man sonst keine Hilfe bekam, war ihr nur zu bekannt. Mehr und mehr war es ihr zuwider, darauf zu pochen, dass die Polizei doch da war, um zu helfen. Um Unschuldige zu schützen. Aber tat sie das wirklich? Prügelten Polizisten nicht viel lieber auf linke Demonstranten ein, schikanierten Menschen, die fremdländisch aussahen, kassierten Bußgelder von Fahrradfahrern, die nicht beide Hände am Lenker hatten? Und sie selbst war gestern Abend niedergeschlagen worden. Niemand war da gewesen, um ihr zu helfen. Keine Kollegen. Nur sie und jemand, der ihren Namen kannte.

Sie hatte plötzlich das Gefühl, dass sie eine Kleinigkeit übersah. Etwas an diesem Überfall hatte sie stutzig gemacht, ohne dass sie es wirklich begriff. Sie kam nicht darauf, was es gewesen war. Aber sie war sich auf einmal sicher, was sie tun musste.

Sie tippte dem Taxifahrer auf die Schulter und ließ sich nach Hause fahren. Während sie die notwendigen Sachen wahllos in die Motorradtaschen schob, überlegte sie, dass sie Wagner erst von unterwegs anrufen würde. Dann wäre es zu spät, um sich anders zu entscheiden.

Wenn sie gut durchkam, würde sie kaum mehr als sechs Stunden brauchen, vielleicht sieben. Im Netz rief sie die Abfahrtszeiten der Fähre auf. Wenn sie gleich losfuhr, konnte sie es schaffen.

Draußen stahl sich zaghaft die Morgendämmerung durch die kahlen Äste der Bäume. Ein einzelner Schwan auf dem Kanal drehte den Kopf zu ihr, als sie das Motorrad startete.

*

Das kleine Haus war mit Reet gedeckt, Tür und Fensterrahmen waren in einem dunklen Rot gestrichen. So wie man es eigentlich nur in Schweden erwarten würde. Alex stieg über den weiß gestrichenen, kniehohen Zaun und stellte ihre Taschen auf dem Rasen vor dem Haus ab. Vom Ende der kleinen Straße hörte sie Hufgeklapper, über dem Heller kreischten die Möwen gegen die verordnete Mittagsruhe an.

Bevor Alex die Haustür aufschloss, spähte sie durch das kleine Küchenfenster. Eine Teekanne stand auf dem Tisch. Ein Stövchen. Ein Glas mit Kandiszucker. Sie war sich sicher, dass im Kühlschrank frische Milch für sie bereitgestellt war.

Aber dann schleppte sie ihre Taschen in den Wintergarten und legte sich auf das blümchengemusterte Sofa, gerade dass sie es noch schaffte, die schweren Stiefel abzustreifen. Bevor sie die Augen schloss, hatte sie noch einmal Wagners Stimme im Ohr.

»Urlaub?«, hatte der Komponist am Telefon entgeistert geschnaubt. »Urlaub! Ich glaube, es hackt. Das schminken Sie sich mal ganz schnell wieder ab.

Jetzt hören Sie mir mal gut zu, Alex. Es ist kurz vor elf, Sie sind schon seit gut zwei Stunden überfällig. Und jetzt schwingen Sie gefälligst die Hufe und … Was? Haben Sie was gesagt?«

»Nicht zu Ihnen. Ich musste nur gerade meine Fahrkarte vorzeigen.«

»Ihre Fahrkarte? Wovon reden Sie? Was ist das überhaupt für ein Geräusch da im Hintergrund?«

»Wenn Sie das Tuten meinen – das ist die Fähre, die gleich ablegt. Und jetzt hören Sie mir mal bitte zu. Entweder Sie bewilligen mir ein paar Tage, oder Sie haben noch vor Ende der Woche meine Kündigung auf dem Tisch.«

Für einen Moment war einzig das Schnaufen zu hören gewesen. Dann hatte Wagner fast zögerlich gefragt: »Sie meinen das ernst, oder? Was ist passiert?«

»Etwas, worüber ich im Moment nicht reden möchte.«

»Gut, wie lange brauchen Sie?«

»Ich weiß es nicht. Zwei, drei Tage – bis ich wieder klar denken kann.«

Sie hatte förmlich sehen können, wie Wagner unwillig den Kopf schüttelte, bevor er aufstand und die Tür zu seinem Vorzimmer schloss.

»Urlaub ist scheiße. Können wir sagen, dass Sie eine Spur verfolgen, die sich unerwartet aufgetan hat? Gut. Ich brauche also eine Spesenabrechnung von Ihnen, denken Sie daran.« Unvermittelt hatte er dann zum Du gewechselt. »Du hast meine Handynummer,

Alex. Ich bin Tag und Nacht für dich erreichbar, nur dass du das weißt.«

Sie hatte nicht gewusst, was sie antworten sollte, und einfach die Verbindung unterbrochen. Obwohl sie sich jetzt doch zu erinnern meinte, dass sie wenigstens noch ein »Danke« rausgekriegt hatte. Aber da hatte Wagner sie wahrscheinlich schon nicht mehr gehört ...

Als Alex hochschreckte, hatte sie fast vier Stunden fest geschlafen. Sie schwitzte unter der Lederkombi, und die Beule an ihrem Hinterkopf schmerzte. Nachdem sie in dem winzigen Badezimmer unter der Dachschräge geduscht und sich frische Sachen angezogen hatte, entdeckte sie auf dem Küchentisch den Zettel mit der Wegbeschreibung zum nahegelegenen Inselrestaurant. Und auf einmal war sie froh, hier zu sein. Sie nahm das mitgebrachte Bier aus der Tasche, drehte sich eine Zigarette und setzte sich auf die Stufen vor dem Haus. Als ihr Magen nach einer Weile anfing zu knurren, stand sie auf und machte sich auf den Weg zum Inselrestaurant. Vom Watt her stieg Nebel auf und mischte sich mit der Dämmerung. Die geduckten Häuser links und rechts neben der Dorfstraße blickten ihr mit leeren Augen hinterher.

*

Das Restaurant war fast gänzlich leer. An der Theke saß ein Mann mit Vollbart und trank sein Bier. Kein Stress. Keine Termine. Keine Hektik. In der hinteren Ecke hatte sich ein älteres Pärchen versteckt, ihre bunten Regenjacken verrieten, dass sie Touristen waren. Alex unterdrückte den Wunsch, sich einfach neben den Bärtigen, der aussah, als wäre er einer Jever-Reklame entstiegen, an die Theke zu setzen – schließlich war sie hier, um sich zu erholen. Sie bestellte eine Nordseekrabben-Suppe, die Fischlasagne und eine Flasche vom billigsten Rotwein.

Der Kellner musterte sie unbefangen. Alex konnte nicht recht entscheiden, ob er es als eine Zumutung empfand, dass außerhalb der Saison überhaupt Gäste kamen, die bedient werden wollten, oder ob er einfach nur dreist war. Auf jeden Fall kam er aus Hessen, Fulda vielleicht. Fulda erschien ihr passend für unfreundliche Kellner. Sie hatte mal einen Freund aus Fulda gehabt.

Zu allem Überfluss hatte der Kellner auch noch einen Sprachfehler, die Konsonanten vermengten sich bei jedem Wort. Vielleicht bin ich unfair, dachte sie, vielleicht sitzen hier nur nicht besonders oft einsame Frauen in einer Motorradjacke herum und bestellen den billigsten Rotwein nur für sich allein.

Als die Suppe kam, fiel ihr ein, dass sie erst kürzlich einen Beitrag gesehen hatte, wie Nordseekrabben zum Pulen nach Nordafrika geschafft werden, eingelegt in eine Lake aus Konservierungsmitteln, damit sie den weiten Weg hin und zurück überstehen. Wahrscheinlich würde sie von einer einzigen Suppe nicht sterben, aber ihr war trotzdem der Appetit vergangen. Sie schob den Teller zur Seite und füllte sich schnell ihr Weinglas nach. Der Kellner würde sie jetzt noch weniger verstehen.

Die Lasagne schwamm in einer undefinierbaren Soße aus Tomatenmark und zu viel Öl. Draußen war es mittlerweile dunkel geworden. Vor dem Restaurant stand ein großer alter Walnussbaum, bei jedem Windstoß schlugen die Äste gegen das Dach. Als sich Alex das letzte Glas Wein einschenkte, meinte sie, aus den Augenwinkeln einen Schatten hinter dem Baumstamm zu erkennen, aber vielleicht war es auch nur die Spiegelung in der Scheibe, die sie irritierte. Von ihrer Lasagne aß sie nur wenige Bissen, dann verlangte sie noch eine weitere Flasche Wein und die Rechnung. Der Kellner fragte erst gar nicht, ob es ihr geschmeckt hatte.

Den Wein nahm sie mit.

Auf dem buckligen Kopfsteinpflaster war es stockdunkel. Straßenbeleuchtung schienen die Insulaner nicht zu kennen oder sich für die Saison aufzusparen. Alex brauchte einen Moment, bis sich ihre Augen an die Dunkelheit gewöhnt hatten. Und schließlich genoss sie den kurzen Spazierweg, die friedlichen Schatten der Inselhäuser, das Fehlen jeglicher Lichtreklame, das entfernte Rauschen der Brandung, das in gleichmäßigem Rhythmus über die Dünen schwappte.

Aber dann war plötzlich ein neues Geräusch hinter ihr. Als hätte jemand kurz gehustet. Dazu Schritte, die sich bemühten, im gleichen Takt zu bleiben wie ihre eigenen. Die verstummten, sowie sie anhielt. Und sich wieder in Bewegung setzten, wenn sie weiterging.

Mach dich nicht lächerlich, dachte Alex, es ist nur die Dunkelheit, die dich wieder an das erinnert, was dir gerade erst passiert ist. Aber du bist nicht in Berlin, du bist auf einer verschlafenen Insel, weit weg von jeglicher Bedrohung. Wo niemand ist, kann dich auch niemand überfallen …

Trotzdem fing sie unwillkürlich an, schneller zu gehen. Die letzten Meter rannte sie fast, nur darauf bedacht, in der Dunkelheit nicht zu stolpern.

Als sie die Haustür hinter sich ins Schloss drückte, raste ihr Puls. Sie machte die Flasche Wein auf und trank einen langen Schluck. Schloss die Haustür hinter sich doppelt ab und ließ den Schlüssel im Schloss stecken. Verzichtete aufs Zähneputzen, nahm die Flasche mit nach oben in die Schlafkammer und legte sich aufs Bett. Das Rauschen des Meeres war jetzt viel deutlicher als vorher, vielleicht hatte der Wind gedreht. Das Fenster der Kammer klapperte leise, ab und an ächzten die Dachbalken über ihr, als das Holz sich in der Kälte der Nacht zusammenzog. Von unten, von der Küche, brummte der Kühlschrank. Wie ein treuer Freund, der ihr sagen wollte, dass sie nicht alleine war.

Kurz darauf merkte Alex, wie die Wut kam. Die Wut über sich selbst, über ihre Angst, ihre lächerliche Reaktion, als sie davongerannt war. Über diesen verdammten Fall, der ohne Erbarmen ihre tiefsten Wunden wieder aufgerissen hatte.

Als sie aufwachte, hatte der Wind die Wolken vertrieben. Der Mond tauchte die Kammer in ein unwirkliches, fahles Licht. Ganz deutlich vernahm sie ein Geräusch aus dem Erdgeschoss. Eine Art verzögertes Klopfen, wie von Stiefelabsätzen, die ihren Weg über die Fußbodendielen suchten.

Sie spürte, wie das Adrenalin durch ihren Körper schoss. Sie kannte den Moment nur zu gut, in dem der Kopf von einer Sekunde auf die nächste vollkommen ausgeschaltet wurde und nur der Körper reagierte. Weil irgendwo im Unterbewusstsein eine Erinnerung abgespeichert war, die sich nicht steuern ließ. Ein Gegenstand, ein Geräusch, ein Geruch. Ohne die geringste Chance, sich dieses Vorgangs überhaupt bewusst zu werden.

Schritte gehörten nicht dazu, dachte sie fast erleichtert, als die befürchtete Panikattacke ausblieb.

Gleich einer Katze rollte sie sich aus dem Bett und zog ihre Dienstwaffe aus der Packtasche, die neben dem Nachtschränkchen stand. Mit der entsicherten Heckler & Koch vorschriftsmäßig in beiden Händen schlich sie zum Treppenabsatz. Die erste Stufe knackte laut, mit dem Rücken an der Wand tastete Alex sich nach unten. Jetzt schwenkte sie die Waffe in Richtung Küche. Vor dem nächsten Schritt in den Flur zögerte sie kurz. Sie löste die linke Hand vom geriffelten Griff der Waffe und fasste hinter sich nach der Türklinke. Die Haustür war nach wie vor verschlossen, auch der Schlüssel steckte noch.

Ein plötzlicher Knall ließ sie herumwirbeln. Als sie sich dabei in den alten Mänteln an der Garderobe verfing, stieß sie einen unterdrückten Fluch aus. Gleich darauf war sie wieder völlig konzentriert. Der

Knall war aus dem Wintergarten gekommen. Von dort führte eine Tür direkt auf die von Hagebuttenbüschen umstandene Terrasse, das hatte sie gestern Nacht vergessen. Es dauerte eine Weile, bis sie sich Schritt für Schritt durch den Flur getastet hatte und den verglasten Anbau überblicken konnte.

Die Wintergartentür stand offen und schlug leise im Wind. Auf der Terrasse war nur schemenhaft der rostige Gartengrill zu erkennen. Und ein Liegestuhl war umgestürzt. Der nächste Windstoß drückte ihn über die Steinplatten in die Hecke.

Plötzlich waren auch die Wolken wieder da. Schwer und schwarz jagten sie vor dem Mond dahin und warfen ein wirres Muster aus Licht und Schatten über den Garten.

*

Am nächsten Morgen war sich Alex nicht sicher, ob sie alles nur geträumt hatte. Ihr Kopf fühlte sich an wie im Nebel gefangen, vor den Fenstern waren Vorhänge aus dunkel glänzendem Regen. Unaufhörlich rauschten die Wassermassen an den Scheiben herunter. Alex schleppte sich zur Küche und trank gierig aus dem Hahn. Danach ging sie wieder nach oben ins Bett. Ihre Waffe legte sie auf den Nachttisch. Erst am Nachmittag stand sie kurz auf, um zu duschen. Es regnete noch immer. Aber jetzt schien der Regen das Haus wie in einen Kokon zu hüllen, den nichts und niemand durchdringen konnte.

Alex verschlief den Abend und die folgende Nacht, gefangen in Träumen, die wie durch ein Wunder nicht bedrohlich waren, sondern ihre Ängste in die Flucht trieben, als hätte die Ebbe sie mit hinaus aufs Meer genommen.

Als der nächste Tag anbrach, musste Alex feststellen, dass sie nichts zum Essen im Haus hatte. Sie zog einen dicken Kapuzenpullover an und fragte in der gegenüberliegenden Pension, ob sie noch einen Platz im Frühstückszimmer hätten.

Der verglaste Frühstücksraum katapultierte sie in die Fünfzigerjahre zurück und vermittelte ihr das Gefühl, nichts weiter als ein Feriengast zu sein. Sie aß Rührei und frische Brötchen, die noch warm waren, probierte diverse Marmeladen aus kleinen Glasschälchen und versprach, am nächsten Morgen ganz bestimmt wiederzukommen. Dann lief sie zum Strand.

Der Wind zerrte an ihren Klamotten und Haaren. Auf der Dünenkette blieb sie stehen und atmete einige Male tief ein. Vor ihr lag das aufgewühlte Meer. Barfuß ging sie durch den tiefen Sand hinunter zum Flutsaum. Muscheln knackten unter ihren Schritten. Sie lief ohne Ziel, einfach immer weiter, bis sie das Inselende erreicht hatte und jenseits der mit der auflaufenden Flut hereinströmenden Wassermassen den Leuchtturm der nächsten Insel ausmachen konnte.

Schlagartig zog sich der eben noch weite Himmel zu. Graue Wolkentürme führten Krieg gegeneinander. Nach wenigen Minuten fielen die ersten Tropfen, wie strömendes Blut in einer Schlacht.

Alex entschied sich für den gepflasterten Weg durch die grünen Dünen, in der Hoffnung, dort schneller voranzukommen. Zurück zum Dorf. Zum Haus. Zur warmen Dusche und trockenen Klamotten.

Die auf dem sandigen Untergrund buckelnden Klinkersteine schlängelten sich scheinbar endlos durch die Dünentäler, vorüber an verkrüppelten Kiefern und Sanddornbüschen. Ganz am Ende konnte Alex das Dorf erahnen, als sie vom ersten Blitz aus ihrer Einsamkeit gerissen wurde. Gleich darauf folgte das Brüllen des Donners. Das Gewitter war bereits direkt über ihr. Ohne Ankündigung. Ohne Vorwarnung. Die Blitze schienen so nah, dass Alex deutlich ihre zerrissenen Adern erkennen konnte. Auf ihrer Haut fühlte sie die Elektrizität. Unnachgiebig zerfetzten die Einschläge den Himmel und rissen Kluften ins Grau.

Alex suchte nach einem Platz, wo sie Unterschlupf finden könnte. Aber es gab keinen. Sie begann zu rennen. Auf der offenen Dünenfläche war sie mit Abstand der höchste Punkt, aber sie wagte es nicht, sich hinzukauern und abzuwarten. Sie sah sich selbst als kleines Kind, an einen Stuhl gefesselt, mitten auf einer Wiese sitzen. Nur der Hund war bei ihr, zitternd lag seine Schnauze auf ihrem nackten Knie. Die Blitze zuckten. Und sie weinte.

*

Als sie am nächsten Morgen wieder die Frühstückspension betrat, griff sie ohne nachzudenken nach der Tageszeitung, die auf dem Tisch neben der Tür lag. Auf der Titelseite stand in großen Buchstaben: BRUTALER SERIENMÖRDER ERSTICKT FRAUEN IN BERLIN!

Das war nicht wirklich überraschend. Sie hatte es auch in den letzten beiden Tagen nicht geschafft, den Kopf freizubekommen und zu vergessen, was passiert war. Die ermordeten Frauen und der Überfall in der U-Bahn-Station hatten sich in ihren Gedanken zu einem zähen Knäuel verwoben. Und irgendwo war da auch die unausgesprochene Furcht davor, begreifen zu müssen, dass sie auf der völlig falschen Fährte waren.

Das Brötchen schmeckte am diesem Tag fade, trotz der selbst gemachten Himbeermarmelade. Der Kaffee war nicht stark genug. Alex war umsonst geflohen. Vor dem Fall. Vor den ermordeten Frauen. Vor ihren Erinnerungen. Vor … Lepke!

Er hatte mindestens zwanzigmal versucht, sie auf dem Handy anzurufen. Aber sie war nicht rangegangen. Auch nicht, als Maja sich gemeldet hatte. Jetzt konnte sie sich nicht mehr länger verstecken. Davonrennen.

Nichts sehen. Nichts hören. Nichts fühlen.

Es ging nicht mehr. Mit erschreckender Klarheit begriff sie, dass sie sich endlich ihrer Vergangenheit stellen musste. Erst dann würden sich die aufgeplatzten Nähte über ihren Narben wieder schließen lassen.

Und plötzlich war da eine Frage in ihrem Kopf, die sie für einen Moment fast schwindelig werden ließ: Was, wenn das alles nur wegen ihr geschah? Wenn ihre Vergangenheit sie eingeholt hatte? Wenn ihr Vater … Es passte alles zusammen. Er war zurück! Er hatte sie gefunden. Und er wollte sie leiden sehen. Es war etwas nur zwischen ihnen beiden, alles fing wieder von vorne an. Er wollte sich an ihr rächen, weil sie ihm entkommen war. Aber die Morde an den Frauen sollten sie daran erinnern, dass es kein Entkommen gab, dass sie ihm hilflos ausgeliefert war, dass nur er und niemand anders bestimmte, wann es vorbei war. Es wiederholte sich alles. Sie war abermals nichts weiter als eine stumme Beobachterin, die bei der erstbesten Gelegenheit versuchte davonzulaufen.

Sie brauchte keine Viertelstunde, um ihre Taschen zu packen, nach weiteren zehn Minuten war sie am Hafen und nahm ein Wassertaxi zum Festland. Die Gischt und der Wind wehten ihr ins Gesicht, und als ihre Augen anfingen zu tränen, war es, als würde ein sorgfältig errichteter Damm davongespült.

Sie blickte kein einziges Mal zurück zur Insel, sondern versuchte, mit ihrem Körper den Bewegungen des Boots zu folgen, das zwischen den Baken gegen die Wellen ankämpfte. Als sie auf den Anleger kletterte, fühlten sich ihre Beine wacklig an.

Sie holte ihr Motorrad vom Parkplatz und machte sich auf den Weg zurück nach Berlin.

Die schwere BMW hing gut am Gas und schien an der Fahrbahn zu kleben, selbst als Alex auf den schmalen Deichstraßen jede Geschwindigkeitsbegrenzung ignorierte. Kurz vorm Bremer Kreuz hätte sie fast einen Unfall gebaut, an der nächsten Raststätte zwang sie sich zu einer kurzen Pause. Ihr Kopf pochte.

Ihr Vater war zurück. – Nein, es konnte nicht sein! Es passte vielleicht als Gesamtbild, aber bei den Details stimmte etwas nicht. Sie musste aufpassen, dass sie nicht ihrer eigenen Paranoia aufsaß. Aber wenn doch? Wenn ihr Verdacht doch richtig war?

Sechs Stunden später hielt sie vor dem Präsidium.

*

Sie erkannte den Büroraum kaum wieder, es wirkte, als hätte jemand versucht, möglichst viele Polizisten auf möglichst wenig Platz zusammenzupferchen. Zögernd blieb Alex im Türrahmen stehen. Als ihr von hinten jemand auf die Schulter tippte, zuckte sie unwillkürlich zusammen. Der kopfabtastende Staatsanwalt lächelte sie entschuldigend an.

»Sie sind zurück ...«

Seine Hand fuhr zum Hinterkopf.

»Bin ich, aber wo ist mein Team?«

»Es wurde schon wieder eine Leiche gefunden. Herr Polizeidirektor Wagner ist ganz außer sich.«

Alex schluckte.

Ihr Vater würde nicht aufhören.

»Ist er in seinem Büro?«

»Eben war er noch da.«

Die Hand wanderte weiter zur linken Seite des Kopfes. Alex wartete nicht ab, ob die Suche nach was auch immer dort erfolgreicher sein würde.

Wagner suchte irgendetwas unter seinem Schreibtisch. Als er Alex erblickte, schien sich für einen kurzen Moment so etwas wie Freude auf seinem Gesicht abzuzeichnen. Gleich darauf blaffte er: »Was wollen Sie hier? Gehen Sie nach Hause!«

»Der Staatsanwalt hat gerade gesagt …«

»Nichts da. Sie wollten eine Auszeit. Jetzt nehmen Sie auch gefälligst eine.«

»Wo ist der Tatort? Ich brauche die Adresse.«

Wagner schüttelte den Kopf, als wollte er deutlich machen, dass er längst aufgegeben hatte, irgendetwas verstehen zu wollen. Weder die Welt da draußen noch Alex vor seinem Schreibtisch. Dann seufzte er.

»Akazienallee 18. Aber Alex, es wäre wirklich besser …«

Alex war schon aus der Tür. Wieder Charlottenburg, dachte sie.

Sieh genau hin, wie sie sich windet vor Schmerzen!

Der fünfte Mord

Am Industriehafen in Spandau lenkt ein ehemaliger Philosophiestudent, der gerne Lehrer geworden wäre, aber jetzt schon seit fast vierzig Jahren Taxi fährt, seinen Wagen direkt an die Kaimauer und überlegt nicht zum ersten Mal, ob er einfach Gas geben soll.

In einem Altenheim in der Nähe des Klinikums Am Urban steigt eine Bewohnerin vorsichtig über den Blumenstrauß hinweg, den die Heimleitung ihr zum Geburtstag vor die Tür gestellt hat, und nimmt die Feuertreppe zum Hinterausgang, um sich mit ihrem Rollator zur Ankerklause am Kottbusser Damm zu schieben – was danach kommt, wird sie entscheiden, wenn es so weit ist.

Am Amtsgericht in Moabit legt der Anwalt des Bundespolizisten Thomas B. Einspruch gegen den Strafbefehl ein, da der erigierte Penis auf der Handynachricht an die Vierzehnjährige nicht zweifelsfrei dem Polizisten zuzuordnen ist.

Ein Mann schlägt einer Frau ins Gesicht.

Eine stattliche, weiß getünchte Villa mit einer zu breiten Vordertreppe zwischen zu protzigen Säulen. Das Klingelschild war aus Messing und so groß wie ein kleines Plakat. Wolfgang P. Graf. Die Initialen waren größer gesetzt und mit Schnörkeln versehen. Alex registrierte, dass die Tatorte bislang nicht nach Geld oder auch nur bescheidenem Wohlstand ausgesehen hatten, hier war es eindeutig anders.

Die Eingangstür war nur angelehnt. Links von der imposanten Halle lag die Küche. Ein Mann in einer weißen Leinenhose und mit einem schwarzen Hemd stand mit dem Rücken zu ihr, der Wasserhahn an der Spüle war aufgedreht. In dem Moment, in dem Alex begriff, dass Graf sie weder gesehen noch gehört hatte, wich sie auch schon zurück und stieg die Treppe in den ersten Stock hinauf.

Ihr war klar, dass sie zu spät kam. Vor dem Haus hatten nur ein Porsche Cayenne und der VW-Transporter der Spurensicherung gestanden, die Rechtsmedizin hatte die Leiche also bereits mitgenommen, auch Lepke und die Kollegen waren offenbar nicht mehr da, aber von oben hörte sie die Stimmen der Spurensicherer.

Sie nickte dem Leiter der Abteilung kurz zu und versuchte, sich einen Überblick zu verschaffen. Die Leiche war im Schlafzimmer gefunden worden, nach den aufgestellten Nummern der Spurensicherung zu schließen, hatte sie auf dem Boden am Fußende des Bettes gelegen. Auf der Kommode entdeckte sie einen Brief, adressiert an eine Uta Becker. Alex nahm an, dass es die Verstorbene war. Mehr hatte der Raum ihr nicht zu sagen, aber es würde reichen, um später mithilfe der Fotos eventuelle Fragen klären zu können.

Sie war bereits wieder in der Eingangshalle, als sie sich – einem plötzlichen Impuls folgend – ins Wohnzimmer schlich. Sie hatte den Raum jedoch kaum betreten, als Graf hinter ihr auftauchte.

»Was machen Sie hier? Wer sind Sie?«

»Gode, Hauptkommissarin bei der …«

»Und?«, unterbrach Graf sie. »Das erlaubt Ihnen noch längst nicht, hier herumzuschnüffeln. Außerdem waren Ihre Kollegen lange genug hier und haben mich … genervt. Aber mehr habe ich dazu nicht zu sagen, wenn ich Sie also jetzt bitten darf, das Haus zu verlassen.«

Es war ein unmissverständlicher Rauswurf, aber Alex hatte eine Frage. Wobei es ihr schwerfiel, ihre Abneigung gegen Graf nicht allzu deutlich zu zeigen.

»Die zwei Teetassen dort am Sofa, sind die von Ihnen?«

»Was? Nein. Was soll das?«

Für einen kurzen Moment schien er irritiert.

Alex konnte ein spöttisches Grinsen nicht vermeiden, als sie nachsetzte: »Ihr Haus. Ihr Wohnzimmer. Aber nicht Ihre Teetassen?«

Graf war es nicht gewohnt, ohne Erlaubnis Fragen gestellt zu bekommen. Aber er fand sich schnell wieder in seine Rolle: »Wie war Ihr Name noch mal? Das wird ein Nachspiel haben, darauf können Sie Gift nehmen.«

Alex drückte ihm wortlos ihre Karte in die Hand. Am Treppengeländer blieb sie kurz stehen und rief einer Mitarbeiterin der Spurensicherung zu, dass sie die Teetassen im Wohnzimmer als Beweismittel sichern sollten. Dann entschied sie, zurück zum Präsidium zu fahren. Wahrscheinlich würde sie niemanden mehr antreffen, aber eventuell machte der alte Grabbler Überstunden. Sie hatte ein paar Fragen an ihn, die sie möglichst noch an diesem Tag klären wollte.

Wie sie bereits vermutet hatte, war das Team nicht mehr im Büro. Auch kein anderer Polizist ließ sich blicken. Aber auf Lepkes Tisch lag eine Mappe mit den Untersuchungsergebnissen zum Tod von Claudia Ehrlich.

Auch sie war vergewaltigt worden, allerdings einige Stunden vor ihrem Tod. Die Befragung von Jochen Zeh hatte nichts ergeben, er war zur Tatzeit mit den drei Kindern in einer Imbissbude gewesen. Allerdings hatte der ältere Sohn weinend erzählt, dass Zeh öfter cholerisch war – »Er hat so rumgeschrien und Sachen auf den Boden geschmissen« –, und beim Streit mit der Mutter war er auch handgreiflich geworden. Außerdem hatte Zeh immer wieder Dinge mit der Mutter gemacht, bei denen sie sich hatte ausziehen müssen. Und jedes Mal hatte sie geschrien und versucht, sich zu wehren, wenn der Vater sie zu Boden drückte. Vergewaltigt vor den eigenen Kindern, dachte Alex. Sie wusste nur zu gut, wie die Kinder sich gefühlt haben mussten.

Und dass sie die Bilder nie wieder aus ihren Köpfen bekommen würden.

Der Sohn war nun in der Obhut des Jugendamts. Zeh hatte sich geweigert, sich weiter um das uneheliche Kind zu kümmern.

*

Die Tür zur Rechtsmedizin war verschlossen. Alex klingelte. Gerade als sie sich umdrehen und den langen Gang zurückgehen wollte, hörte sie ein Zischen. Wenig später wurde die schwere Zwischentür aufgeschoben. Ihr gegenüber stand ein jüngerer, auffällig großer Mann. Seine blonden Haare lichteten sich an einigen Stellen, an anderen schlugen sie kleine Wirbel. Er hatte eisblaue Augen, die jetzt fragend auf Alex herabsahen.

Alex hatte ihn hier noch nie gesehen.

Sie stellte sich kurz vor und fragte, wo der alte Grabbler war.

Er streckte ihr die Hand hin.

»Meyer. Ich bin neu hier, als Vertretung sozusagen …« Als er Alex' fragenden Blick sah, fügte er hinzu: »Haben Sie es noch nicht gehört?«

Sie schüttelte irritiert den Kopf. Vor ihrem inneren Auge zogen Bilder vorbei. Der alte Grabbler, wie er beim Überqueren der Straße von einem *Bild*-Zeitungs-Lieferwagen überfahren wurde. Wie er sich mit einem Skalpell verletzte und dabei mit einer ansteckenden Krankheit infizierte. Wie er betrunken in den Landwehrkanal stürzte und als bleiche Wasserleiche davontrieb …

Der große Blonde klärte sie kurz auf: Der alte Rechtsmediziner hatte ein Disziplinarverfahren am Hals, eine Praktikantin hatte einer ihrer Dozentinnen von sexuellen Übergriffen berichtet.

Alex schluckte. Vielleicht hätte sie sich schon längst einmischen sollen. Ihre Resignation machte sie zu einer schlechteren Polizistin, als sie eigentlich sein wollte. Allerdings war ihr klar, dass Prävention nicht besonders großgeschrieben wurde, es kam immer erst im Nachhinein, wenn schon etwas geschehen war, zu Konsequenzen – wenn überhaupt. Die Geschichte des großen Blonden bestätigte nur ihre Sicht, sowohl was den alten Grabbler anging als auch die Tatsache, dass sexuelle Übergriffe für Frauen selbst in einem Präsidium an der Tagesordnung waren.

Meyer holte sie aus ihren Gedanken zurück.

»Dein Kollege ist bereits da.«

Ich werde ihn Meyer zwei nennen, beschloss Alex, als er ihr mit einer Kopfbewegung bedeutete, dass sie ihm folgen sollte. Erst als sich die Tür hinter ihnen mit einem saugenden Laut schloss, wurde ihr bewusst, was er gerade gesagt hatte. Eigentlich wäre es ihr lieber gewesen, das Zusammentreffen mit Lepke noch hinauszögern zu können. Aber jetzt war es zu spät.

Lepke stand über den Leichentisch gebeugt. Fast sah es aus, als wollte er die Frau zu ihrem eigenen Tod befragen. Als er Alex' Schritte hörte, blickte er auf. Er schien einen Moment zu brauchen, bis er realisierte, wer gerade den Raum betreten hatte. Mit einer hilflosen Geste strich er sich mit der Hand durch die Haare.

»Was machst du hier?«

Das ist egal. Es kann sein, dass mein Vater zurück ist. Und dass er …

Der neue Rechtsmediziner blickte verwundert zwischen Lepke und Alex hin und her.

Lepke ballte die Fäuste. Alex sah, wie seine Fingerknöchel weiß hervortraten. Unvermittelt fing er an zu brüllen.

»Was zum Teufel machst du hier? Was willst du, was …«

Er brach mitten im Satz ab, als wäre ihm die Luft ausgegangen.

Alex zuckte mit den Schultern. Sie bekam die Worte, die sie sagen wollte, nicht zu fassen. Die Worte, die wie ein Mantra in ihren Kopf eingebrannt waren.

»Ich bin zurück.«

»Wie, zurück? Machst du das immer so? Mal weg, mal wieder da. Gerade so, wie es dir passt?«

»Nein.« Sie schüttelte langsam den Kopf und suchte seinen Blick. »Lass uns ein anderes Mal darüber reden, Lepke.«

»Erst haust du ab … und dann sagst du … wann anders?«

Er fuhr sich nochmals durch die Haare, seine Hände zitterten. Gleich darauf schob er sie in die Hosentaschen.

Alex schwieg.

»Verdammt. Sag was! Nein, sag lieber nichts. Vielleicht verschwindest du am besten wieder.«

Auch seine Stimme zitterte. Und er konnte sie nirgends verstecken wie seine Hände.

»Ich brauchte ein paar Tage für mich«, sagte Alex leise, ohne den Blick abzuwenden. »Ich konnte es dir nicht am Telefon erklären, aber ich hatte gehofft, du würdest es auch so verstehen ... Was ist los?«

»Du fragst mich allen Ernstes, was los ist? Wir sind in einer beschissenen Mordermittlung – das ist los. Und wir hatten Sex. Und dann warst du weg. Verdammt, weißt du, wie sich das anfühlt?« Er holte tief Luft, dann sagte er mit leiserer Stimme: »Scheiße fühlt sich das an. Total Scheiße. Tut mir leid, wenn du das alles nicht wolltest, aber vielleicht hättest du wenigstens Bescheid sagen können ...«

Bevor Alex antworten konnte, räusperte sich der Rechtsmediziner.

»Vielleicht wollt ihr das draußen klären? Denn dann könnte ich hier nämlich weiterarbeiten!«

»Sorry.« Alex lächelte ihn entschuldigend an. »Wir gehen gleich. Aber gibt es schon irgendwas, was wir wissen sollten?«

Sie wies mit dem Kopf in Richtung Leiche.

Lepke zog die Hände aus den Hosentaschen und betrachtete Alex und Meyer wie zwei fremdartige Wesen, die nicht zu ihm gehörten. Dann vergrub er seine Hände erneut. Starrte auf die flackernde Neonröhre an der Decke und versuchte den Eindruck zu erwecken, dass er gar nicht da war. Ein bisschen erinnerte er Alex an einen kleinen trotzigen Jungen.

Meyer zwei tippte Alex kurz gegen den Arm, um ihre Aufmerksamkeit auf sich zu lenken.

»Ich habe mir gestern die Berichte zu den anderen Opfern durchgelesen. Und so auf den ersten Blick, also ich meine, ich muss das natürlich noch genauer untersuchen, aber … Auch diese Tote hier hat Abdrücke an Hals und Handgelenken. Die Todesursache war wahrscheinlich wieder Ersticken. Ansonsten weist sie ebenso diverse Hämatome am ganzen Körper auf …«

»Ist sie vergewaltigt worden?«

»Kann ich noch nicht sagen, ich habe sie ja gerade erst gekriegt. Außerdem könnte ich ohnehin nur mutmaßen, eine definitive Aussage ist bei Vergewaltigungen so gut wie unmöglich. Aber das wisst ihr sicher.«

»Gibt es Anzeichen dafür, dass sie in der Vergangenheit ein Opfer häuslicher Gewalt war?«

»Wie gesagt, die Hämatome, aber das muss nichts heißen. Ihr müsst mir ein bisschen Zeit lassen.«

Alex bedankte sich, während Lepke bereits wortlos auf die Tür zusteuerte, als Meyer zwei sich noch einmal räusperte. »Eine Sache gibt es da noch.« Er ging zur Leiche und hob ihren linken Arm. »Hier in der Armbeuge hat sie eine Einstichstelle von einer Spritze. Was ihr da injiziert wurde, weiß ich noch nicht. Aber ganz sicher hat sie sich an dieser Stelle nicht gegen Grippe impfen lassen.«

Alex schob Meyer zwei ihre Visitenkarte über den Tisch. Die Karte, auf der sie auf der Rückseite mit Kugelschreiber auch ihre Handynummer notiert hatte.

»Sowie du etwas Konkretes hast, ruf mich bitte an. Egal wie spät es ist.«

Als sie auf den Flur trat, hörte sie ganz am Ende Lepkes Schritte verhallen. Sie beeilte sich, holte ihn aber erst draußen ein, wo er sich gerade eine Zigarette anzündete.

Der Himmel schickte ein weiteres Mal feine Fäden aus grauem Wasser herab, in wenigen Minuten würden sie klatschnass sein.

Lepke drehte ihr den Rücken zu und stieß den Rauch aus.

»Sorry. Ich hätte dir Bescheid geben sollen …«

Alex ließ den Satz in der Luft hängen. Sie war nicht gut darin, klärende Gespräche zu führen. Und noch viel schlechter, wenn es darum ging, über Gefühle zu reden. Maja wusste das. Maja ließ sie dann einfach in Ruhe.

»Ja.« Lepke wirkte enttäuscht. »Ist ja nicht das erste Mal …«

Vielleicht, dachte sie, ist auch Lepke nicht besonders gut darin, über seine Gefühle zu reden.

Sie hatte keine Ahnung, was er meinte. Vielleicht hatte es etwas mit seiner Vergangenheit zu tun. Und das wäre ihr ganz sicher eine Vergangenheit zu viel.

»Wollen wir das Thema wechseln? Vielleicht noch mal ins Büro und … arbeiten?«

»Warum nicht. Alles besser als …«

Lepke drehte sich abrupt um, als hätten sie keine Zeit zu verlieren.

Im Büro sah es aus wie auf einem Schlachtfeld. Stühle standen kreuz und quer, und die Tische waren bedeckt mit Aktenordnern, Kaffeebechern, zusammengeknüllten Chipstüten, Kaugummipackungen. Alex bemerkte das erst jetzt. Es war immer noch niemand da, nur Meyer thronte jetzt in der Mitte des Chaos hinter seinem Schreibtisch.

Meyer eins, der König des Chaos.

Er hob kaum den Kopf, sondern schaufelte in verblüffendem Tempo ein Plastikschälchen leer. Eins von vielen, die noch auf ihre Vernichtung warteten.

»War beim Chinesen. Hatte Hunger«, erklärte er mit vollem Mund. »Aber hab mir schon gedacht, dass einer von euch noch mal auftauchen würde.«

Er bückte sich und förderte ein mehrfach in Zeitungspapier eingewickeltes Paket zutage.

»Alter Großmuttertrick, Zeitungspapier isoliert«, verkündete er stolz, während er die einzelnen Papierschichten entfernte. »Bedient euch! Alles da, scharfe Gemüsesuppe, Glasnudeln, Schweinefleisch süßsauer und …« Er streckte Alex und Lepke ein Styroporbehältnis entgegen. »Voilà! Die besten Frühlingsrollen in der Stadt!«

Alex merkte, wie ihr das Wasser im Mund zusammenlief. Außer ein paar matschigen Pommes in der Autobahnraststätte hatte sie den ganzen Tag nichts gegessen.

Lepke und sie griffen gleichzeitig zu.

»Immer noch schön warm, oder?«, wollte Meyer eins wissen.

»Und den Trick hast du von deiner Großmutter?«, fragte Lepke zwischen zwei Bissen. Der spöttische Unterton in seiner Stimme war kaum zu überhören.

»Klar«, antwortete Meyer eins wie aus der Pistole geschossen. »Wenn Oma am Feuer vor der Lehmhütte kleine Äffchen gebraten hat und die Männer nicht rechtzeitig von den Bäumen runtergeklettert sind, hat sie alles in Zeitungspapier gewickelt, damit es schön warm bleibt. Was hätten wir sonst mit den Zeitungen machen sollen? Lesen habe ich ja erst gelernt, als ich zu euch in die große Stadt gekommen bin, Massa.«

Alex verschluckte sich fast an ihrer Frühlingsrolle, als sie Lepkes Gesichtsausdruck sah.

»Sorry«, sagte Lepke.

Meyer eins nickte nur, als wäre die Sache damit erledigt.

Eine Weile aßen sie schweigend weiter, der Essensgeruch umhüllte sie wie eine Glocke, in der es nichts Bedrohliches gab. Nur drei Polizisten, die ihren Hunger stillten und sich dabei näher fühlten als je zuvor. Als Lepke schließlich die leeren Packungen aufeinanderstapelte und zum Papierkorb brachte, griff Meyer eins in seine Jacke.

»Ich hab auch noch einen Glückskeks für jeden von uns.«

Wie in stiller Übereinkunft ließen Alex und Lepke ihre Kekse in ihren Taschen verschwinden.

»Hä? Was ist denn mit euch los? Wollt ihr gar nicht wissen, was drinsteht?«

»Ich nicht«, sagte Alex.

»Ich auch nicht.« Lepke.

»Ihr seid echt doof! Ich bring euch nie wieder was mit.« Meyer eins öffnete seinen Keks. Breit grinste er. »Ist ein guter Satz. Passt! Aber ich verrate ihn euch nicht. Bringt Unglück, hat Oma immer gesagt. – Okay, *back to work?*«

Ohne eine Antwort abzuwarten, öffnete er den Ordner, der ganz oben auf dem Stapel auf seinem Schreibtisch gelegen hatte.

»Also, dann hört mal zu. Zuerst die schlechte Nachricht: Bei unserer unbekannten Leiche, der ersten Leiche, wurden ebenso unbekannte DNA-Spuren gefunden. Und die gute Nachricht, zumindest unter ermittlungstechnischen Gründen, ist, dass Gabriela Leihfuß von ihrem Ehemann vergewaltigt wurde. Ebenso wie Claudia Ehrlich. Wie gesagt, gute Nachricht in dem Sinne, dass es uns vielleicht weiterhilft. Wie immer ohne Gewähr, nur die Mutmaßungen der Leichenfledderer. Ihr wisst schon, es ist schwierig, das definitiv …«

Lepke ließ sich auf einen Stuhl fallen.

»Also haben die Vergewaltigungen nichts mit den Morden zu tun, das heißt, dass der Mörder – falls es tatsächlich jedes Mal derselbe ist – die Opfer … nicht vergewaltigt.«

Meyer eins räusperte sich.

»Das Labor hat gesagt, das ist nicht ganz sicher. Es könnte auch sein, dass die Frauen zuerst von ihren Männern vergewaltigt wurden und danach vom Mörder. Wenn der ein Kondom getragen hat, sind da keine Spermaspuren zu finden. Dagegen spricht allerdings, dass sie keine Spuren gefunden haben, die sich nicht den Ehemännern zuordnen lassen. Und bei einem engen Körperkontakt wie bei einer Vergewaltigung wäre das ungewöhnlich.«

Alex fuhr sich durch die Haare.

»Gehen wir mal davon aus, dass unser Mörder kein Vergewaltiger ist – trotzdem können wir die braven Ehegatten vorladen. Eben wegen Vergewaltigung.«

»Aber wir suchen einen Mörder, alles andere …«

Meyer sprach nicht weiter, als er Alex' Blick begegnete.

»Meyer hat recht, Alex«, sagte Lepke leise.

Alex schüttelte den Kopf.

»Nein, hat er nicht. Wir sitzen hier mit mindestens zehn Leuten rum und haben nichts in der Hand. Da können wir ruhig ein bisschen Zeit aufwenden, um ein paar Vergewaltiger dranzukriegen. Kapiert ihr nicht? Die haben ihren Frauen das Leben zur Hölle gemacht, und ihr wollt sie einfach so davonkommen lassen?«

Nicht zum ersten Mal musste sie daran denken, dass der Mörder den Frauen womöglich einen Gefallen getan hatte. Aber sie wusste, dass das so nicht stimmte. Niemand darf sich das Recht herausnehmen, über andere Menschenleben zu entscheiden. Wenn sie diesen Grundsatz aufgab, war sie bei der Kripo nicht mehr richtig. Und dennoch … Es schien ihr ein Ansatzpunkt zu sein, nur bislang viel zu vage, um ihn in die Diskussion einzubringen. Sie musste den Gedanken erst mal für sich zu Ende führen. Und da war auch noch dieser andere Gedanke, der sie nicht losließ. Ihr Vater! Sie wusste, dass sie den anderen davon erzählen musste. Es war wichtig. Selbst wenn es nur darum ging, dass sie eine Reaktion brauchte, die ihren Verdacht widerlegte. Aber sie brachte die Worte nicht heraus.

»Okay.«

Meyer nickte.

»Laden wir sie morgen vor«, sagte jetzt auch Lepke. »Aber bei Friedel Ahlers läuft das nicht, wir haben nichts als Vermutungen, dass er seine Frau verprügelt hat.«

Er blickte zu Alex.

Alex trat an die Glaswand, um bei dem wild ausufernden Diagramm eine Orientierung zu finden. Als sie zu reden anfing, bemühte sie sich, alle Gefühle außer Acht zu lassen. Sich nur auf das zu konzentrieren, was sie bislang zusammengetragen hatten.

»Lassen wir den ersten Mord beiseite. Alle vier weiteren Opfer wurden geschlagen und gewürgt. Bei allen ist die Todesursache, soweit wir wissen, Ersticken durch ein Kissen. Außerdem weist jede dieser

Frauen Abdrücke an den Handgelenken auf. Tatzeit war immer gegen Abend. Weitere Gemeinsamkeiten: Die Opfer sind ausnahmslos Frauen, die schon früher unter häuslicher Gewalt gelitten haben – bei Uta Becker müssen wir das noch untersuchen –, und jede von ihnen wohnte in Charlottenburg. Außerdem wurden an allen vier Tatorten Teetassen gefunden, jeweils zwei, und es gab keine Einbruchspuren.«

»Und die ausgeführten Schläge waren schwächer, als man hätte annehmen können«, fügte Lepke hinzu.

Alex schüttelte den Kopf.

»Etwas verstehe ich nicht. Warum diese Abdrücke an den Handgelenken?«

»Die Rechtsmedizin, also der Neue, ist der Ansicht, dass die Abdrücke nicht von Fesseln stammen, sondern tatsächlich von Händen«, warf Meyer eins ein. »Von relativ kleinen Händen.«

»Der Mörder hat sie festgehalten. Und dann?« Alex streckte ihre Arme aus und ging auf Lepke zu. »Wir trinken Tee, plötzlich hältst du meine Arme. Aber was dann?«

Lepke packte sie an den Handgelenken.

»Jetzt will ich dich schlagen, aber dazu muss ich deine Arme loslassen. Das würde dir Gelegenheit geben, dich zu wehren oder davonzurennen.«

Er ließ ihre Arme wieder los.

»Vielleicht sucht er sich deswegen Opfer von häuslicher Gewalt«, überlegte Meyer eins laut. »Die haben womöglich so viel Angst, dass sie nicht wegrennen.«

»Vielleicht. Aber gehe ich das Risiko ein? Außerdem – warum haben die Frauen nicht geschrien? Das war nicht ihr Mann, sie brauchten sich keine Sorgen zu machen, dass Nachbarn etwas von ehelichen Geheimnissen mitbekommen könnten. Sie hatten Angst. Warum haben sie da nicht geschrien?« Alex drehte sich erneut zu Lepke und streckte ihm nochmals die Arme entgegen. »Vielleicht denken wir falsch. Er schlägt sie, und damit sie nicht auf den Boden knallen, hält er sie fest, wenn sie fallen.«

Sie ließ sich ohne Verwarnung fallen, gerade noch rechtzeitig konnte Lepke sie an den Handgelenken festhalten und langsam zu Boden lassen.

»Das war knapp.«

»Aber es hat funktioniert.«

Zum ersten Mal an diesem Tag lächelte er. Gleich darauf war das Lächeln aber wieder wie weggewischt.

»Es ergibt keinen Sinn, Alex. Ich schlage meine Opfer doch nicht grün und blau und passe dann aber auf, dass sie sacht zu Boden gleiten.«

»Vielleicht um keinen Lärm zu verursachen.«

Meyer eins.

»Das würde bei den Wohnungen Sinn machen, aber nicht beim letzten Tatort, bei der Villa.«

Lepke.

»Und wenn wir auf der völlig falschen Spur sind? Was, wenn …« Alex zögerte. »Ich meine, wenn es ein Serienmörder ist, dann müssten die Frauen selbst doch irgendwelche Gemeinsamkeiten haben! Ein Hobby, das sie zusammen ausüben, irgendetwas in ihrer Vergangenheit. Meinetwegen … Perlenohrringe, die sich zu demselben Schmuckgeschäft zurückverfolgen lassen. Aber Opfer häuslicher Gewalt, das ist doch kein Beuteschema! Ich glaube, das sollte uns etwas sagen, wir suchen nach jemandem, der irgendeine Verbindung zu den Opfern hat, die wir nicht sehen, weil …«

Eine Verbindung zu den Opfern. Oder zu mir …

Alex fuhr sich abermals durch die Haare. In ihrem Kopf drehte es sich.

Ihre Mutter hatte abends auch Tee getrunken.

Lepke blickte hoch.

»Woher weiß unser Täter überhaupt, dass diese Frauen Opfer von häuslicher Gewalt sind?«

Nein, es passt nicht. Es ergibt keinen Sinn!

In diesem Augenblick klingelte Alex' Handy. Irritiert nahm sie das Gespräch an.

*

Eine Weile hörte sie nur zu. Zwischen ihren Augen bildete sich eine steile Falte. Dann bedankte sie sich und legte auf.

»Das war Meyer.« Mit einem kurzen Seitenblick zu Meyer eins fügte sie hinzu: »Meyer zwei. Der neue Kollege aus der Rechtsmedizin.«

»Und?«

»Bevor Uta Becker erstickt wurde, hat der Mörder sie betäubt.«

»Wie, betäubt?«, fragten Lepke und Meyer eins gleichzeitig.

»Der Einstich in ihrer Armbeuge, der Meyer zwei schon vorhin aufgefallen war – da hat ihr jemand ein starkes Betäubungsmittel gespritzt. Erst danach wurde sie geschlagen und erstickt. Er sieht sich die anderen Leichen daraufhin nochmals an.«

Lepke schob seinen Stuhl zurück und begann auf und ab zu gehen. Immer fünf Schritte. Vom Schreibtisch zum Fenster und wieder zurück. Fünf Schritte.

Meyer eins folgte ihm mit den Augen, als würde er ein Tier in einem Käfig beobachten.

»Warum sollte jemand Frauen betäuben und dann schlagen und töten? Die Reihenfolge macht doch keinen Sinn.«

»Wir müssen komplett umdenken«, sagte Lepke. »Hier geht es nicht um Hass oder so. Kein Frauenhasser wie Jack the Ripper oder der Boston Strangler oder Fritz Honka. Nichts, was den klassischen Serienmörder ausmacht, trifft hier zu.«

Plötzlich realisierte Alex, was das bedeutete. Ihr Vater hatte nichts damit zu tun. Er hätte Spaß daran gehabt, die Frauen zu misshandeln. Er hätte sie nicht betäubt. Sie stieß scharf die Luft aus. Sie hatte nichts falsch gemacht. Die Frauen waren nicht ihretwegen gestorben. Das ganze Racheszenario, das sie sich ausgemalt hatte, war nur ihrer Fantasie entsprungen. Was nicht bedeutete, dass ihr Vater damit … freigesprochen war. Im Gegenteil! Allein die Tatsache, dass sie ihn als möglichen Täter in Betracht gezogen hatte, reichte aus, um ihn für immer zu verfluchen.

Schuldig im Sinne der Anklage.

Sie musste sich zusammenreißen, um ihre Stimme unter Kontrolle zu halten, als sie so ruhig wie möglich sagte: »Hätte der alte Grabbler seinen Job richtig gemacht, statt sich an Praktikantinnen zu vergehen, hätten wir das schon eher gewusst. Ich wette, dass es auch bei den anderen Frauen diese Einstichstellen gibt.«

»Lehn dich nicht zu weit aus dem Fenster«, warnte Lepke. »Aber gehen wir mal davon aus, dass alle fünf Frauen vorher betäubt wurden. Der Mörder narkotisiert seine Opfer, bevor er sie schlägt und erstickt. Er versucht sogar noch, ihren Fall abzumildern, indem er sie an den Handgelenken festhält. Er ...«

»Er will ihnen nicht wehtun«, beendete Alex Lepkes Satz, ohne mehr zu bewegen als ihre Lippen.

»Er will ihnen nicht wehtun, aber er will sie umbringen?« Meyer eins schüttelte verständnislos den Kopf.

»Er will, dass wir denken, er hätte ihnen wehgetan.«

Alex.

»Richtig. Wir sollen denken, dass er sie vor dem Mord verprügelt.«

Lepke.

»Entschuldigt mal, aber wieso sind wir uns eigentlich so sicher, dass der Mörder ein Mann ist?«

Meyer eins.

Lepke starrte ihn für einen Moment mit offenem Mund an, bevor er zwischen seinen Zähnen hervorquetschte: »Weil … weil sich keiner hier vorstellen kann, dass eine Frau losgeht und andere Frauen zusammenschlägt. Deshalb.«

Alex stieß einen leisen Pfiff aus, dessen Bedeutung ihr selbst nicht ganz klar war.

»So oder so, Leute, die Frage bleibt doch: Warum injiziert die Person nicht gleich so viel von dem Betäubungsmittel, dass die Opfer daran sterben? Warum diese ganze … Inszenierung?«

»Weil es genau das ist. Eine Inszenierung. Der Täter oder die Täterin will uns auf eine falsche Spur locken.« Lepke schluckte. »Und das ist ihm oder ihr ja offensichtlich auch gelungen. Zumindest wenn es stimmt, dass zunächst alle Opfer betäubt wurden, dann …«

Wie aufs Stichwort hin klingelte erneut das Telefon.

Während Alex zuhörte, hielt sie den Daumen hoch, Meyer zwei hatte gerade ihre Annahme bestätigt. Aber kurz danach erschien wieder die steile Falte auf ihrer Stirn. Sie stellte keine Fragen, nickte jedoch mehrmals. Wie in Zeitlupe legte sie schließlich den Hörer auf.

»Meyer zwei hat identische Einstichstellen bei Anna Ahlers, Gabriela Leihfuß und Claudia Ehrlich gefunden. Nicht aber bei der Unbekannten, bei unserem ersten Opfer. Bis er weiß, was für ein Betäubungsmittel benutzt wurde, braucht er noch eine Weile. Er wollte uns nur schnell vorab informieren. Außerdem hat er noch eine Entschuldigung für den alten Grabbler parat gehabt. Also dafür, dass der alte Grabbler die Einstiche übersehen hat, nicht für die Sache mit der Praktikantin. Meyer zwei sagt, bei wissenschaftlichen Untersuchungen komme es häufiger vor, dass man automatisch die Ergebnisse erzielt, die man als Prämisse voraussetzt. Auf Deutsch: Beginnt man mit der Annahme, dass es sich um Opfer häuslicher Gewalt handelt, kann man schon mal Indizien übersehen, die auf etwas anderes hindeuten. Was vielleicht auch für uns gilt«, setzte sie leise hinzu.

»Egal«, sagte Lepke unwillig. »Das Ganze bestätigt jedenfalls, dass der erste Mord aus der Reihe fällt, und zwar aus dem einfachen Grund, dass er nicht von der Person begangen wurde, die die anderen Morde verübt hat.«

»Ihr vergesst unsere Idee, dass der erste Mord etwas Persönliches gewesen sein könnte, dass der Täter oder die Täterin dadurch auf den Geschmack kam …«, gab Meyer eins zu bedenken.

Alex wischte seinen Einwand mit einer brüsken Handbewegung beiseite.

»Warum sollte jemand erst mit einem solchen Hass morden und dann bei den nächsten Opfern versuchen, sie möglichst zu schützen? Das passt nicht zusammen!«

Meyer eins rieb sich mit den Fäusten über die Wangen, dann gähnte er.

»Wie lange wollen wir hier noch weitermachen? Ich meine, wir haben was Neues, aber sollten wir nicht lieber gemeinsam mit den anderen darüber nachdenken? Oder wollt ihr den Fall heute Nacht noch lösen, um Ines und Marcel mal so richtig zu zeigen, wo der Hammer hängt?«

»Schöne Idee eigentlich.« Lepke grinste. »Obwohl du noch ein bisschen an deinen Formulierungen arbeiten solltest, Meyer. Wo der Hammer hängt! Hast du das auch von deiner Oma?«

»Hab meine Oma nie kennengelernt«, antwortete Meyer eins ernst. Um gleich darauf hinzuzusetzen: »Sie ist noch vor meiner Geburt von einem Rudel Löwen gefressen worden. Und jetzt geh ich nach Hause und schicke mal ein paar Trommelwirbel zu ihr rüber, damit sie sich keine Sorgen macht.«

Alex trat einen Schritt vor und drückte ihm die Hand auf die Schulter.

»Danke, dass du noch dageblieben bist. Es war … gut, mit dir zu arbeiten.«

»Dito«, sagte Lepke und schien kurz davor, Meyer eins zu umarmen, hielt ihm dann aber nur die Tür auf.

»Und ihr?«, fragte Meyer eins.

»Wir formulieren noch einen ersten Bericht für Wagner«, erwiderte Lepke prompt. Zu prompt.

Meyer eins zögerte kurz, schließlich nickte er und verschwand durch die Tür. Als seine Schritte im Treppenhaus verhallt waren, zog Alex ihren Tabak aus der Tasche.

Lepke bückte sich vor einem der Aktenschränke und holte einen tragbaren CD-Player hervor, von dem Alex nicht mal gewusst hatte, dass er überhaupt existierte. Vielleicht hatte Lepke ihn mitgebracht, als sie auf der Insel gewesen war. Aber die CD war eindeutig ihre. Lepke musste sie aus dem Auto mitgenommen haben. Maja hatte Des Ark vor Kurzem entdeckt und eine Zeit lang ohne Unterbrechung laufen lassen.

Every excuse that we make for men makes it that
much harder to take pride in them
he does it every night and the women find a way
to make it all seem all alright.

Lepke warf ihr einen verblüfften Blick zu, als sie die letzte Zeile mitsang, stellte aber keine Frage, sondern wippte nur mit dem Fuß im Takt.

Als Alex sich ihre Zigarette anzündete, öffnete er das Fenster. Schon nach den ersten Zügen drückte sie die Kippe auf dem Rand einer leeren Cola-Dose aus und stellte sich neben Lepke ans Fenster.

»Uns fehlt ein Motiv. Wenn diese Inszenierung, wie du es genannt hast, dazu dienen sollte, uns glauben zu machen, dass es sich um Fälle von eskalierter häuslicher Gewalt handelt, dass also die Ehemänner die Täter sind, dann bleibt doch die Frage …«

»Alex?«

»Ja?«

»Warum bist du weg, ohne mir Bescheid zu sagen?«

Alex atmete tief die kalte Nachtluft ein.

»Wegen dem Überfall ... Auch. Und wegen ein paar anderen Sachen«, flüsterte sie kaum hörbar.

Lepke schien sie trotzdem verstanden zu haben.

»Welcher Überfall? Wovon redest du? Ein Überfall auf dich? Oder ...«

Alex drehte sich zu ihm und blickte ihm direkt in die Augen. »Wenn er oder sie die Opfer zuerst betäubt hat, muss er – oder sie – Ahnung davon haben und Zugang zu einem entsprechenden Mittel, das man injizieren kann.«

»Ich habe dir eine Frage gestellt.«

»Und ich will dir offensichtlich keine Antwort geben. Lass es dabei.« Nach der Fehlfährte mit ihrem Vater vertraute sie sich selbst nicht mehr. Vielleicht hatte der Überfall gar nichts mit dem Fall zu tun und würde sie nur alle erneut in eine Sackgasse führen. Was aber, wenn es doch einen Zusammenhang gab?

»Also, noch mal, ja?« Sie stellte sich eine Armlänge entfernt vor ihn. »Wenn ich eines der Opfer bin, wie viel Zeit hast du, um mir eine Spritze in die Vene zu jagen?«

Lepke verdrehte die Augen und schien nicht gewillt, sich so ohne Weiteres auf Alex' Themenwechsel einzulassen. Erst als sie sagte: »Bitte! Mach mit. Wie viel Zeit hast du?«, machte er einen Schritt auf sie zu und riss ihren Arm hoch.

»Nicht besonders viel, ich muss den Überraschungseffekt nutzen. Und ich muss schon zigmal eine Spritze gesetzt haben, um die richtige Stelle zu erwischen.«

Er ließ ihren Arm wieder fallen und trat zurück, als wäre ihm der Körperkontakt mit ihr unangenehm.

»Außerdem kann es nicht irgendein Betäubungsmittel sein«, sagte er dann betont sachlich. »Es muss innerhalb von Sekunden wirken, sonst hätten sich die Opfer gewehrt.«

»Das ist doch schon mal was«, nickte Alex. »Damit konfrontieren wir morgen die Kollegen.«

Lepke schüttelte unwillig den Kopf. »Es macht keinen Sinn. Warum sollte wer auch immer Frauen umbringen, die von ihren Männern gequält worden sind, und ihnen aber gleichzeitig nicht wehtun wollen?«

»Ich weiß es nicht«, sagte Alex.

»Roll back the last take, throw it away«, sang Eleanor McEvoy, *»roll with the punches, ride out the waves ...«*

*

Am nächsten Morgen trafen sie gleichzeitig vor dem Präsidium ein. Ein kurzer Blick genügte, um sich wieder umzudrehen und das nächstbeste Café aufzusuchen, das bereits geöffnet hatte. Sie waren früh dran und hatten sicher noch eine Stunde, bis Wagner ihren Bericht verdaut hatte und das Team zusammenrief. Und kaum dass sie ihren Kaffee vor sich stehen hatten, fing Alex wie selbstverständlich zu reden an. Schon bei ihren ersten Sätzen merkte sie, wie ihr Unterbewusstsein bereits begonnen hatte, den Überfall in eine weitere Schublade zu stecken und zu vergessen.

Sie ärgerte sich über sich selbst. Sie hätte alles aufschreiben, sich möglichst genaue Notizen machen sollen, so wie sie selbst es den Opfern von gewalttätigen Übergriffen immer wieder rieten.

Lepke nickte ein paarmal, während sie ihre Geschichte erzählte, unterbrach sie aber nicht. Kurz erwog sie, ihm auch von der ersten Nacht ihres Aufenthalts auf der Insel zu berichten, von der Person, die eventuell im Haus gewesen war, von der offenen Hintertür. Aber sie konnte sich nicht dazu durchringen.

Lepke schob den Kaffeebecher von sich, obwohl er noch keinen Schluck getrunken hatte.

»Klingt ganz so, als gäbe es einen Zusammenhang zu unserem Fall.«

Alex zuckte mit den Schultern.

»Und die Stimme?«, fragte Lepke. »Hat sie dich an jemanden erinnert? Die Person kannte deinen Namen, sie hat dir gedroht, dass du dich nicht weiter einmischen sollst …«

Alex schüttelte den Kopf. Sie fühlte sich wie gelähmt.

Am Nebentisch ermahnte eine ältere Frau jemanden am Handy. Alex zuckte zusammen.

»Es war eine Frau«, stieß sie hervor. »Es war eine Frau, die mich überfallen hat. Die Stimme war eine Frauenstimme.«

Bevor Lepke etwas erwidern konnte, klingelte sein Handy, Wagner beorderte sie ins Präsidium.

»Wir reden später weiter«, sagte Lepke, als er zum Bezahlen an den Tresen ging.

Im Büro schob ihnen Meyer eins die Zeitung über den Tisch.

POLIZEI UNFÄHIG, hatte die *BZ* getitelt, SERIENMÖRDER NOCH IMMER AUF FREIEM FUSS!

Im nächsten Moment flog die Tür auf. Der Komponist. Seine Stimme überschlug sich: »Was steht ihr hier rum. Habt ihr nichts zu tun? Was ist das hier überhaupt? Ein Ferienlager?«

Meyer eins duckte sich erschrocken, seine Reaktion war allerdings so übertrieben, dass sie wie eine Karikatur wirkte.

Wagner merkte nichts.

»Wir brauchen Ergebnisse! Was habt ihr für mich?«

»Wir haben überlegt, die Partner der Mordopfer wegen der eindeutigen Indizien vorzuladen«, erklärte Alex. »Sie haben ihre Frauen vergewaltigt.«

»Was? Seid ihr vollkommen von der Rolle? Was ist los mit euch? Wie soll ich so eine Aktion rechtfertigen – könnt ihr mir das vielleicht mal verraten? Da draußen rennt ein Serientäter rum, aber wir kümmern uns lieber um solche Nebensächlichkeiten wie … Vergewaltigung!«

Lepke legte schnell seine Hand auf Alex' Arm, dann sagte er: »Es liegt allerdings in unserer Verantwortung als Kriminalbeamte, eindeutig Schuldige nicht einfach laufen zu lassen, auch wenn es sich dabei um Ermittlungsergebnisse handelt, die sich nicht direkt …«

»Blabla, schenken Sie sich das«, unterbrach ihn Wagner. »Dass ich nicht lache! Fehlt nur noch, dass Sie mir gleich mit den entsprechenden Paragrafen kommen, aber darauf kann ich verzichten. Ich sag Ihnen jetzt mal was, Lepke …« Er stutzte, als Lepke seinem Blick nicht auswich, und machte eine unsichere Handbewegung. »Was soll's, vielleicht haben Sie ja sogar recht«, lenkte er ein. »Marcel und Ines sollen sich um diese Vergewaltigungssachen kümmern. Aber dafür bringen Sie mir endlich Resultate. Haben Sie mich verstanden, Lepke? Alex? … Ich will Resultate. Heute noch.«

Er tippte Lepke mit dem Finger auf die Brust und verließ rückwärts den Raum. Als hätte er Angst, hinterrücks erschossen zu werden.

Kaum war Wagner aus der Tür, fing Marcel an, sich lautstark über die Aufgabe zu beschweren, die er und Ines zugeteilt bekommen hatten.

»Die angeblichen Vergewaltiger von irgendwelchen toten Frauen dranzukriegen ist doch einfach … lächerlich. Völlig absurd! Deshalb bin ich ganz bestimmt nicht beim Dezernat für Gewaltdelikte, ich meine, das ist … nicht mein Job.«

Ines' Erwiderung kam für alle unerwartet.

»Wenn du das so siehst, solltest du dir wirklich einen anderen Job suchen. Vielleicht als Unterwäschemodel für *Men's Health*.«

»Bist du bescheuert? Das ist ein Schwulenmagazin!«

»Eben«, sagte Ines trocken.

Als Meyer eins die Hände hob, um Beifall zu klatschen, zog Lepke Alex mit sich aus dem Raum.

»Wo willst du hin?«

»Rechtsmedizin.«

Ohne weitere Erklärung steuerte er das Treppenhaus an. Fünf Minuten später standen sie Meyer zwei gegenüber.

Lepke deutete auf die Metallschubladen mit den Leichen.

»Die fünf toten Frauen, die ihr hier habt …«

»Ja, was ist mit ihnen?«

»Erzähl uns bitte noch mal alle Einzelheiten der Obduktionsergebnisse.«

Meyer zwei blinzelte irritiert.

»Aber ihr habt doch die Berichte? Da steht alles drin.«

»Tu mir einfach den Gefallen. Wir sind in einer verdammten Sackgasse.« Lepke machte eine kurze Pause. »Vielleicht hoffe ich, dass du irgendein Detail betonst, das wir bisher für nicht weiter wichtig erklärt oder übersehen haben. Tu mir den Gefallen«, wiederholte er.

Meyer zwei warf Alex einen fragenden Blick zu. Sie nickte.

Vielleicht hatte Lepke recht. Vielleicht war es auch nur verlorene Zeit, und Lepke klammerte sich an einen Strohhalm, den es nicht gab. Aber da sie selbst das Gefühl hatte, nicht mehr klar denken zu können, war Lepkes Weg womöglich der richtige.

Meyer zwei zog die Augenbrauen hoch und suchte die Ordner mit den entsprechenden Berichten zusammen. Aber als er sich an einen der Obduktionstische lehnte und die Fakten zu referieren begann, schien er das meiste ohnehin im Kopf zu haben. Alex musste sich im Stillen eingestehen, dass sie davon beeindruckt war, wie er seine Arbeit machte. Und ganz offensichtlich hatte er sich auch ausführlich mit den Berichten seines Vorgängers beschäftigt.

»Leiche eins ist weiblich, Ende zwanzig, Anfang dreißig. Sie hat langes blondes Haar und eine schlanke Figur. Tendenz zur Untergewichtigkeit. Die Todesursache war eine durchstoßene Lunge durch eine der unteren Rippen. Der Tod kann allerdings nur als Erlösung bezeichnet werden, sie wurde zuvor mit Fäusten und Tritten malträtiert. Besonders auf den Kopf hatten der Täter oder die Täter es abgesehen. Wir können relativ sicher ausschließen, dass es eine Täterin war. Die Schläge sind zu stark und die Faustabdrücke zu groß. Wenn es dennoch eine Frau war, müsste sie die Statur und vor allem die Kraft einer professionellen Ringerin gehabt haben …«

Kurz verlor Alex den Faden, etwas hatte sie stutzen lassen, aber Meyer zwei redete schon weiter.

»Neben diesen Verletzungen hatte sie auch diverse ältere, die meiner Meinung nach auf häusliche Gewalt hindeuten. Außerdem hatte sie kurz vor ihrem Tod Geschlechtsverkehr. Ob der einvernehmlich war oder nicht, kann ich nicht sagen, dazu war die Leiche zu furchtbar zugerichtet. Die entnommenen DNA-Spuren sind männlich und unbekannt.«

Er holte tief Luft, als hätte ihn seine Zusammenfassung gerade selbst aus dem Konzept gebracht.

»Außerdem wurde an der Leiche ein langes blondes Kunsthaar gefunden sowie Partikel von abgeblätterter rosa-beiger Farbe. Ich würde vermuten, irgendetwas wurde entweder mit ihr begraben und später wieder entfernt, oder am gleichen Ort war bereits vorher …«

»Eine Schaufensterpuppe«, sagte Lepke. »Vergiss es. Was ist mit dem nächsten Opfer?«

»Eine Schaufensterpuppe also.« Meyer zwei nickte. »Das macht Sinn. – Gut. Leiche zwei. Ebenfalls weiblich, Mitte dreißig. Sie hat braune mittellange Locken und ebenfalls eine schlanke Figur, allerdings ein breiteres Becken. Die Todesursache war Ersticken durch ein Kissen oder eine Decke. Aber jetzt wird es interessant, bevor sie erstickt wurde, wurde sie mit Propofol betäubt. Die Ergebnisse kamen gerade vorhin rein.«

»Und Propofol ist?«, hakte Alex nach.

»Wird in Krankenhäusern als intravenöses Narkosemittel verwendet. Sehr stark, schnell wirksam und eigentlich nicht zu kriegen, jedenfalls nicht im nächsten Supermarkt.«

»Mit anderen Worten«, warf Lepke ein, »nur medizinisches Personal kommt da ran, oder?«

»Das ist euer Job, nicht meiner«, erklärte Meyer

zwei. »Aber hört erst mal weiter zu. Auch diese Leiche weist Hämatome am ganzen Körper auf, diesmal sind die Abdrücke allerdings schwächer. Die Schläge könnten also durchaus auch von einer Frau ausgeführt worden sein. Die Frau, also die Tote, war angezogen, als sie geschlagen wurde. Ich kann nicht mit Sicherheit sagen, ob die Schläge vor oder nach der Betäubung stattfanden. Es gab keine Abwehrverletzungen, sie hat sich also höchstwahrscheinlich nicht gewehrt.«

»Das heißt: Entweder kannte sie den Täter und hatte gelernt, sich nicht zu wehren, weil sie nicht zum ersten Mal verprügelt wurde, oder aber sie war bereits betäubt, als sie zusammengeschlagen wurde.«

Lepke.

»Würde beides passen. Auch bei dieser Frau habe ich länger zurückliegende Verletzungen gefunden, die ich als Indizien für häusliche Gewalt sehen würde. Es gibt allerdings keine Anzeichen von Geschlechtsverkehr. Aber etwas anderes habe ich noch, was dem Kollegen vor mir durchgerutscht war. Es gibt einen verwendbaren Abdruck einer Hand …«

»Was? Und das sagst du erst jetzt?«

»Entschuldigung, aber ich bin davon ausgegangen, dass ihr euch wenigstens die Zeit nehmt, meine Berichte zu lesen«, erwiderte Meyer zwei pikiert. »Da das jedoch nicht der Fall zu sein scheint, jetzt noch mal mündlich: Ich konnte einen Abdruck an einem Handgelenk ausmachen, der auf eher schmale Finger hindeutet. Wenn ihr mir die Hand des Täters bringt, könnte ich das vergleichen.«

Er lachte.

Alex verzog das Gesicht. Meyer zwei hatte gerade einen Minuspunkt eingefahren.

Lepke trat einen Schritt vor.

»Dieser Abdruck …«

»Ja?«

»Hast du etwas Vergleichbares bei den anderen Leichen gefunden?«

»Ja. Aber lass mich noch kurz die Ähnlichkeiten zusammenfassen, die wir auch bei Leiche drei, vier und fünf haben. Alle wurden ebenfalls durch Ersticken mit einem Kissen oder einer Decke getötet. Weiterhin wurde allen das gleiche Betäubungsmittel gespritzt. Alle weisen unterschiedliche Spuren früherer Misshandlungen auf, die letzten Schläge aber wurden mit deutlich geringerer Kraft ausgeführt. Und jetzt: Die Abdrücke an den Handgelenken sind zwar ähnlich, leider aber kaum verwendbar. Allerdings habe ich bei den letzten drei Leichen Rückstände von Talkumpulver gefunden, was auf die Benutzung von Einmalhandschuhen hinweisen könnte.«

»Schutzhandschuhe?«

»Schutzhandschuhe«, bestätigte Meyer zwei. »Die Dinger, die du wahrscheinlich in deiner Manteltasche hast, um keinen Tatort zu verunreinigen.«

»Krankenhaus«, ergänzte Alex.

Meyer zwei nickte.

»Oder Notarzt, Sanitäter, Laboranten, Friseure. – Gut, bringen wir den Rest hinter uns. Die Vergewaltigungen, die passiert sind, bevor die Frauen erstickt wurden. Die DNA-Spuren weisen auf die Partner hin. Möglich wäre allerdings auch einvernehmlicher Sex mit den Partnern einige Zeit vor dem Tod und eine Vergewaltigung dann später, beispielsweise mit einem Kondom oder einem Gegenstand und damit ohne weitere DNA. Bei der fünften Frau jedoch habe ich überhaupt keine Spermaspuren gefunden, dennoch ist sie mit an Sicherheit grenzender Wahrscheinlichkeit ebenfalls vergewaltigt worden. Und zwar auf äußerst brutale Art und Weise, will sagen, mit diversen Gegenständen. Und das nicht zum ersten Mal, sondern auch früher schon. Ein Teil ihrer Schamlippen ist aufgeschnitten, aber bereits verheilt, diese Art von Wunden kenne ich von Vergewaltigungen mit zerbrochenen Flaschen. Bei dieser Frau habe ich genügend Fingerabdrücke von ihrem Lebensgefährten gefunden. Bestimmt kann er so mit der Vergewaltigung in Verbindung gebracht werden.«

Meyer zwei blickte auf, vermied aber den Augenkontakt mit Alex.

Lepke atmete schwer aus, als hätte er bei der Darstellung des Rechtsmediziners die Luft angehalten.

»Ihr seht aus, als könntet ihr eine Zigarette gebrauchen«, sagte Meyer zwei und winkte ihnen mit der Hand, ihm zu folgen. Anstatt den Weg nach draußen einzuschlagen, bog er in einen schmalen Flur ab, bereits drei Ecken später hatte Alex jede Orientierung verloren.

In diesem Bereich des Kellers war sie noch nie zuvor gewesen. Auch hier waren die Wände gefliest, aber die Decken waren deutlich niedriger, mehrmals mussten sie sich unter Rohren und Kabelschächten hindurchbücken. Meyer zwei öffnete eine alte Fahrstuhltür, plötzlich standen sie auf dem Boden eines Luftschachts, der nach oben offen war. Eine große, graue Ratte konnte gerade noch die Flucht ergreifen. Auf einem Mauersims stand ein überfüllter Aschenbecher. Meyer zwei grinste, als er ihnen ein Päckchen filterlose Zigaretten hinhielt.

Alex lehnte sich mit dem Rücken an die verschmutzte Wand, an der Feuchtigkeit und Schimmelpilz verzweifelte Muster hinterlassen hatten. Ein paarmal zog sie an ihrer Zigarette, während sie sich Mühe gab, dem jetzt eher belanglos dahinplätschernden Gespräch zwischen Lepke und dem Rechtsmediziner zu folgen.

Zwei Heizungsrohre führten an der Wand entlang nach oben. Wie zwei offenliegende Adern, dachte Alex. In denen statt Blut das Wasser rauschte. Die knackten, als wollten sie die Schreie übertönen, das flehende Bitten, das unterdrückte Schluchzen, wenn es vorbei war.

Sie ließ die Zigarette fallen und stieß eine Entschuldigung hervor, dann quetschte sie sich durch die Tür zurück in den schmalen Gang. Ohne etwas dagegen tun zu können, fing sie an zu rennen. Rechts. Links.

Wieder rechts. Ihr Puls raste. Sie hatte Schwierigkeiten, Luft zu bekommen. Schließlich zwang sie sich, stehen zu bleiben.

Eins …

Zwei …

Drei …

Vier …

Früher hatte das geholfen. Manchmal. Manchmal auch nicht.

Fünf …

Sechs …

Sieben … Wo sind die Kinder abgeblieben? *Eight, nine, ten, and we do it all again.*

Als ihre Atmung sich beruhigt hatte, blickte sie sich um. Von einem Rohr über ihr tropfte Schwitzwasser. Der Boden war glitschig. Eine Neonröhre summte leise. Auch wenn ihr Vater nicht zurückgekehrt war, ihre Vergangenheit war eindeutig wieder da. Ebenso wie die Bilder, die sie versucht hatte zu verdrängen. Die Panik. Die Wunden lagen offen.

Sie hatte keine Ahnung, wo sie sich befand. Und sie wusste auch nicht mehr, aus welcher Richtung sie gekommen war. Aber irgendwo musste es einen Ausgang aus diesem Labyrinth geben.

Auf gut Glück folgte sie dem erstbesten Gang. Neue Rohre, neue Kabelschächte, neue Pfützen. Dann plötzlich eine schwere Eisentür. Ein zerkratztes Metallschild: ZUTRITT VERBOTEN. Darunter hatte jemand in die abblätternde Farbe geritzt: *Für alle Lebenden und alle Toten.*

Fünf, sechs, sieben, wo sind die Kinder abgeblieben?

Sie war davon überzeugt, dass die Tür verschlossen sein würde. Aber als sie die Klinke drückte, ließ sie sich ohne Weiteres öffnen.

Alex atmete tief durch. Links und rechts an den Wänden standen in langer Reihe gummibereifte Krankenbetten, erst als sie am Ende des Gangs einen Mann sah, der eines dieser Betten vor sich her schob, wusste sie, dass es keine Krankenbetten waren. Kurz war sie versucht, nach ihm zu rufen, aber auf einmal war sie sich nicht mehr sicher, ob sie sich die Szene nicht nur eingebildet hatte. Wieder fing sie zu rennen an, in der Hoffnung, dass es den Mann wirklich gab. Dass sie ihm folgen konnte. Durch irgendeine Tür und hinaus ins Freie. Aber dann war da nichts als ein weiterer leerer Gang. Endlos. Glänzende Kacheln. Gleißendes Licht, das in den Augen schmerzte.

Ein leises Klacken hinter ihr ließ sie herumfahren. Wieder der Mann. Nein, ein anderer, größer als der erste. Da, wo sie eben noch selbst gewesen war. Und abermals mit einem Leichenbett.

»Moment! Warten Sie bitte! Hallo!«

Und schon wieder weg. Wie vom Erdboden verschluckt. Aufgesogen vom kalten Licht und sterilen Kacheln. Ausgelöscht.

Alex drehte sich um die eigene Achse. Das Schwindelgefühl war so unerwartet gekommen, dass sie sich an einem der Betten neben ihr festklammern musste, um nicht zu fallen. Wie in Zeitlupe rutschte das Leichentuch auf den Boden.

Eine alte Frau ohne Zähne, die trockenen Lippen weit aufgerissen, mit eingefallenen Wangen und dunklen Augenhöhlen, aus denen milchig weiße Flecken starrten.

Ohne das Tuch über sie zu breiten, wandte Alex sich ab und tastete sich an der Wand entlang, Meter für Meter. Jeder einzelne Schritt verlangte ihr einige Anstrengung ab, ihre Knie zitterten und der Angstschweiß rann in Strömen über ihren Rücken. Mit letzter Kraft fand ihre Hand den Türöffner, sie umschloss den roten Knauf.

Fauchend schoben sich die Metallplatten auseinander. Alex taumelte ins Freie. Die fahle Wintersonne, die vom Himmel stach, kam ihr vor wie ein höhnischer Gruß aus einer lange vergessenen Zeit.

Einen Moment lang dachte sie, ihr Handy wäre kaputt. Es konnte nicht sein, dass erst zehn Minuten vergangen waren, seit sie aus dem engen Fahrstuhlschacht geflüchtet war. Aber es funktionierte. Lepke hatte bereits versucht, sie anzurufen. Sie hatte in dem Leichenlabyrinth nur keinen Empfang gehabt. Lepkes Stimme auf der Mailbox klang … besorgt.

Alex tippte eine kurze Nachricht. Er würde es nicht verstehen, aber sie hoffte, dass er es wenigstens nicht auf sich bezog. Und ihm würde schon irgendwas einfallen, wie er den anderen gegenüber ihre Abwesenheit erklären konnte.

Eight, nine, ten, and we do it all again.

Sie entschied, Ilse zu besuchen. Jetzt. Sofort. Sie

wusste nicht, ob ihr Entschluss etwas mit ihrer Vergangenheit oder mit den milchig weißen Augen der alten Frau auf der Bahre zu tun hatte. Sie wusste noch nicht mal, ob es die Frau überhaupt gegeben hatte. Aber Ilse hatte sie schon einmal gerettet. Vielleicht schaffte sie es auch ein weiteres Mal.

In ihrem Kopf pochte es.

And she gave away the secrets of her past
And said, »I've lost control again«
And a voice that told her when and where to act
She said, »I've lost control again.«

Der sechste Mord

In seinem Arbeitszimmer in Friedenau schreibt ein Schriftsteller, der einen viel zu wenig beachteten Roman über die Hausbesetzerszene Ende der Siebzigerjahre veröffentlicht hat, an einem Gedichtband mit dem Titel Das Ticken der Steine. *Das erste Gedicht beginnt mit den Verszeilen »Was für ein schönes Bild / Drei Leichen in drei Kästen …«*

Vor dem Georg-von-Rauch-Haus am Mariannenplatz erinnert sich R. P. S. Lanrue, der Gitarrist der legendären Polit-Rockband Ton Steine Scherben, an ein Interview, das die Band 1972 genau hier gegeben hat und in dem Rio Reiser forderte: »Macht kaputt, was euch kaputt macht.«

In der Karl-Marx-Allee sucht ein Mann im Regenmantel nach der Buchhandlung, in der er jedes Mal nach Verlassen des Grenzübergangs Heinrich-Heine-Straße mit den DDR-Mark durch den Zwangsumtausch die neuesten Romane von Erwin Strittmatter, Hermann Kant oder Irmtraud Morgner erstanden hat.

Eine junge Mutter nimmt sich das Leben.

Die Sonne war verschwunden. Noch während Alex den Parkplatz hinter dem Präsidium überquerte, fing es wieder an zu regnen. Innerhalb von Sekunden schien der rissige Beton mit ölig schimmernden Pfützen durchlöchert zu sein. Sie zog die Schultern hoch, die Nässe auf ihrem Gesicht war kalt und unangenehm, aber sie hatte das Gefühl, endlich wieder geordnet denken zu können.

Sie wollte nicht auf die U-Bahn warten, vielleicht wollte sie auch einfach nicht die bedrückende Enge unterhalb der Erde spüren und nahm den Bus. Am Alexanderplatz musste sie umsteigen. Der Regen hatte zwar die schnorrenden Punker mit ihren Hunden verjagt, nicht aber die Touristen, die sich mit ihren Stadtplänen um den Platz unter leuchtenden Regenschirmen stritten. Die Stadtpläne gewannen.

Das Altenheim sah trostlos aus. Fast hatte Alex das Gefühl, es würde sich genauso wie sie unter dem ewigen Regen zusammenkauern. Wie ein nasser Hund schüttelte sie sich, als sie den Eingangsbereich betrat. Dann nickte sie der Empfangsdame zu, die gelangweilt von ihrer *Freizeit Revue* aufblickte, und stieg die Treppen hoch in den ersten Stock.

Diesmal war Ilses Tür geschlossen. Ein Strauß Plastikblumen stand auf der Schwelle – Nelken, wenn Alex die nachgeahmten, blass rosafarbenen Kunstblüten richtig interpretierte. Am Rand der Vase war mit Tesafilm eine Glückwunschkarte befestigt. Ilse hatte Geburtstag! Und das Heim hatte ihr zur Feier des Tages einen Strauß Plastiknelken spendiert.

Tote Blumen.

Totenblumen.

Als Alex klingelte, rührte sich nichts in der kleinen Einzimmerwohnung. Ilse saß also nicht auf ihrem Balkon und trank Rum mit Tee, sondern hatte zumindest an ihrem Geburtstag eine Alternative für sich gefunden. Alex wusste nicht, ob sie sich darüber freuen sollte. Sie konnte sich nur schwer vorstellen, dass diese Alternative weniger einsam sein würde. Gleichzeitig wurde ihr klar, wie wenig sie von Ilse wusste. Außer ihrer gemeinsamen Geschichte war da nicht viel. Überhaupt wusste sie nicht besonders viel von den Menschen, die ihr am nächsten standen.

Auf dem Weg nach unten nahm sie zwei Treppenstufen auf einmal. Sie kam sich selbst lächerlich vor mit ihren Panikattacken und ihrer spontanen Flucht zu Rum und Tee und Ilses stiller Freude. Ilse. Die so ganz ohne irgendwelche Forderungen war und sich selbst zu genügen schien. Was nichts an Alex' schlechtem Gewissen änderte, im Gegenteil. So schnell wie möglich wollte sie jetzt zurück ins Präsidium. Vielleicht sollte sie endlich Prioritäten setzen und ihr ohnehin verkümmertes Sozialleben hinter den Mordfällen zurückstecken. Die Zeit rannte ihnen davon, sie hatten – nichts! Keine Ergebnisse, noch nicht einmal den Ansatz einer Spur.

Fast wäre Alex am unteren Treppenabsatz mit einer Pflegerin zusammengestoßen, gerade dass sie sich noch ans Treppengeländer drücken und ausweichen konnte. Die Pflegerin war schon etwas älter, Alex schätzte sie auf Mitte fünfzig. Ihre Haare waren zu einem Dutt hochgebunden und mit grauen Strähnen durchzogen. Nicht viele ältere Frauen hatten lange Haare.

Auf den ersten Blick wirkte das Gesicht der Frau freundlich, aber in ihren grauen Augen meinte Alex Angst zu erkennen, mit einem Aufblitzen von Ablehnung. Verzweiflung. Ohnmächtiger Wut.

Alex hatte die Pflegerin hier noch nie gesehen. Bei ihrem Fast-Zusammenstoß hatte sie einen Ordner mit losen Blättern fallen gelassen, einzelne Seiten verteilten sich auf dem Treppenabsatz. Alex und sie bückten sich gleichzeitig, die Pflegerin roch nach Desinfektionsmitteln und Lavendel. Der Geruch erinnerte sie an etwas.

Eilig klaubte die Pflegerin die Blätter zusammen und rannte wortlos weiter, die Treppen hinauf.

Draußen war der Regen noch stärker geworden. Als Alex den Kragen der Lederjacke hochschlug, stürzte eine Kaskade kalter Wassertropfen in ihren Nacken und rann den Rücken hinunter.

Der Blick der Pflegerin hatte sich ihr eingebrannt, etwas ließ sie schaudern. Er hatte mehr als nur Verzweiflung oder Ablehnung gezeigt. Es war Hass gewesen.

Auf dem Weg zum Bus fiel Alex ein Lied von

Marianne Faithfull ein. Sie wusste nicht, warum sie ausgerechnet jetzt darauf kam.

Here I lie in my hospital bed
Tell me, Sister Morphine
When are you coming round again?

*

Lepke stand mit einem Regenschirm vor dem Haupteingang des Präsidiums und rauchte. Er sah alt aus, sein Gesicht wirkte eingefallen und müde. Sogar die Lachfalten in seinen Augenwinkeln schienen schwächer zu sein als sonst, als hätten sie sich in den Winterschlaf begeben. Alex war froh, dass sie ihr eigenes Gesicht nicht sehen konnte.

»Darf ich Ihnen einen Schirm anbieten, Mademoiselle?«, fragte Lepke in dem offensichtlichen Bemühen, nicht zu deutlich zu zeigen, dass er sich freute, sie zu sehen.

»Trockene Sachen wären besser.« Alex ging auf seinen lockeren Tonfall ein.

»Ich dachte schon, du wärst mal wieder abgehauen«, sagte Lepke leise und wirkte plötzlich noch müder, noch älter. »Ist alles in Ordnung mit dir?«

Alex erinnerte sich augenblicklich an ihr schlechtes Gewissen. Es war nicht fair gewesen, Lepke mit nichts als einer kurzen Textnachricht abzuspeisen; er schien sich wirklich Sorgen um sie zu machen.

Sie schüttelte den Kopf.

»Alles gut.«

Vielleicht sollte sie gelegentlich mal lernen, andere an dem teilhaben zu lassen, was ihr durch den Kopf ging. Schließlich war sie nicht alleine auf der Welt, und auch Maja hatte schon mal etwas in dieser Richtung gesagt. Dass sie, Alex, ein Faible dafür hatte, gerade die Menschen außen vor zu lassen, die ein wirkliches Interesse an ihr hatten. Aber genau diese Menschen waren auch diejenigen, die einen am meisten verletzen konnten. Das hatte sie früh lernen müssen. Zu früh. Und zu endgültig.

Der Gedanke an Maja verstärkte ihr schlechtes Gewissen noch, schon seit Tagen hatte sie sich nicht mehr bei ihr gemeldet. Aber Maja konnte damit umgehen, beruhigte sie sich, Maja kannte sie besser als die meisten. Zugleich schoss ihr der Gedanke durch den Kopf, dass sie sich womöglich nur etwas vormachte. Sie war sich auf einmal gar nicht mehr so sicher, ob Maja wirklich damit umgehen konnte. Vielleicht blieb ihr einfach nur gar keine andere Wahl. Vielleicht war sie selbst gerade auf dem besten Weg, alles kaputt zu machen …

Lepke blickte sie fragend an. Anscheinend wartete er auf eine Antwort.

»Sorry. Was?«

»Ich habe nur gefragt, ob du irgendwas erlebt hast bei deinem Ausflug?«

»Ich habe Sister Morphine getroffen.«

Lepke grinste.

»Sister Morphine? Die aus dem Song von den

Stones? *Tell me, Sister Morphine, when are you coming round again?*«

Kurz war Alex verblüfft, dass er die Textzeile kannte, wenn er den Song auch den Stones zuordnete.

»Wusstest du, dass Sister Morphine eigentlich von Marianne Faithfull ist?«, fragte er, als sie hart an ihrer Zigarette zog. »Okay, wusstest du, schon klar. Also, was war das jetzt mit ihr?«

»Eine Pflegerin in einem Heim. Und es war ihr Blick – ich weiß nicht, wie ich es beschreiben soll, eine Mischung aus Angst und Hass. Und die Falten in ihrem Gesicht, so als hätte sie schon viel zu viel erlebt.« Sie zog nochmals an ihrer Zigarette. »Apropos, eine Sache ist da noch, die werde ich irgendwie nicht los ...«

Sie ließ den Satz in der Luft hängen.

Lepke hielt den Schirm ein Stück weiter nach links, der Wind hatte gedreht und peitschte den Regen jetzt fast waagerecht auf sie zu.

»Ich höre.«

»Ich werde das Gefühl nicht los, dass unser Täter seinen Opfern einen Gefallen tun will. Ich weiß, so sollte ich nicht denken, aber ... es ist so.«

Lepkes Müdigkeit schien augenblicklich wie weggeblasen zu sein.

»Ja. Diese Idee hatte ich auch schon. Als Meyer zwei gestern sagte, dass der Tod eine Erlösung gewesen sein muss. Oder so ähnlich, genau habe ich es nicht mehr im Kopf. Aber was ist, wenn der Täter tatsächlich denkt, dass er die Opfer erlöst? Von all den

Peinigungen, die sie erleben mussten. Und die immer so weitergehen würden, wenn er nicht …«

Alex unterbrach ihn, wollte ihn stoppen, wollte selbst den Gedanken zu Ende bringen.

»Das könnte der Ansatzpunkt sein, der uns die ganze Zeit gefehlt hat. Wir haben oft genug darüber nachgedacht, weshalb jemand diese Frauen umbringt und gleichzeitig bemüht ist, ihnen nicht wehzutun. Das hatte keinen Sinn ergeben. Aber jetzt …«

Der Regen peitschte unnachgiebig vom Himmel. Lepkes Schirm wurde vom Wind hin und her gerissen und bot ungefähr so viel Schutz wie ein triefender Fetzen, den jemand aus der Gosse gezogen hatte. Seine Haare hingen wirr und nass herunter. Aber seine Augen ließen Alex nicht los, als wollte er ihr keine Chance lassen, ihm in letzter Sekunde noch auszuweichen. Sich selbst auszuweichen. Sich wieder zu verstecken. Aus Angst vor dem, was ihr Gedanke bedeuten könnte.

»Also, noch mal, Alex – was haben wir? Unser Täter sucht sich gezielt Frauen, die Opfer von häuslicher Gewalt sind, und erstickt sie. Um sie von ihrem Leid zu erlösen. Und damit sie keine Qualen empfinden, betäubt er sie zunächst. Woher hat er das Betäubungsmittel?«

»Woher weiß er überhaupt, dass die Frauen, die er da auswählt, Opfer von häuslicher Gewalt sind?«, fügte Alex hinzu. »Beobachtet er sie?«

»Und warum wohnen alle Opfer in Charlottenburg? Oder fast alle? Es gibt nicht nur in diesem Bezirk Opfer häuslicher Gewalt.«

»Warum lassen sie ihn in die Wohnung?«

»Warum schlägt er sie auch noch?«

»Weil er will, dass es wie eine Beziehungstat aussieht.«

»Könnte stimmen. Aber warum? Um uns auf eine falsche Fährte zu locken?«

»Vielleicht. Vielleicht auch nicht. Aber ...« Alex flüsterte fast. Lepke musste sich vorbeugen, um sie zu verstehen. »Jetzt ergibt alles einen Sinn. Der erste Mord, Lepke!«

»Was? Ich verstehe nicht.«

»Der erste Mord passte nie in die Reihe. Aus dem einfachen Grund, weil er nie dazugehörte. Aber er könnte der Auslöser für die anderen Morde gewesen sein. Erinnerst du dich? Wir haben den ersten Mord groß in die Medien gebracht, um nach Gärtner zu suchen. Wenn der Serientäter das mitbekommen hat und ...«

»Und?« Lepke konnte ihr immer noch nicht ganz folgen.

»Was ist, wenn der Täter zwei Intentionen verfolgt? Er will seine Opfer erlösen, gleichzeitig will er aber auch auf das Thema häusliche Gewalt aufmerksam machen. Er will, dass die Medien über gewalttätige Ehemänner berichten.«

Lepke nickte langsam.

»Deswegen liefen unsere Überlegungen ins Leere. Die falsche Fährte war nicht dazu da, ungestört weitermorden zu können, sondern ...«

»Ja.«

Alex biss sich auf die Lippe. Lepkes Blick bestätigte ihr, dass er den gleichen Gedanken hatte.

Was war, wenn erst ihre Ermittlungsarbeit dazu geführt hatte, dass es all diese toten Frauen gab?

Ohne dass sie es bemerkt hatten, war die Dämmerung angebrochen. Lepkes Regenschirm wirkte wie ein schwarzes Loch. Wenn sie nicht aufpassten, würde das Loch sie verschlingen. Mit Haut und Haaren und allen Erinnerungen.

Morgen mussten sie die Ermittlungsgruppe über den neuen Ansatz informieren.

Morgen.

Morgen, nur nicht heute.

If it's trouble that you're looking for,
It's trouble that you'll find.
Sometimes trouble finds you no matter where you hide.

Oder so ähnlich.

The Butchies.

So many roads and so much opinion,
So much shit to give in, give in to.

Le Tigre. Die Stimme von Kathleen Hanna.

*

Alex fuhr nach Hause, um zu duschen. Etwas zu essen. Endlich mal wieder ein paar Sätze mit Jan zu wechseln, vielleicht eine Partie »Scotland Yard« mit ihm am Küchentisch zu spielen. Jan war gut als Mister X.

Unauffindbar.

Er hinterließ keine Spuren.

Er hatte auch jetzt keine Spuren hinterlassen.

Nur einen Zettel, der halb unter die Espressokanne geschoben war.

Ich habe sauber gemacht und eingekauft. Und der Klempner war da und hat einen neuen Durchlauferhitzer installiert. Du musst dich um nichts kümmern, aber vergiss nicht, die Blumen wegzuwerfen, wenn sie verwelkt sind, sonst fängt das Wasser an zu stinken. Ich ziehe für die nächsten zwei Wochen zu dem Freund, von dem ich dir erzählt habe. Wir wollen es versuchen! Meine Handynummer hast du ja, wenn du mich brauchst. Dein Jan.

Alex wusste von keinem Freund.

Die Blumen waren ein großer Strauß leuchtend gelber Rosen, der ein Vermögen gekostet haben musste.

So schnell geht das, dachte Alex, Mister X ist verschwunden. Nicht unauffindbar, aber auch nicht mehr da.

Und plötzlich wusste sie, dass sie jetzt nicht auch noch Maja verlieren durfte. Auch wenn ihre Beziehung nicht immer gut war und sie manchmal beide nicht mit den aufgestellten Regeln klarkamen, war Maja ganz sicher die einzige Person, der sie absolut vertraute. Ohne Maja wäre alles … ohne irgendeinen Sinn.

Als sie zwanzig Minuten später den Kampf mit der schweren Eisentür aufnahm, hatte sie Angst, dass es vielleicht schon zu spät war. Und auch wenn sie einen Schlüssel zu Majas Wohnung hatte, galt dennoch ihre Abmachung, nicht unangekündigt vorbeizukommen. Es war ein Schutz vor unangenehmen Situationen. Sie beide hielten nicht viel von monogamen Beziehungen, aber es ging darum, den jeweils anderen nicht zu verletzen. Zumindest, wenn es sich irgendwie vermeiden ließ. Sie hätte anrufen, sich entschuldigen, fragen sollen, ob sie willkommen ist …

Ihre Hände zitterten, als sie endlich in den Flur trat. Rosa blickte sie mit schräg gelegtem Kopf an und sprang dann mit großen Sätzen in die Küche.

»Look, who the cat dragged in«, sagte Maja zur Begrüßung. Es war nicht ganz eindeutig, zu wem sie es sagte. Dann widmete sie sich wieder ihrem Espresso und ihrer Zigarette. Sie wirkte nicht besonders erfreut, Alex zu sehen.

»Kein ›Hallo Schatz, schön dich zu sehen‹?«, fragte Alex betont burschikos und zog ihre Jacke aus.

Maja drückte ihre Zigarette aus.

»Was erwartest du von mir? Dass ich hier sitze und darauf warte, dass du mal wieder vorbeikommst, nachdem du dich fast eine Woche nicht gemeldet hast und ich keine Ahnung habe, was eigentlich los ist?«

»Sorry.«

»Falls du hier bist, um zu reden: Ich weiß nicht, was ich sagen soll. Vielleicht habe ich nichts zu sagen.«

Die Stille, die folgte, fühlte sich in Alex' Ohren wie ein einziger Schrei an.

Maja stand schließlich auf und ging zu ihrem Laptop, der zwischen Herd und Spüle auf einem Topf balancierte. Gleich darauf waren Tegan and Sara zu hören …

I won't mistake you
for problems with me
I won't let my moods ruin this, you'll see?

Maja drehte sich um und zuckte mit den Schultern. Sie stellte die Musik leiser, bis die Melodie sich im unablässigen Knacken der Heizungsrohre zu verlieren schien.

Alex schluckte.

»Du siehst übrigens scheiße aus.«

»Danke.«

Maja zog die Augenbrauen hoch, als wollte sie signalisieren, dass es jetzt reichte. Dass sie keine Lust mehr hatte, weiter um etwas herumzuschleichen, was sich von alleine nicht klären würde.

»Willst du darüber reden?«

Vielleicht darf ich sie deswegen nicht verlieren,

dachte Alex. Maja war die selbstloseste Person, die sie kannte, zumindest wenn es um Freunde und Beziehungen ging.

»Die Kurzfassung, nur damit ich weiß, was los ist.« Maja zog sich einen Stuhl heran und setzte sich.

Rosa drückte sich gegen Alex' Beine. Als sie anfing zu reden, vergrub sie ihre Finger in dem weichen Katzenfell. Rosa schnurrte.

»Ich wurde überfallen, letzte Woche. Und ich hatte das Gefühl, aus Berlin wegzumüssen. Ich war an der Nordsee, aber … Egal, vergiss es. Heute sind wir endlich einen Schritt weitergekommen in unseren Ermittlungen.« Sie machte eine kurze Pause, bevor sie Maja in die Augen blickte. »Wahrscheinlich denkt der Täter, dass er die Opfer erlöst, indem er sie umbringt. Von allem erlöst, was ihnen angetan wurde.«

»Ein bisschen mehr musst du mir schon erzählen, sonst …«

Alex holte tief Luft. Ihre Stimme klang jetzt fester, sie war wieder auf sicherem Terrain. Ihre Arbeit. Der Fall.

»Wir suchen immer noch nach diesem Serientäter, der seine Morde so aussehen lässt, als ob es bei den toten Frauen um Opfer von häuslicher Gewalt geht, die dann schließlich eskalierte. Das ist der gemeinsame Nenner, denn die ermordeten Frauen waren bereits vorher ausnahmslos Opfer häuslicher Gewalt gewesen. Wir dachten die ganze Zeit, dass der Täter da etwas konstruiert, um ungestört weiter töten zu können. Aber jetzt haben wir entdeckt, dass die Frauen vorher betäubt worden sind. Bevor er sie umgebracht hat, hat er ihnen eine Spritze gegeben, verstehst du? Er wollte ihnen nicht wehtun. Es ging nicht um Mord, sondern um Erlösung.«

Rosa sprang mit einem Satz auf den Tisch. Maja hob sie hoch und setzte sie wieder auf den Boden.

»Warte«, sagte Alex, als sie spürte, dass Maja etwas einwenden wollte. »Wir glauben, ich glaube, dass die Fehlfährten dazu dienen sollten, die Medien auf das Thema häusliche Gewalt zu lenken. Je mehr darüber berichtet wird, umso größer die Aufmerksamkeit …«

»Also ist der Mörder eine Frau?«, unterbrach Maja sie.

»Was? Warum? Wie kommst du darauf?«

»Du hast doch gerade selber gesagt: Opfer von häuslicher Gewalt erlösen und die Medien auf das Thema aufmerksam machen. Das hört sich für mich ziemlich feministisch an, wenn auch reichlich verkorkst. Aber auf jeden Fall ist es eine Frau!«

Alex stand auf und trat ans Fenster. Sie merkte, wie ihr eine Gänsehaut über den Rücken lief. Der Schluss war banal, und so passte letztlich vieles besser zusammen. Die Schläge waren mit weniger Kraft ausgeführt worden, weil sie von einer Frau stammten. Und eine Frau wird eher in Wohnungen gelassen, selbst wenn sie eine Fremde ist. Eine Frau stellt keine Bedrohung dar. Mit einer Frau trinkt man auch eine Tasse Tee, bevor …

Leise trat Maja hinter sie und legte ihr die Hand in den Nacken.

»Du wurdest also von der Mörderin überfallen!«

Alex fuhr herum, plötzlich schienen alle Puzzleteile ihren Platz zu finden. Sie presste Maja an sich und hielt sie so fest in den Armen, dass es fast schmerzte. Dann drückte sie ihr einen Kuss auf den Mund. »Ich muss los. – Ich danke dir, Maja. Aber ...«

»Schon okay. Pass bitte auf dich auf.«

Alex riss ihre Jacke vom Stuhl. Als sie an der Tür war, drehte sie sich noch einmal um: »Wir reden bald! Und wir reden lange, ja?«

Maja nickte nur.

Rosa machte einen Buckel und fauchte.

*

Es war zwanzig vor acht, als sie die BMW mit einem gewagten Manöver direkt vor der Eingangstreppe zum Präsidium zum Stehen brachte. Kaum dass sie die Maschine aufgebockt und den Helm abgesetzt hatte, stürmte sie auch schon an dem irritiert blickenden Kollegen vom Empfang vorbei.

Meyer eins hing mehr hinter seinem Schreibtisch, als dass er saß.

»Lepke noch da?«, rief Alex und knallte ihren Helm auf den nächstbesten Tisch.

»Sicher.« Lepkes Stimme kam vom Kaffeeautomaten in der Ecke. Er ging langsam auf sie zu, bemüht, seinen Kaffee nicht zu verschütten. »Es ist dir also auch aufgefallen. Gut. Ich wollte dich ohnehin gerade anrufen. Du hast vollkommen recht. Und das heißt … Was ist?« Er unterbrach sich selbst, als er sah, wie Alex ungeduldig die Fäuste ballte. »Dann sag du es!«

Alex griff nach seiner Hand und presste sie, während sie hervorstieß: »Es passt alles zusammen! Der Überfall. Die Morde. Die Erlösung. Sister Morphine. Die Mordmotive sind feministisch, mehr oder weniger zumindest. Der Mörder ist eine Frau! Deswegen die schwächeren Schläge, und deswegen wurde sie auch in die Wohnungen gelassen. Und der Überfall auf mich, das war ebenfalls eine Frau! Sie hat gesagt, am Ende würde ich alles verstehen und ihr zustimmen – natürlich, weil sie mich ebenfalls für feministisch hält. Es ergibt alles Sinn.«

Lepke nickte, fast erleichtert.

»Das deckt sich mit meinen Überlegungen, du hast mich nur nicht zu Ende reden lassen. Den Gedanken, dass es eine Frau ist, hatte ja auch Meyer schon. Allein wegen dieser Erlösungssache. Die Frage ist nur, wer kommt überhaupt auf solche Erlösungsvorstellungen, außer irgendwelche Christen? Letztlich ist die Antwort einfach: Wahrscheinlich Frauen, die Gewalt erlebt haben oder immer noch erleben und sich eine Erlösung für sich selbst wünschen, richtig? So bleibt noch dieses Narkosemittel, dessen Namen ich schon wieder vergessen habe, aber das man nicht mal eben in der nächsten Apotheke kaufen kann. Vorhin habe ich mir alle Fälle von häuslicher Gewalt rausgesucht, zu denen die Polizei in den letzten Monaten gerufen wurde. Und dann diejenigen rausgefiltert, bei denen die Opfer in irgendeinem Zusammenhang stehen, sei es zu Krankenhäusern oder Arztpraxen. Also medizinisches Personal, Krankenschwestern oder Ärztinnen …«

Er unterbrach sich erneut, als Alex ihre Finger von seiner Hand löste.

»Ich weiß, wer die Mörderin ist.«

Lepke holte so scharf Luft, dass Alex ihm unwillkürlich über den Arm strich.

»Sister Morphine, Lepke. Wir haben über sie geredet. Die Altenpflegerin, mit der ich zusammengestoßen bin. Da war ein Geruch, der mir bekannt vorkam, und ich weiß jetzt auch wieder, woher. Von dem Überfall. Sie war es, die mich überfallen hat, die Altenpflegerin. Deshalb ihr entsetzter Blick, als sie mich im Heim gesehen hat. Sie hatte Angst, dass ich sie erkannt haben könnte. Sie ist es, ich bin mir sicher.«

Für kurze Zeit war es erneut still. Dann fing Meyer an, nervös mit den Fingern auf der Tischplatte zu trommeln. Leise sagte er: »Der zeitliche Abstand zwischen den letzten beiden Morden war verdammt kurz. Wenn ihr recht habt, dann … sollten wir uns beeilen.«

Lepke machte auf dem Absatz kehrt und stieß die Tür zum Gang auf. Seine Stimme hallte laut von den Wänden zurück, als er brüllte: »Alle, die noch hier sind, sofort zu uns! – Wir brauchen Wagner!« Im selben Moment drehte er sich zu Meyer. »Ruf ihn an!«

Meyer schüttelte den Kopf.

»Ist auf einem Wohltätigkeitsball und will nicht gestört werden. Hat er mir vorhin gesagt, als ich ihn auf dem Klo getroffen habe.«

Lepke zögerte nicht lange. »Gut, dann eben ohne ihn. Das ist nicht unser Problem, auch wenn es ihm nicht gefallen wird.«

Er blickte zu den Kollegen, die in der Tür aufgetaucht waren. Ines und Marcel waren nicht dabei. Lepke hob die Hand.

»Wir haben keine Zeit, irgendetwas ausführlich zu erklären. Nur so viel, dank Alex wissen wir, wer wahrscheinlich unser Mörder ist. Wenn das stimmt, haben wir es mit einer Frau zu tun, die früher selbst einmal Opfer von häuslicher Gewalt war oder es sogar noch ist. Aus diesem Grund will sie die Opfer von ihrem Schicksal erlösen. Und gleichzeitig will sie erreichen, dass das Thema häusliche Gewalt in die Medien kommt. Sie will andere Frauen vor ihrem eigenen Schicksal bewahren, deshalb die Morde, deshalb die Sache mit den Medien. Wie auch immer sich alles in ihrem Denken gegenseitig bedingt – die Frau ist jedenfalls dringend tatverdächtig. Sie arbeitet als Pflegerin in …« Lepke blickte fragend zu Alex.

»In einem Altenheim in Neukölln«, übernahm Alex. »Das Heim heißt St. Richard, es liegt gegenüber der S-Bahn-Station Sonnenallee, in der Schudomastraße. – Wir teilen uns auf. Lepke und ich fahren sofort los, in der Hoffnung, dass sie Nachtdienst hat. Das SEK lassen wir außen vor, wir brauchen kein Rollkommando, das uns das Heim unnötig aufmischt. Ich glaube nicht, dass die Frau gefährlich ist. Jedenfalls nicht, was uns betrifft«, setzte sie leiser hinzu.

Lepke räusperte sich wieder.

»Aber wir haben weder einen Namen noch eine Adresse von der Frau. Brauchen wir aber für den Fall, dass sie heute nicht arbeitet. Meyer, du rufst das Heim an, aber sag dort, dass die Frau nicht darüber informiert werden darf. – Auf meinem Tisch liegt eine Liste von Namen, die Opfer von häuslicher Gewalt sind oder waren und als medizinisches Personal geschult sind. Gleich das ab mit den Beschäftigten des Altenheims. Ich bin mir sicher, dass die Frau dabei ist.«

*

Als der BMW vor dem Seniorenheim stoppte, in dem Ilse lebte, wirkte das Gebäude verlassen. Die meisten Bewohner hatten ihre Gardinen vorgezogen und schon das Licht ausgemacht. Nur in einem Fenster im ersten Stock flackerte der bläuliche Schein eines Fernsehers. Die automatische Glastür blieb verschlossen, als Alex und Lepke die Treppe hinaufkamen; die Besuchszeit war vorüber. Es gab zwar einen unförmigen Kasten mit mehreren Reihen von Klingelschildern, aber keines für die Rezeption. Als eine junge Pflegerin durch die Eingangshalle schlich, klopfte

Lepke nachdrücklich gegen die Tür. Alex fischte ihren Ausweis aus der Tasche und presste ihn an die Scheibe. Es dauerte einen Moment, bevor die Frau sich entschloss, ihnen zu öffnen.

»Entschuldigen Sie die späte Störung«, setzte Alex an. »Wir sind von der Kriminalpolizei. Wir suchen eine Ihrer Pflegerinnen, um die fünfzig, lange graue Haare, arbeitet wahrscheinlich noch nicht so lange hier.«

Die junge Heimmitarbeiterin schüttelte langsam den Kopf, ohne ein Wort herauszubringen. Sie war noch sehr jung, eigentlich zu jung, um hier zu arbeiten, dachte Alex. Ihre braunen Haare hatten die gleiche Farbe wie ihre Augen und fielen in aufwendig gedrehten Korkenzieherlocken auf ihre Schultern und umrahmten das runde Gesicht. Vom Kopfschütteln aufgeweckt sprangen sie hin und her.

»Wir haben es eilig«, erklärte Alex, während Lepke ungeduldig von einem Fuß auf den anderen trat.

»Polizei«, flüsterte das Puppengesicht und schüttelte erneut den Kopf. »Aber ich bin doch erst eine Woche hier. Ich kenne kaum jemanden.«

»Mädchen!«, platzte Lepke heraus. »Dann hol irgendeinen, der unsere Frage beantworten kann. Du bist hier doch nicht allein, oder?«

Das Puppengesicht zog die zierlichen Schultern hoch, Alex rechnete damit, dass sie zu weinen anfangen würde. Aber plötzlich drehte sie sich um und lief ohne ein weiteres Wort davon. Lepke seufzte genervt.

Alex' Handy klingelte. Meyer eins.

»Alex? Also, ihr sucht eine Elisabeth Römer. Arbeitet seit zwei Monaten in diesem Heim. War vorher in diversen Krankenhäusern angestellt. Ist ausgebildete Kranken- und Altenpflegerin. Dreiundfünfzig Jahre alt ...«

»Warte kurz, bleib einen Moment dran, ja?«, sagte Alex, als das Puppengesicht mit einer nur wenige Jahre älteren Kollegin zurückkehrte. Alex zeigte ein weiteres Mal ihren Ausweis.

»Elisabeth Römer«, sagte sie. »Hat sie heute Abend Dienst?«

Die zweite Pflegerin schüttelte den Kopf. Das scheint hier so üblich zu sein, dachte Alex und war fast überrascht, als sie noch wider Erwarten eine Antwort bekam.

»Lis. Wir nennen sie Lis. Aber die hat heute Abend frei.« Die Pflegerin blickte kurz auf ihre Uhr. »Vor ungefähr drei Stunden ist sie hier weg.«

»Hat sie gesagt, wo sie hinwill? Nach Hause oder ... Wir brauchen ihre Adresse«, mischte sich Lepke ein.

Die Pflegerin schüttelte abermals den Kopf.

»Die darf ich Ihnen nicht geben.«

Lepke fing an zu fluchen.

»Verdammt noch mal, was ist das denn? Wir sind von der Polizei, begreifen Sie das nicht? Sie behindern gerade eine Ermittlung und ...«

Alex griff nach seinem Arm. »Lass es gut sein, Lepke.« Sie hielt das Handy wieder an ihr Ohr. »Meyer, bist du noch dran?«

*

Obwohl sie das Blaulicht aufs Dach gesetzt hatten, dauerte es fast eine Dreiviertelstunde, bis sie in die Waldstraße in Niederschönhausen einbogen. Die Strecke schien mit Baustellen gepflastert zu sein, Lepke hatte fast ohne Pause vor sich hin geflucht. Scheißverkehr, Scheißbaustellen, Scheißstadt.

Scheißfall.

Alex registrierte, wie nervös sie selbst war.

Je näher sie der Verhaftung kamen, umso größer wurde ihre Angst. Und zum ersten Mal, seit sie bei der Polizei war, wünschte sie sich gewisse Rollenklischees zurück. Es würde ihr leichterfallen, einen Frauen hassenden Serienmörder festzunehmen als eine Frau, die höchstwahrscheinlich selbst lange genug ein Opfer gewesen war.

»Opfer ist in Berlin ein Schimpfwort, wusstest du das?«, fragte sie Lepke, als er den BMW halb auf dem Gehsteig zum Stehen brachte.

Lepke stellte den Motor ab.

»Ich weiß. Neulich hat mich ein Typ in seinem Cabrio so beschimpft.«

»Und?«

»Scheißtyp. Scheißzuhälter.«

Der Wagen der Kollegen, die Meyer zu ihrer Verstärkung angefordert hatte, hielt hinter ihnen.

»Wir gehen erst mal alleine rein. Ihr wartet draußen«, wies Lepke sie über Funk an.

Ein bleiches Haus.

Dunkelgrün gestrichene Fensterläden.

Im Vorgarten standen Apfelbäume. Alte Apfelbäume. Einige der knorrigen Äste wurden durch Holzstangen gestützt.

Alex hatte hier keine Apfelbäume erwartet. Die Holzstangen erinnerten sie an Krücken. Aber sie würden das unausweichliche Ende der Apfelbäume nicht aufhalten können. Nur hinauszögern.

Sie öffnete das Gartentor. Die Eingangstür war mit einem Vordach überbaut. Links vom Haus gab es eine Einfahrt und eine im gleichen Grün wie die Fensterläden gestrichene Garage. Um in den rückwärtigen Garten zu gelangen, musste man entweder durch die Garage oder durch das Haus gehen.

Bis auf ein Fenster waren alle Läden geschlossen. Hinter dem Fenster war es genauso finster wie draußen.

Lepke klingelte. Die Kollegen hatten sich auf der Straße und zu beiden Seiten des Vorgartens positioniert. Alex wäre am liebsten wieder nach Hause gefahren. Sie wollte die Frau, mit der sie schon zweimal zusammengetroffen war, nicht wiedersehen. Nicht unter diesen Umständen. Nein, falsch, überhaupt nicht mehr.

Als auch nach dem dritten Klingeln niemand die

Tür aufmachte, blickte Lepke fragend zu Alex. Sie musste mehrmals heftig schlucken.

Lepke packte sie an den Schultern.

»Reiß dich zusammen. Nicht hier. Nicht vor denen.«

Er machte eine Kopfbewegung in Richtung der Kollegen, die im Licht der Straßenlaternen wie verkleidete Gartenzwerge wirkten.

Zwischen der Garage und der Hecke zum Nachbargrundstück war ein kaum erkennbarer Durchschlupf. Lepke zog Alex mit sich, ein Ast schürfte ihr die Wange auf. Es brannte. Schritt für Schritt tasteten sie sich an der Hauswand entlang, bis der Garten vor ihnen lag.

Noch dunkler als vorne auf der Straße. Büsche und Beete, mit Tannenzweigen sorgfältig abgedeckte Rosensträucher. Ein Stück Rasen. Größer, als Alex erwartet hatte. Und wieder hohe Hecken. Wie ein Gefängnis. Oder wie ein Friedhof.

Alex spürte die Beklemmung in ihrem Hals aufsteigen. Das Blut in ihren Adern schien auf einmal langsamer zu fließen. Sie konzentrierte sich auf Lepkes Rücken, seine Jacke wies dunkle Flecken auf den Schultern auf, dort, wo die nassen Zweige ihn gestreift hatten.

Die Terrasse war gefliest und zu beiden Seiten von Riffelglaswänden abgeschirmt. Die Rückseite des Hauses bestand aus bodentiefen Fenstern und einer Schiebetür. Es gab keine Gartenmöbel, nur eine einsame Plastikgießkanne, deren Henkel mit Blumendraht geflickt war und die im Lichtschein von Lepkes Maglite einen verzerrten Schatten auf die Wand hinter ihr warf. Die Glasscheibe reflektierte das Licht der Taschenlampe, ohne dass Alex und Lepke Einzelheiten in dem dunklen Raum dahinter ausmachen konnten.

Als Lepke gegen die Schiebetür drückte, öffnete sie sich mit einem Klicken. Ohne sich umzudrehen, fasste er nach Alex' Arm und drückte ihn, dann schob er die Tür auf. Alex hätte nicht sagen können, warum, aber sie war auf einmal davon überzeugt, dass sie irgendwo im Haus über die Leiche von Elisabeth Römer stolpern würden.

Sie hatten damit gerechnet, dass die Terrasse an das Wohnzimmer grenzen würde, stattdessen standen sie in einer Küche. Die Einrichtung stammte ausnahmslos aus den Fünfzigerjahren, die Kacheln hinter der Spüle waren mit Blumenstickern verschönert. Die Flasche Rotwein wirkte seltsam fremd auf der Anrichte. Ein teurer Rotwein. Französisch. Château Irgendwas. Alex unterdrückte den unvermittelt auftauchenden Wunsch, die Flasche zu nehmen und wieder zu gehen.

Als Lepke sich der Tür zum Flur näherte, stieß er gegen den offen stehenden Backofen. Und stolperte. In dem Versuch, nicht das Gleichgewicht zu verlieren, stieß er die Flasche von der Anrichte. Mit einem lauten Krachen zersplitterte sie auf dem Boden, der rote Wein bahnte sich wie verdünntes Blut einen Weg über die Fliesen, setzte sich in die Ritzen und färbte alles

Erreichbare dunkelrot. Für einen kurzen Moment schoss Alex eine Erinnerung durch den Kopf, ohne dass sie sie wirklich zu fassen bekam.

Lepke machte einen Schritt über die rote Pfütze in der Nähe der zerbrochenen Flasche hinweg und stieß die Tür zum Flur auf. Alex' Gefühl, dass etwas ganz und gar nicht stimmte, verstärkte sich. Aber sie traute ihrer eigenen Ahnung nicht mehr.

Vor ihnen lag der Flur. Rechts ging es ins Wohnzimmer, links führte eine Treppe in den ersten Stock hinauf. Die Wohnzimmertür war halb geöffnet, etwas schimmerte unscharf aus der Dunkelheit, der Größe und Form nach konnte es vielleicht ein Sofa sein. Lepke machte eine fragende Handbewegung, er schien sich nicht sicher, was sie tun sollten.

Alex ließ ihren Blick über den Flur wandern. Im Spiegel oberhalb der Kommode meinte sie kurz einen Schatten zu sehen, aber dann war da nichts als das vage Spiegelbild der Treppe.

Sie nickte Lepke zu und drückte sich an die Wand links von der Tür. Mit ausgestrecktem Arm stieß sie die Tür auf. Ihre Augen brauchten eine Weile, bis sie sich an die Dunkelheit im Wohnzimmer gewöhnt hatten. Nur durch das Fenster zur Straße fiel ein schwacher Lichtschein herein. Alex hielt unwillkürlich die Luft an, als sie schemenhaft die Einrichtung erkannte. Sie hatte sich nicht geirrt, was sie vom Flur aus gesehen hatte, war tatsächlich ein Sofa – aber es war ebenso wie alle anderen Möbelstücke mit weißen Bettlaken abgedeckt.

Auch die Regale und die Bilder an der Wand waren zugehängt. Als würde jemand keine Erinnerungen wecken wollen.

Als Lepke einen Schritt ins Zimmer machte, zögerte er beim Anblick der Trostlosigkeit. Als wäre er aus der Fassung geraten, die er bis dahin aufrechterhalten hatte. Gleich darauf nickte er Alex zu und zeigte zurück zur Treppe.

Die unterste Stufe knarrte laut. Beim nächsten Schritt setzte Lepke seinen Fuß so weit wie möglich an die Kante zur Wand. Alex blieb dicht hinter ihm.

Oben gab es vier Türen, die dahinterliegenden Zimmer mussten winzig sein. Nur die Tür zum Badezimmer stand offen. Alex tastete nach der ersten Türklinke. Abgeschlossen. Auch die zweite Tür war verschlossen. Lepke deutete auf eine weitere Tür, während er bereits die Hand nach der Klinke ausstreckte.

Die Tür schwang geräuschlos auf. Der Raum war so dunkel, dass er den Schein der Maglite zu verschlucken schien. Einem plötzlichen Impuls folgend drückte Alex auf den Lichtschalter neben dem Türrahmen. Eine altertümliche Lampe verstreute wirre Blumenmuster über Decke und Wände.

Bis auf ein Bett in der Mitte und eine Kommode war das Zimmer leer. Das Bett sah aus wie auf einer Zeichnung von Wilhelm Busch. Es war so kurz, dass Alex sich unwillkürlich fragte, ob ein Erwachsener überhaupt darin schlafen konnte, ohne die Beine anwinkeln zu müssen. Die Laken waren ordentlich gefaltet, nur der Abdruck auf dem Kissen verriet, dass hier jemand gelegen hatte. Auf der Kommode waren mehrere Bücher gestapelt, daneben lag ein Prospekt einer Beratungsstelle für Opfer von häuslicher Gewalt.

Während Alex noch versuchte, die Titel auf den Buchrücken zu entziffern, meinte sie, ein Geräusch gehört zu haben. Lepke hatte es ebenfalls wahrgenommen – mit zwei schnellen Schritten war er auf dem Treppenabsatz.

In diesem Augenblick klingelte Alex' Handy. Dann schrie Lepke auf. Irgendetwas prallte gegen eine Wand, ein dumpfer Ton, wie von einem einzelnen Schlag, gefolgt von einem weiteren Schrei, während ein Körper die Treppe hinunterstürzte. Alex ließ ihr Handy fallen und riss die Waffe hoch. Lepke war verschwunden. Erst als sie sich mit vorgestreckten Armen um die Ecke schob, sah sie ihn auf den unteren Stufen kauern. Er hielt die Arme über dem Kopf und rührte sich nicht. Außer ihm war niemand zu sehen. Als sie leise seinen Namen rief, gab er keine Antwort.

Ihr Handy verstummte abrupt. Die Stille im Haus wirkte unheimlich, wie eine undurchdringliche Wand. Alex' Atem ging flach, ihr Herz raste. Sie setzte den Fuß auf die erste Stufe, die Waffe immer noch vorschriftsmäßig in beiden Händen. Noch bevor sie Lepke erreicht hatte, drehte er plötzlich den Kopf zu ihr und setzte sich auf. Sein Gesicht war so bleich, dass es wie ein heller Fleck aus der Dunkelheit hervorstach.

»Es ist okay, du kannst die Waffe runternehmen.«

Seine Stimme zitterte.

»Was ist passiert?«

»Katze«, sagte er und zeigte ans Ende der Treppe.

Erst als Alex neben ihm stand und sich vorbeugte, konnte sie das kleine schwarz-weiße Fellbündel erkennen. Kopf und Hinterbeine waren merkwürdig verdreht, aus dem Ohr lief ein dünner Blutfaden.

»Sie muss im Badezimmer gewesen sein«, stammelte Lepke. »Und sie ist mir direkt ins Gesicht gesprungen, als wollte sie mich angreifen. Hier ...« Er tippte mit dem Finger auf seine Wange, über die sich ein langer Kratzer zog. »Ich hab sie weggeschlagen, ich wusste ja nicht, was ... ich habe einfach nur reagiert. – Lebt sie noch?«

Er vermied es, zum Ende der Treppe zu blicken.

Alex machte einen Schritt nach vorne und kniete sich neben den kleinen Körper. Lepke musste die Katze gegen die Wand geschleudert haben, der Aufprall hatte ihr das halbe Gesicht eingedrückt. Sie lebte nicht mehr. Alex strich ihr behutsam über das Fell, es war noch warm.

Als ihr Handy erneut zu klingeln anfing, stand Lepke auf, um es zu holen. Als wäre er froh, etwas zu tun zu haben.

»Meyer«, informierte er Alex nach einem Blick auf das Display.

Erst als sie beide über die tote Katze hinweggestiegen und bereits wieder in der Küche waren, nahm

Alex das Gespräch an. Ihre Finger hinterließen einen blutigen Abdruck auf dem Ziffernfeld.

»Scheiße!«, brüllte Meyer. »Was ist da los bei euch? Warum geht keiner ran? Ihr müsst in die Guerickestraße, Charlottenburg. Jetzt«, stieß er hervor, ohne eine Antwort abzuwarten. Alex hatte ihn so noch nie erlebt. Sie bemühte sich, ruhig zu bleiben. Aber sie merkte, wie ihr mit jedem seiner Sätze ein neuer Schauer über den Rücken lief.

»Danke«, sagte sie. »Wir sind schon unterwegs.«

Sie drehte sich zu Lepke.

»Elisabeth Römer ist nicht nur Altenpflegerin, sondern auch Therapeutin. Sie hat vorher in der Charité am Campus Benjamin Franklin gearbeitet. Dort hat sie über mehrere Jahre hinweg eine Selbsthilfegruppe für Betroffene von häuslicher Gewalt betreut. Meyer hat eine Liste der Teilnehmer aufgetrieben, in der Gruppe waren insgesamt vierunddreißig Frauen. Aber nur sechs von ihnen wohnen in Charlottenburg, fünf Namen kennen wir, die einzige, die jetzt noch lebt, ist eine Nora Bias. Guerickestraße 21. Kindergärtnerin. Der Ehemann arbeitet im Kreisbüro der CDU, aber … Darum geht es jetzt nicht, ich weiß nicht, warum Meyer das überhaupt erwähnt hat.«

Alex presste die Hände gegen die Schläfen.

»Also los«, sagte Lepke. »Fahren wir.«

Die Kollegen des Streifenwagens nickten nur, als Lepke ihnen die Adresse zurief. Alex hatte sich kaum angeschnallt, als der BMW schlingernd wendete.

Lepke hatte beide Hände auf dem Lenkrad, seine Fingerknöchel leuchteten weiß.

»Warum sucht sie sich nur die Frauen aus, die in Charlottenburg wohnen?«, stieß er hervor, während er auf die Hauptstraße einbog

»Ich weiß es nicht«, sagte Alex leise. »Keine Ahnung.«

Lepke stemmte die Hand auf die Hupe und setzte an, um einen Postlaster zu überholen. Die Lkw-Reifen schleuderten gischtende Wasserfontänen über die Motorhaube des BMW.

»Als Kind wollte ich unbedingt Postbote werden«, sagte Lepke mehr zu sich selbst, während er den Wagen zurück auf die eigene Straßenseite lenkte.

Als Alex den Kopf zur Seite drehte und in den Rückspiegel blickte, konnte sie einen zweiten Streifenwagen ausmachen, der sich zur Unterstützung zwischen den BMW und den Postlaster geschoben hatte.

Das blaue Licht warf zuckende Blitze auf die Straße, gegen die auch der Regen nicht ankam. Die Häuserwände, an denen sie vorbeikamen, wurden jäh aus der Dunkelheit gerissen.

Ihre Gedanken schweiften ab. Lepkes Berufswunsch als Kind löste eine längst vergessen geglaubte Erinnerung in ihr aus. Der Vater ihrer besten Schulfreundin war Postbote gewesen. Manchmal hatte er Ansichtskarten mit besonders schönen Motiven oder lustigen Texten mit nach Hause gebracht, anstatt sie in die Briefkästen zu werfen. Es hatte Alex fasziniert, dass er für jedes Haus auf seiner Route einen Schlüssel besaß, weil sich die meisten Briefkästen in den dunklen Hausfluren hinter dem Eingang befanden. Sie hatte damals versucht, eine Geschichte über Schlüssel zu schreiben, aber schon das Wort Schlüssel falsch geschrieben. Mit nur einem s. Schlüsel. Nicht alles in ihrer Kindheit war schlecht gewesen.

»Warum sind wir uns so sicher?«, fragte Lepke und unterbrach so ihre Erinnerung. »Warum sollte sie nicht eine der anderen Frauen wählen, eine, die nicht in Charlottenburg wohnt? Vor allem jetzt, wo wir ihr auf der Spur sind?«

»Sie weiß nicht, dass wir ihr auf der Spur sind.«

»Sie muss es zumindest befürchten. Du hast sie gesehen, als du mit ihr im Treppenhaus zusammengestoßen bist. Das war nicht geplant gewesen, damit hast du ihr einen ziemlichen Schrecken versetzt. – Hat Meyer noch etwas über sie herausgefunden, was du vorhin nicht erzählt hast?«

»Er hat ihren Namen mit deiner Liste abgeglichen. Es gab bei Elisabeth Römer nie einen Einsatz wegen häuslicher Gewalt oder Ruhestörung oder Ähnlichem. Sie ist allerdings auch schon seit sieben Jahren verwitwet; Felix Römer, ihr Mann, starb an einem Herzinfarkt. Sie waren siebenundzwanzig Jahre verheiratet gewesen, keine Kinder. Er hat als Postbote gearbeitet. Immer im selben Haus gewohnt. Das hat er von den Eltern geerbt, die früh bei einem Verkehrsunfall ums Leben kamen …«

Lepke schien beeindruckt von der Fülle an Informationen, die Alex während des Handygesprächs in ihrem Kopf gespeichert hatte. Sie konnte sich irgendwelche Kleinigkeiten zuverlässig merken. Sie wusste um diese Fähigkeit, sie wusste aber auch, wie belastend sie sein konnte. Und gerade jetzt hätte sie sich gewünscht, nur ein paar, dazu aber eindeutige Fakten zu einem schlüssigen Ganzen zusammensetzen zu können.

»Postbote«, sagte Lepke kopfschüttelnd. »Und dabei habe ich dir gerade noch erzählt ... Was ist? Was hast du?«

Alex hatte mit der Hand aufs Armaturenbrett geschlagen.

»Postbote«, wiederholte sie. »Schlüssel! Mann, Lepke, Postboten haben Schlüssel für ...«

Lepke rammte den Fuß auf die Bremse. Die beiden Streifenwagen hatten Mühe, nicht auf den BMW aufzufahren. Sie kamen links und rechts von ihnen mit heulenden Sirenen zum Stehen. Die blauen Lichtblitze rissen gezackte Löcher in die Straße.

Lepke hob entschuldigend die Hand in die Höhe, bevor er für einen Moment die Stirn aufs Lenkrad presste. Seine Stimme war so leise, dass Alex ihn kaum verstand.

»Postboten haben Schlüssel für die Häuser, bei denen die Briefkästen nicht außen sind ... Ruf Meyer an!«

Alex hatte ihr Handy schon in der Hand. Während sie auf die Verbindung wartete, ließ Lepke die Kupplung kommen, machte den Kollegen entsprechende

Zeichen und gab Gas. Auf der nassen Straße drehten die Räder durch.

»Meyer? Wir brauchen die Postboten-Route von Felix Römer. Sein Nachfolger wird dieselbe Route haben, hoffe ich. Ruf uns an, sowie du was hast!«

Lepke musste wieder eine Vollbremsung hinlegen, gerade noch rechtzeitig. Das Einsteinufer war mit rot-weißen Warnbaken abgesperrt, eine weitere Baustelle. Eine Planierraupe stand quer auf der Straße, es gab keine Möglichkeit, die Absperrung zu umfahren. Lepke schaltete in den Rückwärtsgang und legte ein Wendemanöver hin, an das die Fahrer der Streifenwagen sich noch lange erinnern würden.

Drei Minuten später hielten sie an der Ecke zur Guerickestraße. Alex nahm das Blaulicht vom Dach, die Kollegen in den Streifenwagen reagierten prompt. Im nächsten Augenblick lag die schmale Straße in regennasser Dunkelheit vor ihnen. Alex' Handy klingelte. Meyer.

»Dieser Felix Römer war Postbote für den Bezirk Charlottenburg. Und ja, die Guerickestraße gehörte zu seiner Route.« Weiter kam er nicht. Wagner hatte ihm offensichtlich den Hörer aus der Hand genommen.

»Alex? Ich bin in spätestens einer halben Stunde bei euch. Bis dahin müsst ihr ohne mich klarkommen. Aber wir haben das SEK bereits informiert. Und sie haben Anweisung, auf euch zu hören. Sie müssen jeden Moment da sein.«

»Sie sind schon da«, erwiderte Alex, während sie Lepke auf den Mercedes Sprinter aufmerksam machte, der ein paar Meter weiter am Straßenrand parkte. Etwas entfernt meinte sie, einen zweiten Kastenwagen ausmachen zu können.

Lepke und Alex verließen den BMW. Bevor sie klopfen konnten, wurde ihnen die Schiebetür von innen geöffnet. Sie stiegen in den blickdicht abgedunkelten Innenraum, in dem sich mehrere Kollegen mit schusssicheren Westen drängten. Der Gruppenleiter des Einsatzkommandos rauchte Kette. Sein grauer Bart war gelblich, er stank aus allen Poren nach filterlosen Zigaretten. Seine Augen waren etwas zu klein und starr, man konnte ihn eher für ein Meerschweinchen als für einen Menschen halten. Nur dass Meerschweinchen nicht rauchten. Er nickte zur Begrüßung, wobei er keine Miene verzog.

Lepke stellte sich und Alex kurz vor.

Ein erneutes Nicken war die einzige Antwort.

Lepke versuchte ein Lächeln.

»Was schlagen Sie vor?«

Er war bemüht, es nicht zu einer Konfrontation kommen zu lassen. Alex war erleichtert. Das Letzte, was sie jetzt gebrauchen konnten, war ein Hahnenkampf.

»Meine Männer sind an ihren Plätzen«, informierte sie der Gruppenleiter in einem Ton, der keinen Zweifel daran lassen sollte, dass alleine ihre Gegenwart eine Zumutung für ihn darstellte. »Ihr sagt, wann wir zugreifen sollen, den Rest übernehmen wir.«

Er zündete sich eine Zigarette an seiner alten an.

Alex überlegte, mit dem Rauchen aufzuhören. Nicht heute Nacht. Aber sowie der Fall abgeschlossen war.

»Hat schon jemand von euch mit der Frau geredet?«, fragte Lepke zögernd, vielleicht auch nur, um überhaupt etwas zu sagen.

Der vergilbte SEK-Chef winkte ab.

»Warum? Wozu soll das gut sein?«

Lepke war sichtlich verwirrt.

»Moment! Wisst ihr denn, ob sie überhaupt zu Hause ist?«

»Ist sie.«

»Und wie lange steht ihr schon hier?«

»Seit ungefähr zehn Minuten. Warum?«

»Ist in der Zeit, seit ihr hier seid, irgendwas passiert?« Lepke machte einen weiteren Versuch, so etwas wie eine Struktur für ihr weiteres Vorgehen zu bekommen.

»Nicht wirklich. Alles ruhig. Wir beobachten die Wohnung. Sie trinkt Tee, das ist alles.«

Alex zuckte zusammen, auch Lepke reagierte sofort.

»Tee? Woher wisst ihr das?«

Der vergilbte Einsatzleiter zündete sich schon wieder eine neue Zigarette an, die alte lag noch qualmend im Aschenbecher vor ihm. Alex' Augen brannten.

»Ich sag doch, wir beobachten sie. Kurz bevor ihr eingetroffen seid, hat sie die Vorhänge zugemacht. Und dabei hatte sie eine Teetasse in der Hand. Zufrieden?«

Lepke starrte ihn einen Moment an, bevor er fragte: »Also könnt ihr sie jetzt gar nicht mehr sehen? Weil die Vorhänge zu sind? Das heißt, wir haben keine Ahnung, was da oben los ist?«

Er tauschte einen Blick mit Alex, gleichzeitig drängten sie sich zur Tür.

»Wir gehen rein«, erklärte Alex. »Und bitte keinen Zugriff. Nicht bevor wir uns melden.«

»Eure Entscheidung. Halt! Was ist mit Westen? Ihr wollt doch nicht etwa …«

Der Rest seines Satzes ging im Klappern der Schiebetür unter, als Lepke sie aufriss.

Als sie nebeneinander an der Haustür standen, ging ihr Atem ganz ruhig. Es war zu spät, um noch lange zu überlegen. Sie hatten eine Entscheidung getroffen. In wenigen Minuten würden sie wissen, ob es die richtige gewesen war.

Lepke nickte.

Alex drückte diverse Klingeln, nur die mit dem Namen »Bias« ließ sie aus. Die Gegensprechanlage blieb stumm, dafür summte der Türöffner leise. Lepke stieß die Tür auf. Dann griff er eines der Fahrräder, die im Flur standen, und verkeilte es in der Eingangstür. Alex war sich nicht sicher, was er damit bezweckte, sagte aber nichts. Irgendwie wirkte seine Aktion vollkommen logisch. Wie ein kleines Detail in einem Film, der unaufhaltsam auf den Höhepunkt zusteuerte.

Sie nahmen zwei Treppenstufen auf einmal. Nora Bias wohnte im dritten Stock, so viel hatte das Klingelbrett ihnen verraten. Dritter Stock, linke Wohnung.

Lepke gab ihr mit einem kleinen Seitenstoß zu verstehen, dass sie richtig waren. An der Wohnungstür umrahmten zu einem Kranz geflochtene Trockenblumen ein Blatt aus einem Zeichenblock, auf dem mit Kinderhand geschrieben stand: HIR WOHNT NORA. In dem Wort *hier* fehlte das e. Hinter *Nora* war mit Wachsmalstiften ein Herz gemalt. So bunt wie ein Regenbogen.

Als Lepke und Alex einen Blick tauschten, zuckten sie beide mit den Schultern. Sie konnten nicht einfach klingeln – wenn Elisabeth Römer tatsächlich in der Wohnung war, würden sie damit das Leben von Nora Bias erst recht gefährden. Falls sie überhaupt noch am Leben war. Die Männer vom SEK hatten nur eine Frau mit einer Teetasse gesehen; sie wussten weder, wie Nora Bias, noch wie Elisabeth Römer aussah. Und falls Elisabeth Römer bislang gar nicht erschienen war, hatten sie sich vielleicht die einzige Möglichkeit genommen, sie zu fassen.

Lepke sah aus, als wüsste er plötzlich nicht weiter. Aus der Wohnung war wie aus großer Ferne Musik zu hören.

Keine Stimmen.

Kein anderes Geräusch.

Alex schloss kurz die Augen, um sich zu konzentrieren. Maja ging gerne ohne Jacke raus, und jedes Mal steckte sie diverse Kleinigkeiten in Alex' Jackentaschen, wenn sie zusammen unterwegs waren. Alex hatte sich schon häufig darüber aufgeregt, jetzt war sie zum ersten Mal glücklich darüber, als sie in der linken Tasche einen Lippenstift und ein paar Haarnadeln ertastete. Mit einer schnellen Bewegung bog sie zwei Nadeln auseinander.

Lepke blickte streng. Das war gegen die Regeln. Aber er hielt sie nicht auf, als sie sich vor das Schloss kniete.

Alex brauchte weniger als eine Minute, um die Tür zu öffnen. Ein leises Klicken verriet ihr, dass das Schloss zurückgeschnappt war.

»Woher …?«, flüsterte Lepke ihr direkt ins Ohr.

»Mein Vater.« Sie antwortete ebenso leise. Sie hätte nicht gedacht, dass sie jemals in ihrem Leben ihrem Vater danken würde. Sie richtete sich wieder auf. Bevor Lepke langsam die Tür aufdrückte, zogen sie ihre Waffen.

Die Wohnung war hell erleuchtet. Édith Piaf sang *»Non, je ne regrette rien«*.

Keine Stimmen.

Kein Gespräch.

Kein Streit.

Kein anderes Geräusch.

Der Flur ging zu beiden Seiten ab, am linken Ende stand eine Tür offen. Von dort kam auch die Musik. Alle anderen Türen waren geschlossen.

Mit dem Rücken zur Wand und vorgestreckten Waffen schlichen Alex und Lepke durch den Flur. Plötzlich knallte ein Fenster zu, gleich darauf die Wohnungstür, die sie nicht wieder geschlossen hatten.

Durchzug. Ein Windstoß. Mehr nicht. Nur leider zur falschen Zeit.

Lepkes Gesicht hatte die Farbe der weiß getünchten Wand hinter ihm angenommen. Alex biss die Zähne auf die Lippen. Sie warteten, mit den Waffen in Richtung geöffnete Zimmertür. Wer immer in dieser Wohnung war, würde nachsehen wollen, was den Knall verursacht hatte. Aber es rührte sich nichts. Niemand trat in den Flur. Nur die Musik wurde ausgestellt.

Lepke wechselte zur anderen Flurseite, parallel schoben sie sich Schritt für Schritt weiter. Alex war auf ihre eigenen Bewegungen konzentriert, auf Lepkes synchrone Schritte, auf die geöffnete Tür. Sie fühlte sich wie in einem Kokon, alles andere um sie herum wurde ausgeblendet. Endlich hatte sie einen freien Blick auf die eine Seite des Zimmers, ein Bücherregal, bunte Kinderzeichnungen, ein CD-Spieler, dessen Standby-Anzeige blinkte.

Sie sah, wie Lepkes Lippen ein »Jetzt« formten, dann hatte er auch schon einen Schritt durch die Tür gemacht und stand mit vorgestreckter Waffe im Zimmer. Alex folgte ihm in gleicher Haltung. Vorschriftsmäßig. Bereit, sofort zu reagieren, wenn … wenn was?

Elisabeth Römer kniete über dem Körper einer jungen Frau am Boden. In ihren Händen hielt sie ein Kissen. Sie bewegte sich nicht. Sie zuckte noch nicht mal zusammen, als Lepke und Alex vor ihr standen. Als hätte sie mit ihnen gerechnet.

Erst als Alex die Waffe sinken ließ und sich räusperte, drehte sie sich wie in Zeitlupe zu ihnen um. Dann erhob sie sich und ließ das Kissen fallen. Sie blickte Alex direkt in die Augen, als sie kaum hörbar sagte: »Du hättest es mich beenden lassen sollen.«

Im gleichen Moment wusste Alex, dass sie diesen Satz, diese Augen und das in Falten zerfallene Gesicht nicht mehr aus ihrem Kopf bekommen würde. Nie mehr.

Man ist entweder Opfer oder Täter.

Nachspiel

Auf dem Landwehrkanal paddelt der Sohn einer norwegischen Konzertpianistin mit einem olivgrünen Schlauchboot aus Beständen der Nationalen Volksarmee zu einer Anlegestelle, an der eine Gruppe deutlich angetrunkener junger Männer, mit denen er seit der Schulzeit befreundet ist, auf ihn wartet, um gemeinsam seinen dreißigsten Geburtstag zu feiern.

In einem italienischen Restaurant am Planufer, das laut Speisekarte auch Pizza »mit gestreiftem Pferdefleisch« anbietet, entschließt sich ein Vater, einen letzten Versuch zu unternehmen, um seine lange schon erwachsene Tochter zu finden – er weiß, dass sie ihn nie wiedersehen wollte, aber genau wie er ist sie Polizistin geworden, und er hat die vage Hoffnung, dass sie endlich bereit ist, ihm zu verzeihen.

Am Ende des Kurfürstendamms schleppt ein Mann mit Hut direkt vor dem Fenster des vollbesetzten Wartezimmers einer Zahnarztpraxis eine Beate-Uhse-Puppe zur Tankstelle auf der gegenüberliegenden Straßenseite, um mit dem Reifenprüfgerät neue Luft in die schlaffe Hülle zu pumpen.

Ein Vater zwingt seine Tochter, den Kopf einer verletzten Amsel zu zertreten.

Elisabeth Römer ließ sich widerstandslos abführen. Lepke schaffte es, Nora Bias wiederzubeleben, noch bevor der Rettungswagen eintraf und der Notarzt alles Weitere übernahm.

Als Alex wieder auf die Straße trat, kam ihr Wagner entgegen. Für einen Moment schien es ihr, als wollte er sie in die Arme nehmen. Unbewusst duckte sie sich und drehte sich wortlos zur Haustür, um sich eine Zigarette anzuzünden.

Auch Ines und Marcel waren inzwischen aufgetaucht. Wo immer sie vorher gewesen waren oder was immer sie in den letzten beiden Tagen überhaupt gemacht hatten, jetzt waren sie jedenfalls eindeutig beleidigt. Weil jetzt ganz sicher Alex und Lepke die Lorbeeren für die Lösung des Falls einstreichen würden, was ihnen ihrer Meinung nach nicht zustand.

Aber Wagner war glücklich. Was sich darin äußerte, dass er von einem Fuß auf den anderen trat – so wie Hunde es machen, wenn sie sich freuen. Um gleich darauf Lepke begeistert auf die Schulter zu klopfen und ihm dabei so nahe zu kommen, dass es fast schien, als wollte er ihm gleich das Gesicht ablecken.

Bis das Meerschweinchen auf sie zusteuerte, mit der unvermeidlichen Kippe im Mundwinkel.

»Schade, dass wir nicht zum Zug gekommen sind. Aber was soll's. Können wir jetzt abrücken, oder gibt's noch was?«

»Gibt's noch was?«, brüllte Wagner ohne Vorwarnung los. »Mann, wollen Sie uns nicht wenigstens mal gratulieren? Wir haben gerade einen Fall gelöst. Und zwar mit Bravour. Hier, meine Leute, von denen kann Ihre Truppe noch was lernen! So macht man das nämlich. Mit Fleißarbeit und Köpfchen. Mit Hacken ablaufen – um dann, wenn's so weit ist, ohne Zögern zuzuschlagen. Bumms. Aus. Das war's. So muss Polizeiarbeit aussehen. Und ich freu mich schon jetzt auf die Pressekonferenz, wenn wir den Geiern endlich mal zeigen können, wo die Harke hängt! – Was? Was ist? Ist was?«, blaffte er gleich darauf Ines an, die zögernd widersprechen wollte.

»Ich möchte nur darauf hinweisen, dass der Fall meiner Meinung nach bislang nicht gelöst ist. Da ist immer noch die erste Leiche. Von der wir bis heute nicht wissen, wer sie überhaupt ist. Und für die wir auch keinen Mörder haben …«

Wagner zog die Augenbrauen zusammen.

»Verdammt. Dann kümmern Sie sich darum, statt hier große Reden zu schwingen und mich vorzuführen. Natürlich, klar, Sie haben recht. Aber das wird ja wohl nicht so schwierig sein, da noch mal richtig Gas zu geben, bis wir das auch vom Tisch haben.«

Wütend machte er auf dem Absatz kehrt und marschierte davon.

Der Einsatzleiter blickte hinter ihm her und tippte sich an die Stirn.

»Das habe ich gesehen«, sagte Lepke, um sich im nächsten Moment wieder zu Ines und Marcel zu drehen. »Morgen früh im Büro.«

Ohne ein weiteres Wort zog er Alex mit sich.

Als sie die Tür des BMW öffnete, um einzusteigen, fühlte sie das Fieber und den Schnupfen kommen. Sie sehnte sich nach einer heißen Dusche. Aber sie wusste, dass jedes noch so heiße Wasser ihre Frustration nicht wegspülen konnte. Sie musste auch den letzten Schritt machen. Und ganz sicher würde sie in dieser Nacht nicht schlafen können.

*

Alex fürchtete sich davor, mit Elisabeth Römer reden zu müssen. Auf dem Weg zum Vernehmungsraum hatte sie das Gefühl, als würde sie gegen eine unsichtbare Wand anrennen. Nur mit Mühe konnte sie das Bedürfnis unterdrücken, einfach umzudrehen. Lepke strich ihr beruhigend über den Rücken.

Die Geste tat ihr gut, dennoch blieb der fahle Geschmack in ihrem Mund. Als sie vor die einseitig durchlässige Glasscheibe traten, musste sie mehrmals hintereinander heftig schlucken.

Elisabeth Römer wirkte kleiner und schmächtiger, als Alex sie in Erinnerung hatte. Ihr Blick war starr auf die kahle Wand gerichtet. Ihre Wangenknochen traten hervor und ließen das Gesicht eingefallen aussehen. Die grau-blonden Haare waren nach oben gesteckt, einige Strähnen hatten sich gelöst. Ihr Profil verriet, dass sie einmal eine sehr schöne Frau gewesen war. Die Hände hatte sie vor sich auf der Tischplatte gefaltet, der Oberkörper war leicht nach vorne gebeugt. Nur den Kopf hielt sie gerade. Sie hatte noch nicht aufgegeben. Sie würde niemals aufgeben.

Die Neonröhre im Raum flackerte. Als Alex sich zu Lepke drehte, nickte er ihr zu, als hätte sie ihm eine Frage gestellt. Oder als hätte er ihre stumme Bitte verstanden. Leise öffnete er die Tür und zog sie ebenso vorsichtig wieder hinter sich ins Schloss.

Alex presste die Stirn an die kühle Scheibe. Die Szene kam ihr fast unwirklich vor. Lepke näherte sich langsam dem Tisch, hob den Stuhl an, statt ihn wie sonst über den Boden zu scharren, setzte sich. Elisabeth Römers Augen waren auf ihn gerichtet, dennoch sah sie durch ihn hindurch. Lepke sagte etwas. Sein Gegenüber bewegte sich keinen Millimeter, schien kaum zu atmen.

Umso unerwarteter war es, als Elisabeth Römer sich plötzlich mit den Händen von der Tischkante wegschob und aufstand. Langsam. Wie in Zeitlupe. Dann begann sie, zwischen Tisch und Tür auf und ab zu gehen. Drei Schritte hin, drei zurück. Wie ein Panther im Käfig.

Sein Blick ist vom Vorübergehn der Stäbe
so müd geworden, dass er nichts mehr hält.

Rilke, dachte Alex. Ilse hatte ihr das Gedicht manchmal vorgelesen, als ihre Augen noch besser waren.

Alex sah, dass Elisabeth Römer jetzt etwas sagte. Leise, denn Lepke musste sich vorbeugen, um sie zu verstehen. Alex wollte den Lautsprecher einschalten, zögerte dann aber und wartete. So wie auch Lepke zu warten schien.

Als ob es tausend Stäbe gäbe
und hinter tausend Stäben keine Welt.

Lepke suchte ihren Blick hinter der Scheibe. Mit einer kaum sichtbaren Bewegung des Kopfes deutete er auf Elisabeth Römer, die unverändert auf und ab lief, und zuckte mit den Achseln. Dann stand er auf und verließ den Raum, wobei er sich bemühte, deren Schritte nicht zu kreuzen.

Als Alex auf den Gang trat, klopfte Lepke gerade eine Zigarette aus seiner Packung, steckte sie in den Mund und steuerte auf die Notausgangstür am Ende des Flurs zu. Alex folgte ihm. An der Tür hing ein leuchtend rotes Schild: NUR IM NOTFALL ÖFFNEN. ALARMGESICHERT. Lepke ignorierte die Warnung und stieß die Tür auf. Alles blieb still.

Als Alex hinter ihm über die Eisenschwelle nach draußen trat, hielt er ihr eine brennende Zigarette hin. Sein Gesicht wirkte eingefallen und grau. Die Lachfalten waren verschwunden. Er wartete, bis Alex den Rauch ausstieß, und musterte sie, als wollte er abschätzen, wie viel sie ertragen konnte.

»Jetzt sag schon«, forderte Alex ihn ungeduldig auf.

»Du musst das nicht machen.«

»Was?«

Er nahm ihr die Zigarette aus den Fingern, als hätten sie plötzlich keine Zeit mehr zu verlieren. Ohne einen Zug zu nehmen, schnippte er die Kippe auf den Hinterhof und stieß hervor: »Mit mir will sie nicht reden. Sie sieht mich ja noch nicht mal an! Sie sagt, sie wird nur mit dir sprechen. Und zwar allein.«

Alex sah die unausgesprochene Warnung in seinem Blick, nickte aber nur und war schon an ihm vorbei und wieder auf dem Flur, bevor er etwas sagen konnte.

Als sie die Tür zum Vernehmungszimmer öffnete, hatte sie das Gefühl, in ein elektrisches Spannungsfeld zu treten. Sie setzte sich, klickte das Aufnahmegerät an und nannte Namen, Datum, Uhrzeit. Elisabeth Römer blieb abrupt stehen, mit dem Rücken zu Alex, den Blick auf die Wand gerichtet. Es war Alex, die die Stille nicht aushielt.

»Frau Römer? Sie wollten mit mir sprechen.«

Alex war sich nicht sicher, meinte aber, ein leises, bitteres Lachen zu hören. Alles in ihr schien sich zu verkrampfen, bis Elisabeth Römer fast tonlos sagte:

»Ich dachte, du würdest mich verstehen. Ich dachte, nach allem, was du selber durchgemacht hast, würdest du erkennen, dass ich auf deiner Seite bin. Ich hatte gehofft, du würdest verstehen …«, wiederholte sie, weiterhin mit dem Rücken zu Alex.

Alex holte tief Luft. Ihr war jetzt völlig klar, dass sie nicht hier sein sollte. Dass nicht ausgerechnet sie mit Elisabeth Römer reden sollte. Ihre Vergangenheit war wie eine offene Wunde, für jeden sichtbar, der wusste, wonach er suchen musste. Aber sie schaffte es nicht, aufzustehen und zu gehen. Stattdessen fragte sie leise:

»Wie meinen Sie das?«

Elisabeth Römer gab wieder dieses heisere Lachen von sich. Es klang nicht mitfühlend. Langsam drehte sie sich um und kam an den Tisch. Setzte sich. Blickte Alex mit Augen an, die von jahrelangen Schmerzen und der Wut erzählten.

»Du kannst Lis zu mir sagen, Alex. Und ich darf doch Alex sagen, oder?«

Alex reagierte nicht. Elisabeth Römer erwartete ohnehin keine Antwort. Alex musste den Abstand wahren, sie war diejenige, die die Vernehmung führte. Und manchmal war Schweigen wirkungsvoller als jede andere Reaktion. Elisabeth Römer brauchte ohnehin weder Fragen noch Antworten. Sie wollte loswerden, was sie zu sagen hatte, nicht mehr und nicht weniger.

»Alex, hattest du nie den Gedanken, dich rächen zu wollen? Wolltest du nie diejenigen bestrafen, die dich so lange erniedrigt haben? Und als du älter wurdest, wolltest du da nie allem ein Ende setzen? Einen Schlussstrich ziehen? Denkst du nicht auch jeden Tag, dass jemand endlich etwas tun muss? Und dass vielleicht du es sein musst, weil es sonst niemand tut?

Glaub mir, Alex, ich weiß, wie es ist, mit dem Gefühl ständiger Angst aufzuwachen. Irgendwann tauchen unweigerlich Wut, unbändiger Zorn, der Wunsch nach Rache in einem auf. Jeden Morgen, wenn man aufsteht und die Angst aufs Neue spürt. Jeden Morgen, für den Rest deines Lebens. Und du weißt, dass es nie aufhören wird, wenn du nicht …«

Elisabeth Römer brach mitten im Satz ab. Sie presste sich die Fäuste auf die Schläfen. Ihre Stimme war jetzt so brüchig, dass Alex sich unwillkürlich vorbeugte.

»Wir sind uns ähnlich, Alex. Wir wollen beide vergessen, aber wir wissen auch, dass wir nie vergessen können. Weil da etwas in uns ist, das uns nicht vergessen lässt. Und deshalb kämpfen wir. Gegen die Angst, die uns die Luft zum Atmen nimmt.«

Als sie aufblickte, war in ihren Augen eine unendliche Traurigkeit.

»Du weißt, wie es ist, Alex, nicht wahr?«

Wieder war es nicht wirklich eine Frage, die Elisabeth Römer ihr stellte. Aber in ihrem Ton schwang eine leichte Unsicherheit mit, als wäre die Bestätigung von Alex ihre einzige Hoffnung. Und plötzlich begriff Alex, was sie in ihren Augen gesehen hatte, als sie auf dem Treppenabsatz im Altenheim zusammengestoßen waren – ihr eigenes Leben.

»Woher haben Sie es gewusst?«, fragte sie heiser.

»Man kann es sehen. An der Art, wie du läufst. Wie du deine Hände hältst. Wie du sprichst. Es steckt in dir. Du brauchst es nicht auszusprechen.«

Alex registrierte, wie die Tür aufging. Lepke.

»Frau Römer, wir brauchen kein Geständnis von Ihnen. Die Indizien sind vollkommen ausreichend. Wir sind nur hier, um ein paar Lücken zu schließen.«

Er blieb mit hängenden Armen vor Elisabeth Römer stehen.

Durchdringend sah diese Alex an, während sich in ihrem Blick etwas zu verändern schien. Ihre Augen verloren alle Farbe, wurden kalt und starr. Und dunkler. Viel dunkler.

»Ich habe ihnen geholfen. Es geht ihnen jetzt besser. Sie haben es verdient. Sie haben nichts anderes verdient.«

Als sie weitersprach, hatte ihre Stimme einen bösen Beiklang.

Nur manchmal schiebt der Vorhang der Pupille / sich lautlos auf. – Dann geht ein Bild hinein, / geht durch der Glieder angespannte Stille – / und hört im Herzen auf zu sein.

Alex brauchte einen Moment, bis sie realisierte, dass die Zeilen aus dem »Panther«-Gedicht von Rilke stammten.

Über Elisabeth Römers Gesicht liefen Tränen. Und tropften lautlos auf die vor ihrer Brust zusammengepressten Hände. Alex schloss die Augen.

Als sie wieder aufblickte, stand Lepke in immer noch der gleichen Haltung mitten im Raum.

Elisabeth Römer hatte aufgehört zu weinen. Sie hatte ihre Finger so stark in die Haut gepresst, dass Blut unter den Nägeln hervorquoll. Ihre Augen waren jetzt nicht mehr leer, sondern kalt und böse. Alex kannte die Geschichte. Mit anderen Personen und einem anderen Ende. Aber das Bild des ohnmächtig wütenden Mädchens, das sich vor ihren Augen für ein oder zwei Sekunden über Elisabeth Römers Gesicht schob, war Alex nur allzu gut bekannt.

»Warum?«, fragte sie. »Was heißt das, *sie haben nichts anderes verdient?*«

Elisabeth Römer lachte auf.

»Warum? – Warum nicht?«

Lepke trat einen Schritt vor. Alex schüttelte den Kopf.

»Weil sie nichts getan haben«, stieß Elisabeth Römer unvermittelt hervor. »Sie haben es hingenommen! Immer und immer wieder! Vierunddreißig Frauen habe ich in der ganzen Zeit betreut. Vierunddreißig! Glaubst du, nur eine von ihnen hätte sich jemals gewehrt? Nein, sie haben gelitten, still vor sich hin gelitten. Und wenn sie wieder geschlagen wurden, haben sie auch noch die andere Wange hingehalten. Gedemütigte, geprügelte, missbrauchte, vergewaltigte Frauen. Opfer. Aber nichts haben sie getan. Sich niemals gewehrt. Keine von ihnen. Nur ausgeheult haben sie sich bei mir. Woche um Woche habe ich mir ihre Geschichten angehört …«

Ihr Kopf stieß so plötzlich nach vorne, dass Alex zusammenzuckte. Als sich ihre Augen trafen, waren die von Elisabeth Römer wieder unendlich tief und traurig. Ihre Stimme zitterte, als sie weitersprach.

»Sie hatten so große Angst. Sie alle. Vor ihrem eigenen Mann! Und vor dem Leben und sich selbst. Es geht ihnen besser jetzt. Sie wollten nicht mehr. Aber warum habt ihr es mich nicht zu Ende bringen lassen? Es gibt noch so viele von ihnen, die ich hätte erlösen können. Wer soll es denn jetzt tun?«

Alex hatte das Gefühl, als wäre ihr Kopf ganz leer. Sie ließen Elisabeth Römer mit ihrer Frage allein. Auch weil es keine Antwort darauf gab.

*

Noch am selben Tag forderten sie ein psychologisches Gutachten an. Es war ihnen klar, dass sie auch den Tod von Elisabeth Römers Ehemann untersuchen mussten – obwohl sie kaum Zweifel daran hatten, wie das Ergebnis dieser Untersuchung aussehen würde. Und sie gingen davon aus, dass Elisabeth Römer nach ihrem Prozess in die forensische Psychiatrie überwiesen werden würde.

*

Es war kurz vor sieben am nächsten Morgen, als Alex am offenen Fenster stand und in den grauen Hinterhof starrte. Der Regen hatte aufgehört, aber die Nässe schien aus jeder Mauerritze zu dringen. Sie hüllte Berlin in einen unsichtbaren Vorhang aus stickiger Luft, die das Atmen schwermachte.

Lepke würde sie im Büro erwarten. Am vergangenen Abend hatte er vor ihrer Haustür versucht, sie zu küssen. Sie hatte nur den Kopf geschüttelt.

»Du hast recht«, hatte er gesagt. »Dann bis morgen früh im Büro.«

Als er sich mit hängenden Schultern umgedreht hatte, schien seine Jacke zu groß für ihn zu sein.

Sie konnte jetzt nicht ins Präsidium fahren. Auf das Diagramm an der Glaswand starren. Sich auf Ines' Geplapper konzentrieren, selbst wenn es mehr war als nur Geplapper. Auf Marcel. Meyer ... Lepke.

Ihre Entscheidung war bereits in der vergangenen Nacht gefallen. Es gab kein Zurück mehr. Ebenso wenig wie es keinen Zweifel daran gab, dass sie den Mörder des ersten Opfers, nach dem sie immer noch suchten, dort antreffen würde, wo ihn niemand vermutete. Niemand außer ihr. Als gäbe es plötzlich so etwas wie eine Verbindung zwischen ihnen, die sie unwiderruflich anzog.

Es war noch dunkel, als sie in die Straße einbog, in der alles angefangen hatte. Die zurückversetzten Häuser blickten ihr aus schläfrigen Gesichtern entgegen, nur die Augen der Küchenfenster waren hier und da schon hell und geöffnet.

Einzig das kleine Haus von Gärtner schien noch vollkommen in der Nacht versunken. Alex fragte sich, ob Gärtner und Chrissel von Grasholm überhaupt zu Hause waren. Aber es war egal, es spielte keine Rolle. Sie hatten nichts mit alldem zu tun. Nicht mehr.

Irgendwo kläffte ein Hund.

Alex stellte das Motorrad ab und überquerte die Straße. Vor dem weißen Flachdachbungalow blieb sie stehen. In der Luft hing ein stechender Geruch nach Braunkohle, der sie an ihre Kindheit erinnerte. Sie war nicht nervös, sie hatte auch keine Angst. Es war, als würde sie neben sich stehen. Eine fremde Person, die aufmerksam registrierte, was sie tat. Ohne Widerworte oder gut gemeinte Ratschläge.

Jim Jarmusch behauptete, alle Menschen wären Zombies. Vielleicht, dachte Alex, fühle ich mich das erste Mal wie ein Mensch.

Das Gartentor stand offen. Die Zeitung lag vor der Haustür. Der Briefkasten war mit Reklamezetteln vollgestopft. Alex hatte schon den Finger auf der Klingel, als sie zögerte. Sie hatte keinen Plan. Sie war alleine, ohne Rückendeckung. Aber vielleicht irrte sie sich auch. Sie hatte nichts als eine vage Vermutung, die sie noch nicht mal für sich selbst in Worte fassen konnte, geschweige denn jemand anderem überzeugend darlegen.

Als sie um das Haus herum zur Rückseite schlich, stand das rostige Fitnessrad nicht mehr an seinem Platz. Stattdessen lag eine Plane auf der Terrasse. Eine orangefarbene Plane aus einem Baumarkt, die Ecken waren mit Steinen beschwert. Als Alex einen Stein zur Seite schob und die Plane anhob, wusste sie, dass sie sich nicht geirrt hatte. Der Fuß schimmerte bleich, die Stellen, an denen die Farbe abgeplatzt war, erinnerten an eine ungeschickte Camouflage-

Bemalung. Am Schienbein war ein scharfkantiges Loch, ein deutlich erkennbarer Riss führte bis zum Knie hinauf. Eine einzelne Hand lag neben der Hüfte, das Kugelgelenk glänzte metallfarben. Alex hatte die Schaufensterpuppe gefunden, nach der sie so lange gesucht hatten …

Ein plötzlicher Windstoß ließ sie zusammenzucken. Die Zweige der Tannen im Garten flüsterten im Wind. Die Ruhe vor dem Sturm war vorbei, auch der Geruch nach Braunkohle schien wie weggeweht, die kurze Erinnerung an ihre Kindheit, die Hoffnung, dass alles noch gut werden könnte.

Aber was machte sie jetzt hier? Einen Mörder verhaften? Ohne Verstärkung? Einen Typen, der zwei Köpfe größer war als sie? Und der nicht zögern würde, sie anzugreifen, der sich auskannte, wenn es darum ging, jemanden niederzuschlagen, zu treten bis zur Bewusstlosigkeit.

Bis zum Tod.

Sie richtete sich langsam auf. Das Haus war dunkel. Vielleicht war er gar nicht da. Vielleicht schlief er noch. Vielleicht …

Sie drückte sich in den Schatten der Tannen und zog ihr Handy aus der Tasche. Schirmte das Display mit der Hand ab. Rief Lepkes Nummer auf.

Woher er plötzlich gekommen war, konnte sie hinterher nicht mehr sagen. Sie hatte keine Schritte gehört, keinen Schatten gesehen, nur das Gefühl gehabt, dass da jemand war.

Aber da war es schon zu spät. Der erste Schlag

erwischte sie mit voller Kraft an ihrer Schulter. Der zweite traf direkt auf die Halsschlagader. Ihr Körper knickte zusammen und prallte hart auf die Steinplatten des Gartenwegs. Als sie sich automatisch zur Seite rollte und die Muskeln anspannte, um wieder aufzustehen, bekam sie einen Tritt in den Unterleib. Ihr Körper krümmte sich. Dann wurde ihr Kopf an den Haaren hochgerissen und erneut auf die Steinplatten geschmettert. Ihr Körper sackte widerstandslos zusammen. Ein einzelner greller Lichtblitz noch, dann nur noch Schwärze.

Sie spürte nicht mehr, wie es plötzlich anfing zu stürmen, wie die Luft schwer wurde. Sie spürte auch den prasselnden Regen nicht mehr. Wie er in ihre Kleidung und ihre Haut drang und das Blut von ihrem Kopf wusch.

Irgendwann packte der Mann sie an den Füßen und zerrte sie über den Weg und die Terrasse zur Hintertür des Hauses.

*

Ihr Kopf fühlte sich an wie mit Watte gefüllt. Mit einer Watte, die immer mehr aufquoll, von innen an ihre Schädelplatte drückte, als wollte sie ihren Kopf sprengen.

In ihrem Mund war ein metallischer Geschmack. Wie nach Blei. Nach Blut. Nach Erbrochenem. Nach Kotze.

Als sie versuchte, die Augen zu öffnen, weigerten

sich ihre Lider. Es dauerte eine Weile, bis sie begriff, dass ihre Augen zugeschwollen waren. Die Lider blutverkrustet. Schließlich schaffte sie es, wenigstens ein Auge einen schmalen Spalt weit aufzubekommen; das Bild war unscharf, grau verhangen. Ihr Kopf schien bei der Anstrengung wieder zu explodieren, erst nach und nach kamen die Lichtblitze, die den Dingen um sie herum Gestalt gaben.

Metallregal mit Werkzeugen. Kartons und Kisten. In der Ecke eine Matratze, aufrecht an die Wand gelehnt. Blutflecken auf der Matratze. Viel Blut. Weiter nach rechts eine Stiege. Darüber eine nackte Glühbirne.

Ein Kellerraum.

In ihren Ohren war ein unablässiges Rauschen. Dazu das Hämmern ihres eigenen Herzschlags. So laut, dass es schmerzte.

Sie wollte sich die Ohren zuhalten, den Kopf festhalten, konnte aber ihre Arme nicht bewegen. Ihre Handgelenke waren gefesselt.

Sie war sich plötzlich nicht mehr sicher, ob sie lag oder saß. Mit unendlicher Mühe versuchte sie, ihren Blick zu fokussieren. Metall. Beigefarben. Mit abgestoßenen Kanten. Die Armlehnen mit brüchigem Plastik überzogen.

Ein alter Zahnarztstuhl. Nein, schlimmer. Ein Untersuchungsstuhl aus einer Frauenarztpraxis.

Ihre Beine waren gespreizt und an den Füßen mit Schlaufen fixiert. Ihr rechtes Bein zuckte unkontrolliert. Die Übelkeit wurde stärker, wie eine Faust, die ihr den Magen nach oben drückte und sie zu ersticken drohte. Sollte sie schon in diesem Moment aufgeben?

Das Rauschen in ihren Ohren. Regentropfen, die monoton gegen das vergitterte Kellerfenster prasselten.

Sie wusste nicht, wie lange sie so verharrte. Die Matratze in der Ecke erschien ihr wie eine Verheißung. Wenn sie sich nur auf den Boden legen, sich auf dem fleckigen Bezug zusammenkrümmen könnte. Einsinken. Verschwinden.

Die Stiege knarrte laut, als der Mann zu ihr in den Keller kam. Sie konnte sich nicht mehr an seinen Namen erinnern, obwohl sie gerade noch das Klingelschild gesehen hatte. *Gerade noch.* Vor einer Ewigkeit. Aber seine Frau hieß Anja. Hatte Anja geheißen. Bevor er sie umgebracht hatte, hatte sie einen roten Kimono getragen. Schwarze Kraniche auf rotem Grund.

Eine Weile stand er nur vor ihr und blickte sie an. Er trug wieder die Jogginghose. Und ein verwaschenes Fußballtrikot. Mit den Deutschlandfarben quer über der Brust. Das Tattoo auf seinem Unterarm hatte sie beim letzten Mal nicht gesehen.

RESPEKT.

Seine Augen waren klein und hell. Wässrig. Mit einem böswilligen Stechen. Etwas Sadistisches. Etwas, dass nicht zu verbergen war. Ganz kurz spielte ein Lächeln um seine Lippen. Dann drehte er sich um und ging wieder. Das Licht machte er aus.

Die Übelkeit nahm langsam ab. Nur der Kopfschmerz brannte noch in ihrem Kopf. Ihr Körper fühlte sich wund an. Geschunden. Missbraucht. Je länger sie im Dunkeln lag, desto stärker wurde das Gefühl, dass die tätowierten Skorpione auf ihrer Haut sich bewegten. Über ihre Arme krochen. Hinauf zu ihrem Hals. Zu der pulsierenden Ader. Sie wollte nach ihnen schlagen, aber die Handfesseln schnitten nur tiefer ins Fleisch, je mehr sie versuchte, die Hände zu befreien. Wenn sie die Augen aufmachte, kamen die schemenhaften Gegenstände im Zimmer näher. Die Ohnmacht war wie eine Erlösung.

Als sie das nächste Mal die Augen öffnete, war das Licht immer noch aus. Aber sie konnte ihre Hände und ihre Füße bewegen. Sie schaffte es, sich aufzusetzen, die Armlehne bohrte sich schmerzhaft in ihre Rippen, als sie sich zur Seite rollte und auf den Kellerboden stürzte. Alter Schmerz vermischte sich mit neuem Schmerz. Stumm schrie sie auf.

Für einen Moment blieb sie liegen. Halb unter dem widerwärtigen Stuhl, mit dem Gesicht nach unten. Dann nahm sie alle Kraft zusammen und stützte sich auf ihre Arme. Der Schwindel kam so plötzlich, dass sie nicht reagieren konnte und erneut auf den Boden sackte. Endlich schaffte sie es, sich an dem Stuhl hochzuziehen; ihr Atem ging keuchend, der Raum drehte sich. Aber sie stand. Sie spürte eine Welle von Hoffnung, die ihr kurz neue Kraft gab.

Sie bemerkte die Anwesenheit des Mannes erst, als er ihr seitlich gegen den Kopf schlug. Reflexhaft riss sie die Arme hoch und prallte schwer gegen den Stuhl. Ein neuer Schlag traf ihr Handgelenk. Ein Schlag mit einem Stock. Einer Eisenstange. Einem Stück Rohr. Etwas zersplitterte. Von der Wunde am Kopf fühlte sie das Blut über ihr Gesicht laufen.

Der Mann stand jetzt über ihr. Er lächelte noch immer. Aber er schien auf etwas zu warten. Auf irgendeine Reaktion.

Ihre Stimme klang krächzend, als sie den ersten Satz hervorstieß.

»War es so auch gewesen, als Sie Ihre Frau zusammengeschlagen haben? Anja. Auch hier im Keller?«

Er gab keine Antwort.

»Anja«, wiederholte Alex. »Ist sie gestürzt? War es ein Unfall? Oder haben Sie sie totgeschlagen? Was hatte sie getan? Sie mussten ihr Respekt beibringen – ging es darum?«

Sie improvisierte. Sie wusste nicht, was das eigentliche Ziel ihrer Fragen war. Es ging ihr nicht darum, ein Geständnis zu bekommen. Nicht mehr. Aber sie wollte ihn in die Enge treiben. Wenigstens das.

»Du redest zu viel. Sie hat auch viel geredet. Viel zu viel.«

»Mit wem? Mit den Nachbarn? Mit Gärtner? Diesem Spinner, den Sie beobachtet haben, wie er eine Schaufensterpuppe im Schnee vergraben hat. War Anja da bereits tot? Oder ist Ihnen die Sache mit der Puppe erst wieder eingefallen, als …«

Unvermittelt machte er einen Schritt auf sie zu. Der Tritt kam so schnell, dass sie keine Chance hatte.

Wieder in den Unterleib. Und wieder ein neuer Schlag gegen den Kopf, der sie zu Boden gehen ließ.

Als sie sich nicht mehr bewegte, stellte er seinen Fuß auf ihren Ellbogen. Als ob er testen wollte, ob noch Leben in ihr war. Ganz langsam wurde der Druck größer. Als sein Stiefel ihren Knochen zermalmte, schrie sie, bis das Schwarz zurückkam.

*

Der Regen hatte aufgehört, an das Fenster zu klopfen. Sie lag abermals an Händen und Füßen gefesselt auf dem Stuhl. Ihre Beine waren noch weiter gespreizt. Die Schmerzen fühlten sich so gleichmäßig an, dass es ihr fast gelang, sie zu ignorieren. Wo ihre Knochen zersplittert waren, spürte sie ein dumpfes Pochen. Ihr linkes Bein war ohne jedes Gefühl. Sie fragte sich, wie viel ein Körper eigentlich aushalten konnte. Sie hatte sich dieselbe Frage schon früher oft gestellt. Und immer gehofft, es nie zu erfahren.

Erst jetzt merkte sie, dass sie fror. Über ihren Körper zog sich eine Gänsehaut. Sie war nackt.

Sie hatte schon so oft gefroren. Sie hatte nie wieder irgendwo sein wollen, wo es kalt war. Kalt und dunkel. Wo sie Stunde um Stunde darauf wartete, dass er Erbarmen mit ihr hatte. Auch wenn sie damals noch gar nicht wusste, was Erbarmen bedeutete …

Sie war weggelaufen.

Ihr Vater hatte sie zurückgeholt.

In ihr Zimmer gesperrt. In die Abstellkammer. In

den Keller. In den Lattenverschlag auf dem zugigen Dachboden.

Strafe musste sein!

Sie sollte endlich aufhören, zu weinen und nach ihrer Mutter zu rufen. Er wollte nur ihr Bestes. Sie sollte ihm dankbar dafür sein, dass er sich um sie kümmerte. Sie stark machte. Sie abhärtete. Und sie später mal nicht so schwach sein würde wie ihre Mutter.

Sie war wieder abgehauen.

Aber dann war sie von alleine zurückgekommen. Das erste und letzte Mal. Wegen ihrer Mutter.

Natürlich musste er sie erneut bestrafen. Sie sollte schließlich etwas lernen. Für das Leben! Sie sollte begreifen, wie gut sie es bei ihm hatte.

Vor allem aber sollte sie begreifen, dass man entweder Täter oder Opfer war.

Die Mutter war das beste Beispiel.

Nur deshalb hatte er sie halb tot geschlagen.

Als sie die Schreie ihrer Mutter nicht mehr ertragen konnte, war sie so weit weggelaufen wie nie zuvor.

Und diesmal hatte Ilse sie gefunden. Ilse.

*

Als der lächelnde Mann zurückkam, hielt er eine Nagelpistole in der Hand. Bei ihren Beinen blieb er stehen. Langsam strich er mit dem kalten Plastik über ihren Oberschenkel.

Er hatte sich rasiert. Der Vollbart war verschwunden. Sein Kinn war zu klein. Ohne den Bart schien das Gesicht aller Konturen beraubt. Harmlos.

Er zögerte. Strich mit der freien Hand tastend über ihren Bauch. Dann über ihre Hüftknochen. Zog die Hand wieder zurück, kurz bevor sie den Schamhügel berührte.

Und hob die Pistole.

Alex wusste, was kommen würde. Sie wollte die Augen schließen, konnte aber den Blick nicht abwenden.

Er lächelte. Als wäre alles nur ein Spiel, setzte er die Pistole zwischen ihre Beine. Fast zärtlich.

Nur ein Spiel.

Nicht ernst gemeint. Nur um zu zeigen, was möglich wäre, wenn das Spiel vorbei war.

Plötzlich fuhr der Mann herum und blickte zur Stiege. Als hätte er etwas gehört. Ein Geräusch. Von oben. Aus den Räumen über ihnen. Schritte, die sich der Kellertür näherten …

Der Mann blickte zu Alex und hielt warnend den Finger vor die Lippen. Seine Augen bohrten sich in Alex' Blick. Gleich darauf erstickte der Schrei jedes andere Geräusch.

Ein Schrei, wie sie ihn noch nie zuvor gehört hatte. Qualvoll. Verzweifelt. Erst als der Mann schon auf der Stiege war, begriff sie, dass der Schrei von ihr selbst gekommen war. Aber sie wusste nicht, ob sie bereits geschrien hatte, als der Mann die Pistole auf die Mulde neben ihrem Hüftknochen drückte. Oder erst, als der Nagel stechend durch ihre Haut drang.

Sie spürte den bohrenden Schmerz in ihrem Inneren, den Krampf, mit dem ihr Körper verzweifelt versuchte, sich zu wehren. Und die Hitze, die sich in ihr ausbreitete wie ein alles verzehrendes Feuer. Ihr war nicht mehr kalt, sie glaubte zu verbrennen. Es kam ihr vor, als könnte sie riechen, wie die Flammen sich durch ihre Eingeweide fraßen.

Das Licht brannte noch immer. Sie wünschte sich die Dunkelheit zurück. Und die Kälte, die sie endlich gefühllos machen würde.

*

Jemand sprach mit ihr. Sie konnte eine Hand auf ihrer Wange spüren. Lepkes Stimme. Wie aus weiter Ferne. Aus irgendeinem Nebel, der keine Richtung kannte. Der einen im Kreis laufen ließ, bis man wieder da angelangt war, wo man eben noch davongelaufen war.

Irgendwo.

Nirgendwo.

»Er ist tot.«

Immer und immer wieder, wie ein Echo.

Er ist tot. Ist tot. Tot.

Und dann: »Ich bin gerade noch rechtzeitig gekommen. Wir haben dein Handy geortet. Es war noch eingeschaltet. Aber wir sind ein gutes Team, ich hatte den gleichen Verdacht wie du. Als ich die Berichte noch mal durchgesehen habe. Ich hatte das damals notiert, frag nicht, warum, es schien auch ohne

Bedeutung zu sein, passte nur zu dem Gesamteindruck: die Jogginghose, der ganze Typ ... und eben dieses Scheißtattoo auf seinem Arm. Und er wohnte genau gegenüber! Er hat Gärtner beobachtet. Gärtner und seine Schaufensterpuppe. Wahrscheinlich war seine eigene Frau da schon lange tot. Deshalb die ausweichenden Antworten, die er dir gegeben hat. Uns. Aber wir haben es beide nicht kapiert. Konnten wir zu dem Zeitpunkt auch noch gar nicht. Mir ist es erst endgültig klargeworden, als ich den Namen seiner Frau auf der Liste dieser Selbsthilfegruppe von Elisabeth Römer gefunden habe. Aber verdammt, Alex, warum hast du mich nicht sofort angerufen, als du den Verdacht hattest? Zusammen hätten wir das ... Egal. Vergiss es. Komm wieder zu dir, das ist das Einzige, was jetzt zählt. Ich bin hier. Ich warte auf dich. Ich passe auf dich auf. Du bist nicht alleine.«

Lepkes Stimme. Wie aus weiter Ferne.

*

Er erkannte sie kaum wieder. Sie war nicht viel mehr als ein vager Schatten unter den weißen, sterilen Krankenhauslaken. Ihre Augen waren tief in den Höhlen versunken, das Gesicht noch vollkommen entstellt. Sie war nicht ansprechbar. Er wusste nicht, ob überhaupt irgendetwas von dem, was er vor sich hin redete, in ihr Bewusstsein drang.

Die Ärzte hatten sich bemüht, ihn zu beruhigen. Ihr Verstand versuchte, den Körper zu schützen, indem er ihm die Möglichkeit verschaffte, sich selbst zu regenerieren. Sie würde Zeit brauchen. Viel Zeit. Es gab eine Chance. Aber sie war nicht groß.

Es wirkte, als würde sie nur sehr lange schlafen. Vielleicht wollte er sich auch genau das vorstellen. Nichts anderes. Er musste das Bedürfnis unterdrücken, sich einfach neben sie zu legen. Er traute sich nicht. Er hatte Angst, sie könnte zerbrechen, wenn er sie nur berührte.

Manchmal musste er sich die Tränen aus seinen übermüdeten Augen wischen. Er merkte kaum, dass er weinte. Erst wenn er den salzigen Geschmack im Mundwinkel schmeckte, schreckte er auf.

Er hatte Maja angerufen. Sie war auf dem Flughafen in Kopenhagen gewesen und wartete auf den Anschluss nach Stockholm. Sie hatte eine Ausstellung in Luleå, und sie hatte Alex davon erzählt. Aber bis zu ihrer Abreise hatte Alex sich nicht mehr gemeldet. Hatte weder Auf Wiedersehen gesagt noch ihr viel Erfolg gewünscht. Maja war verletzt. Und wütend. Lepke hatte es für besser gehalten, sie nicht darüber zu informieren, was passiert war. Hinterher hatte er ein schlechtes Gewissen gehabt. Aber er wollte alleine sein mit Alex. Wollte aufpassen, dass sie nicht einfach zu Staub zerfiel. Für immer verschwand.

Manchmal war er sich nicht ganz sicher, wie es sein würde, wenn sie die Augen wieder aufmachte. Ganz sicher würde sie es nicht gut finden, dass er sie gerettet hatte. Sie war immer noch Alex, sie wollte nicht von einem Mann gerettet werden. Aber vielleicht versuchte er mit solchen Gedanken nur, nicht daran erinnert zu werden, wie sie ihn angesehen hatte, als er sie in dem Keller fand. Ihre Augen waren vollkommen leer, sie hatte aufgegeben gehabt. Und da war noch etwas anderes gewesen, das er nicht aus seinem Kopf bekam. Sie hatte ihm das Gefühl gegeben, als wäre der Tod eine Erlösung für sie. Sie hatte keine Angst gehabt zu sterben, fast hatte es gewirkt, als wollte sie sterben. Er konnte nicht begreifen, warum. Er wusste viel zu wenig über sie. Eigentlich gar nichts.

Und dann kam die Wut. Genau so, wie sie auch nichts von ihm wusste, dachte er. Weil sie ihn nie etwas gefragt hatte. Und trotzdem saß er jetzt hier …

Vielleicht hätte er ihr einfach alles erzählen sollen, vielleicht hätte sie sogar zugehört. Jetzt war es zu spät, um von dem blonden Jungen zu sprechen, dem er unzählige Male die aufgeschürften Knie verpflastert hatte. Bis der Junge dann plötzlich alt genug gewesen war, um in einen Club zu gehen. Bis er dort ein Mädchen kennenlernte, das ihn mit zu sich nach Hause nahm. Bis der Exfreund des Mädchens die Tür eintrat und dem blonden Jungen die Waffe auf den Hinterkopf drückte.

Vielleicht hätte er es ihr erzählen sollen. Dass es für das Einschussloch im Kopf seines Sohnes kein Pflaster gegeben hatte. Ebenso wenig wie für den eigenen Schmerz. Oder den seiner Frau, die ihn verlassen hatte, aber dennoch wieder und wieder die gleiche Nachricht schickte: Warum? Warum unser Sohn? Warum wir?

Es war zu spät.

Irgendwann schlief er von dem monotonen Summen und Fiepen der Geräte ein, die Alex am Leben erhielten.

Als er unvermittelt hochschreckte, weil er mit dem Kopf auf die Bettkante gesackt war, dicht neben ihrer regungslosen Hand, versuchte er sich an die Liedzeile zu erinnern, die er in dem kurzen Moment seines Traums gehört hatte.

If you let me go I promise I'll never come back.

Er überlegte, von wem das Lied war. Es fiel ihm nicht ein. Aber er wusste, dass er gerade eine Entscheidung getroffen hatte. Er würde sie gehen lassen. Es stand ihm nicht zu, sie aufzuhalten.

Man kann niemanden festhalten, der nicht da ist.

Sein Hoffen, seine beschwörenden Sätze, seine Verzweiflung hatten nur ihm selbst gegolten, nicht ihr. Als er den Raum verließ und leise die Tür hinter sich schloss, blickte er nicht mehr zurück.

Er sah nicht, wie die Finger ihrer linken Hand zuckten und sich dann zu einer Faust ballten. Er sah nicht, wie ihre Augenlider zu flattern begannen. Er sah nicht, dass sie verzweifelt versuchte zurückzukommen.

Wer schläft, kann sich nicht wehren.

Dank

Mit einer gewissen Dreistigkeit habe ich mich vieler kleiner Momentaufnahmen und Geschichten anderer bedient, um dieses Buch zu schreiben. Ungehemmt habe ich die verschiedensten Fragmente in meine eigenen Erfahrungen und Erlebnisse eingeflochten, um sie dann in diese Geschichte zu kippen. Einige werden ihre alte Wohnung wiedererkennen, andere ihr Atelier, manche ihre Kneipe, ihren Namen oder ein Gespräch, einen Erinnerungsfetzen, ein Leben. Was ich aufgeschrieben habe, ist somit ebenso mein Text wie der Text vieler anderer. Aber damit steht das Buch der Stadt Berlin in nichts nach: Berlin ist – ebenso wie dieses Buch – gemacht aus den Erinnerungen, den erhofften Geschichten und den gelebten Fantasien vieler. Das, was nicht mit der Realität übereinstimmt, ist unser Berlin. Alles andere passiert so – oder so ähnlich – tagtäglich vor meinem Fenster.

Diese Danksagung gilt also euch allen: Denen, mit denen ich eben noch in der Sonne vor der Ankerklause am Landwehrkanal saß, ebenso wie denen, die ihre verworrenen Gedanken alle gleichzeitig erzählen, und den anderen, die die Eckkneipen mit Rauch füllen; ebenso wie den Ratten, die auf die Dämmerung warten, und dem alten Mann, der sein Klavier vor den Netto am Kottbusser Damm schiebt.

Aber es gibt einige wenige, ohne die dieses Buch nie zustande gekommen wäre – zumindest nicht jetzt und nicht so, wie es ist. Ich danke also insbesondere Ulrike Gerold und Wolfram Hänel (für alles!), Jacob Blumenfeld, Sebastian Jünemann, Freda Wolff sowie meinem Agenten Bastian Schlück und natürlich meinen Lektorinnen Barbara Heinzius und Regina Carstensen.